U1059425

名家经典散文丛书

素未谋面的朋友

（加）斯蒂芬·巴特勒·里柯克　著
梁晶晶　译

江苏凤凰文艺出版社
JIANGSU PHOENIX LITERATURE AND ART PUBLISHING, LTD

图书在版编目（CIP）数据

素未谋面的朋友 / (加) 斯蒂芬 · 巴特勒 · 里柯克（Stephen ButlerLeacock）著；梁晶晶译 . -- 南京：江苏凤凰文艺出版社，2018.4（2024.2 重印）

（名家经典散文丛书）

ISBN 978-7-5594-0669-9

Ⅰ . ①素… Ⅱ . ①斯… ②梁… Ⅲ . ①散文集 – 加拿大 – 现代 Ⅳ . ① I711.65

中国版本图书馆 CIP 数据核字 (2017) 第 134044 号

书　　名	素未谋面的朋友
著　　者	（加）斯蒂芬 · 巴特勒 · 里柯克
译　　者	梁晶晶
责任编辑	黄孝阳　王　青
出版发行	江苏凤凰文艺出版社
出版社地址	南京市中央路 165 号，邮编：210009
出版社网址	http://www.jswenyi.com
印　　刷	三河市双升印务有限公司
开　　本	880 × 1230 毫米　1/32
印　　张	10.5
字　　数	250 千字
版　　次	2018 年 4 月第 1 版　2024 年 2 月第 4 次
标准书号	ISBN　978-7-5594-0669-9
定　　价	69.80 元

（江苏凤凰文艺版图书凡印刷、装订错误可随时向承印厂调换）

目录 CONTENTS

借钱之道

——款额越大，借钱越易

亲爱的读者们，你们可曾有过借钱的经历？

你是否也曾向他人借用过十美金，并以基督徒的名义起誓，一旦领薪，立马归还？你是否也曾一次性借贷款额高达一百万美金之多？

如果你确实经历过这一切，那你必然不会忽略这样一种现象：借一万美金比借十美金简单得多，借十万美金更是不在话下；而一个高达一亿美金的国际贷款简直是轻而易举，不费吹灰之力。

以下出现的一幕幕借款情景，则是根据款额大小逐级展现的。

情境一

本情境中，哈德阿普·琼斯[1]向他的朋友坎尼·史密斯[2]借用十美元，并保证下个月一号归还。

---

① 哈德阿普（Hardup）是作者根据 hard up 而杜撰的姓，意思为“缺钱”。

② 坎尼（Canny）的意思是“精明”。

“嗨，老朋友！那个，可不可以通融通融，借给我十块钱？我保证下个月底——”

“十块钱呐！”

“唉，我向你保证，只要我一拿到薪水就立马过来还钱，说话算话，决不食言！”

“十块钱呐！！！”

“哎，你看，我最近的情况简直是一团糟——我欠了七块半的伙食费，而且她昨天要求我非还不可；上个星期我还不起洗衣店的费用，他扣着我的衣服不让我取走，现在我身上这件该死的衣服还是我用分期付款的方法弄回来的；他们还扬言说要扣下我的箱子做抵押呢，而且——”

“好了好了，别扯了，算我倒霉，我借给你五块钱好了。难不成你忘记了？去年十一月份你发誓说你下个月一号还钱，但是我在新年之前都没见到个钱影儿——”

“哎呀，我知道，我知道。但是这一次我绝对不会食言了！你就再帮我一次吧，下个月一号我一拿到钱，马上给你还回去。”

“好的，但是你可别——”

“不可能，我发誓我会——”

诸如这类的劝说和抗议持续了近半个小时，此时的借钱人已经用灵魂、身体以及人格一一做了担保，才最终如愿以偿地借到了十块钱。

情景二

本情境中，中心城市（人口 3862）的麦克达夫五金商店的老板麦克达夫先生向当地银行借贷一千美元。

第二级的款额借贷情况以麦克达夫兄弟五金商店（五金器具，货品任选）的约翰·麦克达夫先生的境遇最具代表性。麦克达夫先生登门拜访了当地的银行经理，想向银行借贷一千美元以维持商业运营，这笔钱只要等到农民的春季款项陆续进账即可归还，期限为一个月。

银行里有两个小职员，其中一个请麦克达夫先生稍等片刻，说经理此时正忙于处理公务。实际上，经理这时候正在里间办公室挑选钓鳟鱼用的苍蝇呢。他明知道麦克达夫想要干什么，但是他还是想挫挫麦克达夫先生的锐气，让他在外边候着，给他点儿滋味受。

终于，麦克达夫进了办公室，经理显得非常冷漠，对待麦克达夫也十分客套:“请坐吧，麦克达夫先生。”平时他们一起钓鱼的时候，经理总是称麦克达夫为“约翰”。但是这次却不一样，麦克达夫是来贷款的——在中心城市，贷款行为与犯罪行为别无二致。

“我来这里是想和您谈谈那笔贷款的事儿。”麦克达夫说。

经理翻了翻账簿:“可目前你已经透支十七块钱啦。”

“我知道，不过只要过了一号，我的货款就随时都会进账了!”

紧接着，经理又严肃地问了一连串的问题：麦克达夫平均每日的收入是多少？日常开销是多少？他去不去教堂？他相不相信今世来生？

最后，经理终于同意将一千美元贷给麦克达夫（其实，这笔钱本来就准备好借给他的），只是，他又附带提出了一些条件：

“你必须让你的合伙人也一起签字。”

“好的。”

“你最好叫你太太也签上字。”

“好的。”

“还有你母亲，不妨也让她签——”

向一个乡村银行借款一个月，借据上的签名居然比《洛迦诺公约》[①] 上的签名还要多。

终于，经营“五金器具，货品任选”的麦克达夫在用他的收益、店面、信用、道德、妻子和母亲逐个做了保证之后，才如愿以偿地拿着借款离开。

情景三

本情境主要讲述乒乓特·乒乓企业（设于纽约和伦敦）的金融大厦经理P·O·乒乓特先生如何在午餐之前顺利借到一百万美元的。

---

①《洛迦诺公约》又称《罗加诺公约》，英、法、德、意、比、捷、波七国代表在瑞士洛迦诺举行的会议上通过的8个文件的总称。协议在1925年10月5日至10月16日签署，同年12月1日于伦敦获得确认。

这一幕的场景与人物的身份十分匹配：乒乓特先生被迎进了国家第一银行总行行长富丽堂皇的办公室。

“啊，早上好，先生!”行长一边问候，一边起身迎接乒乓特先生，“我正恭候您的大驾呢！敝行总经理告诉我您今天将要亲自光临，真是荣幸！您还是坐这把大椅子吧，这个更舒服点儿。”

“哦，谢谢。贵行的房间还真是挺舒服啊。”

“是啊，我们也认为这个房间还算令人满意，不过敝行的董事会议室更讲究。要不，我带您去看看如何?”

“哦，多谢，多谢，但是恐怕今天我的时间会有点儿紧张，我来是想把一百万美元的贷款手续办完的。”

“好的，听执行副行长说您要莅临敝行，照应敝行！蒙您照顾真是太好啦!”

“哦，哪里哪里。”

“您确定您只需要借款一百万吗？您知道，如果您需要借款一百五十万，敝行也是非常乐意效劳的。”

“噢，不用啦。目前看来，一百万已经绰绰有余了。当然，如果我们还有需要的话，我想我还是会选择贵行的。”

“啊，那自然，那自然!”

“那贵行需要类似抵押品之类的保证吗?”

“噢，不需要，完全那个没必要。”

“趁我还在这儿，贵行需要签署什么文件吗?”

“噢，不需要，没什么需要签署的文件。敝行的出纳人员会替您把所有的事情都办妥的。”

“好吧，多谢了，那就不耽搁了。”

“要不我开车送您去市区吧？我的车就停在外面。或者，您不赶着回去的话，就请光临鄙人的俱乐部吧，顺便一道儿在那里就餐，如果这样那就更好啦。”

“好吧，谢谢啦，您真是太客气了。”

说完这段话，一百万美元就这么毫不费力地易手了。

然而，即使是这样，这也算不得是最高一级款额借贷的境遇。不论是从规模还是从排场来看，比起国际贷款来都要逊色很多，如下——

情景四

本情境主要描述了英国萨缪尔·罗斯坦阁下和法国全权大使蝙蝠子爵联合向美国金融市场一次性借贷一亿美元时的场景。

要想详细了解这件事情发展的始末，美国新闻界的报道将会给你一个满意的答复。

纽约，星期五——昨日，英国内阁大臣萨缪尔·罗斯坦阁下和法国全权大使蝙蝠子爵搭乘“斯塔克魁坦尼亚”号抵达纽约并受到热情接待。据消息透露：两位贵宾此行是为高达一亿美元的贷款而来，且拟在美停留几日。

纽约，星期六——昨晚，比尔德蒙特夫人家中举办了一场盛大的宴会，为萨缪尔·罗斯坦阁下和蝙蝠子爵两位远道而来的贵宾接风洗尘。据悉，两位贵宾确为一亿美元贷款而来。

纽约，星期一——昨日，萨缪尔·罗斯坦阁下和蝙蝠子爵两位贵宾亲自参与了第五大道教堂组织的宗教仪式。据悉，两位此行抵美系为一亿美元贷款。

纽约，星期二——今日，萨缪尔·罗斯坦阁下和蝙蝠子爵亲临马球球场，观看棒球比赛。据相关消息，两位贵宾此行抵美系为一亿美元贷款。

纽约，星期三——为了迎接两位分别来自英国、法国的全权大使，阿什库普·范德摩尔夫妇特为萨缪尔·罗斯坦先生和蝙蝠子爵举办了一场盛大的舞会。据可靠消息，两位贵客借贷的款额已确定不会超出一亿美元。

纽约（华尔街），星期四——一亿美元贷款于今早十一点整正式签署，用时五分钟。萨缪尔·罗斯坦阁下和蝙蝠子爵于正午十二时携款离美。临行前，两位全权大使向众人表达了此次美国之行的愉悦之情。

“办理这件事正如贵国常说的，‘易如反掌，轻而易举。’”子爵如是说。

尾　声

然而，半年以后事态进展如何？还款的是谁，拖欠的又会是谁？

哈德阿普·琼斯一个月内还了五块四毛钱，之后的一个月里还了三块钱。又过了两个星期，他最终将剩下的一块六彻底还清了。

麦克达夫兄弟五金店如期履行合同规定，麦克达夫先生也继续和银行经理像老朋友一样约好一起去钓鱼。

乒乓特联合企业破产倒闭，亏损一千万美元。

国际贷款此后又与很多其他贷款混杂在一起——先从短期贷款改为长期贷款，后延长为五十年偿还，再拖延至五十年后偿还，然后又进入投资资本，最后又变回长期贷款——简言之，这笔贷款最终变得面目全非。

总之，这些贷款情境让我们明白：如果想要借钱，就索性一次性大借一笔。

我所错失的良机

一天，我和一个地产商人在郊区散步的时候，他向一片围着木栅栏的空地倾了倾身子，用手指着它。

“你看那块地，”他说，“我上个星期卖了五十万元。”

“你不是开玩笑吧？”我惊呼道。

“当然没有，”他说，“而且你知道吗，如果是二十五年前的话，只要五万块钱你就可以拿下它啦！”

“什么？”我很惊讶，“你是说，我本来可以只用五万块钱就能拥有这片美丽的草地和可爱的毛蕊花了？”

“我就是这个意思啊。”

“你是说，当我还是个在校的学生，每周只需要四块钱伙食费的时候，这个机会就已经送上门来，但是我却居然错过了，是吗？”

我背过身去，为自己曾经的愚蠢感到懊悔：为什么那时候我就没有“恰巧”沿着这条路出来散步，“恰巧”怀揣五万块钱，“恰巧”买下了这块可爱的泥巴地呢？

地产商人看到我难过的表情，得意地笑了笑。

“还有比这让你更吃惊的呢。”他说，“你看到那边一大块空地了吗？就是最后一个木栅栏再过去一点儿的那块地？”

“看到了，看到了，”我兴奋地说，“那块地上有一个用柏油纸糊满外墙的棚屋，非常漂亮；还有一棵枯瘦的雪松孤零零地站在那里，好像在向谁招手呢——”

“喂，”他说，“你自己有没有接触过地产这一行啊？”

“没有，”我回答，“但是我有一颗诗人般的心，我已经开始看到地产这一行的诗意和伟大啦。”

“噢，是吗？”他回答说，“好了，你看那边那块地，一亩[1]半左右，昨天已经被卖出去了，卖了三百万！”

“你说多少？”

“实实在在，三百万！”

“实实在在的三百万！”我说，“别告诉我你说的是真的！”

“绝无虚言！”地产商人接着说，“但是，你要是三年前来到这里的话，只需要唱支小曲儿，这块地可就归你啦。”

“唱支小曲儿？”我重复道。

想想看，我居然又错过一次机会啦！本来只需要这个破嗓子就能得到的机会！如果那时候我就能预知现在发生的事，我铁定会赶到这块空地上来，就算对着它唱上一个整晚上都不为过！那时候我还只是满足于一个星期挣得十五块钱生活费，压根儿没想到过我的嗓音居然会是一笔潜在的财富。我那时候就该从事“为土地歌唱”这份职业，没准儿还能赚上一桶金呢。

这些想法让我在回去的路上满腹心事，而一路上和地产商

---

① 指英亩（acre），是面积单位，1 英亩＝ 6．07 亩。

的谈话更是让我感觉沮丧。

他指着一个教堂告诉我，那时候买下它只需要十万块钱。如果我当年买下了它，现在就可以把教堂改作汽车车库，转手就能卖上个五十万。哎，要是当初我没有在报社工作，而是明智地买下了教堂，那么现在我可能已经非常富有啦。

我本来还可以买下一个滑冰场、一个剧院还有一个水果店——木制平房，小而别致，位于街角，里面还有一个意大利人，他可比你以往见过的都要可爱。还有一个精巧可爱的小牛圈，我本来也可以把它买下，然后改成带门面的公寓售出，这样一来就可以获得一百万的收益。但是，那时候我却在学习希腊语！更糟糕的是，我是左耳朵进，右耳朵出！哎，我浪费了人生多少机会啊！

那天晚上我回到了俱乐部，在餐桌上跟商界朋友们谈到这个事情的时候才发现，我所听说的赚钱之道原来只是冰山一角。

房地产！那算得了什么！他们告诉我，五十年前我可以拥有的东西更是琳琅满目：铁路干线、炼糖工厂、银矿等等，只要“一支小曲儿”就可以任意挑选。

听到这里，我为之前没有“为土地吟唱”的事儿略感欣慰。他们还告诉我，本来有个时期我可以只花两千万就能彻底买下联邦钢铁公司，但是我却把这么好的机会拱手他人啦。

他们说，整个加拿大太平洋铁路曾经一度在市场上只以五千万美元抛售，但是我却毫无作为，任凭这个机会白白从眼前溜走。完全是缺乏自信导致的！我现在终于明白为什么有些人可以发家致富——完全出于他们那股让人钦佩、崇拜的自信！

他们就凭着那股令人敬仰的自信，可以毫不犹豫地签下五千万的支票，半点儿迟疑都没有。

倘若要我签下那么大一笔钱的支票，我恐怕会一直担心自己会不会被送进新新监狱①。但是他们根本不会担心，所以收获也是理所应当。

四十五年前，你可以只花上一千美元，就可以买下洛克菲勒②或卡耐基③的全部产业！——俱乐部里的一个人告诉我这些事的时候，声泪俱下，几乎哽咽。

想想看吧！

为什么我的父亲当初就没能给我买下来，打理打理这些产业，然后作为生日礼物送给我，并等我成年后让我接管呢？

如果我的人生能够重来一次，学校、教育都给我一边呆着去！我有这片美丽的土地、柏油纸棚屋和街角的那家水果店陪伴着呢！我要把整个美国买下，抓住机会，碰碰运气，坐等它们给我升值！

---

① 新新监狱是美国纽约州州立监狱，作者此处泛指监狱。

② 约翰·戴维森·洛克菲勒（1839—1937），美国资本家，创立了标准石油，创办芝加哥大学和洛克菲勒大学，是美国第一位十亿富豪与全球首富。

③ 安德鲁·卡耐基（1835—1919），美国钢铁企业家，被誉为“钢铁大王”，创建了卡耐基钢铁公司。

富人们幸福吗？

首先我得承认，我写这篇短文的时候并没有丰富的资料供我参考。我不曾结交，也从未见过什么所谓的富人。不过我倒是常常自认为碰到了他们，但后来总是发现事实并非如此：他们一点儿都不富有，反倒是穷困潦倒，经济拮据，甚至为金钱日夜奔波，整天愁着去哪儿筹集一万块钱。

根据我所做过的相关调查看来，这样的情况时常发生。过去，我常常根据既有的事实，如雇佣十五名仆人，便主观地认为这家主人必然非常富有。我还曾因为一个女人开着豪华轿车大老远跑去镇上，目的只为买一顶五十块钱的帽子，就主观地猜想她的生活肯定十分优越。但是，我错了，大错特错！我调查之后发现，这些人一点儿都不富裕，经济条件也一点儿都不乐观，连他们自己也都这么承认了，比如他们常常使用“手头拮据”这个词儿来形容自己。如今，当我再看到八个打扮得光鲜艳丽的人坐在剧院离舞台最近的包厢里的时候，我便心知肚明了——他们统统都是“手头拮据”的人。就算他们确实是坐着豪华轿车回家的，他们也与“富裕”毫不相干。

一天，一个年收入近一万块钱的朋友唉声叹气地向我抱怨，他发现以他现在的收入情况是根本没法跟那些有钱人相比的。我还认识一个年收入有两万块钱的家庭，他们也曾跟我抱怨过同样的事情，他们说自己根本别想跟“富人”二字搭上边，想都别想。还有一个我一直十分敬重的朋友，他从事的是律师行业，每年有近五万块钱的收入，他非常坦诚地告诉我，他要想跟富人比阔那简直是天方夜谭，还是乖乖接受“贫穷”这样一个残酷的事实比较现实。他说他能给我提供的只是一顿“粗茶淡饭”，希望我不要嫌弃。不过他这顿所谓的“家常便饭”有三个男仆和两名女仆共同伺候着。

就我记忆所及，我与卡耐基先生素未谋面。但是我坚信只要给我与他见面的机会，他必定会告诉我他认为要想与洛克菲勒先生比阔简直是无稽之谈。毋庸置疑，洛克菲勒先生的想法也必定是大差不离。

然而，不管他们的境况怎样，以天下之大，富人总是会也肯定会存在的，况且一直以来我也常常发现富人的踪迹：我工作的那座大楼的一个门警曾经告诉我，在英国他有一个有钱的堂兄在西南铁路工作，周薪十英镑。他还说，西南铁路如果没了他的堂兄，那就根本没法运营下去了。此外，我的家庭洗衣妇声称她有一个有钱的叔叔住在加拿大的温尼伯，他完全拥有住所的产权并抚养两个正在读高中的女儿。

但是，这些仅仅是我听到的关于有钱人的传闻，至于其真实性我无法全权担保。所以当我提到富人，或者讨论这些富人是否幸福的时候，希望各位能够理解体谅，这些仅仅是根据我个人的所见所闻而得出的结论。

我得出的结论就是：富人们往往都在经历穷人们永远都无法体验的严峻考验和悲惨境遇。

首先，我发现富人们似乎永无止境地陷于金钱困境而不可自拔。当贸易逆差像洪水一样席卷整个国家的时候，是谁来收拾这个残局的呢？富人！而穷人们则对英镑汇率一天之内下跌十点的情况置若罔闻，甚至依旧舒舒服服地坐在家里。当活期贷款金猛涨一倍的时候，穷人们依旧可以置之脑后，一边怡然自得地谈笑，一边看着一毛钱一场的电影。他们在意吗？一点儿也不！

富人们时时刻刻为金钱所困扰，举个例子，我有一个叫斯帕格的朋友，上个月，他的私人银行账户已经透支了两万美元。他告诉我这件事的时候，我们正一起在他的俱乐部里吃晚饭，他一再为他的心不在焉道歉，因为透支的事情实在是让他心烦意乱。他说，银行居然为了这么件小事就打电话提醒他注意财政问题，这实在是太不公平了。某种意义上我可以了解他的心境并深表同情，因为那段时间里我的个人账户也透支了两毛钱。我知道，如果银行已经开始打电话通知透支情况的话，那下面一个随时都有可能轮到我。斯帕格说他不得不第二天一早就打电话给他的秘书，让他抛售一些债券以填补透支的缺口。看来这类事情对他来说，做起来有点儿上不了台面。但是，对于穷人们来说，他们可从来没有被迫做过这类事情，我只知道他们可能会不得不卖掉一些小玩意儿，而至于被迫抛售抽屉里的债券……哎，只要想想看，就……我想，这样的苦楚是穷人们永远也无法感受到的。

我经常会和这位斯帕格先生谈及财富的话题。他是一个白手起家的成功人士，他曾不止一次告诉我，他所累积的财富在他眼里纯粹就是负担。他说，如果他拥有的只是一个平凡而简单的生活，他想他会更加幸福。我们常常一起就餐，当面对一顿九道菜的盛宴时，他总是跟我说，其实他更倾向于选择一份普通的炖肉外加一份萝卜泥。他说，如果可以依他本意行事的话，他只要两根香肠和一点儿炸面包就足够了，但是我忘记到底是什么阻止他按照本意行事了。我常常看到他把香槟酒杯——也许是他喝完了的香槟酒杯——搁置在一边，面带鄙夷的神色说，还记得小时候，父亲的农场后面有一条潺潺流淌的小溪，他常常会躺在小溪旁边的草地上，“咕嘟咕嘟”地把溪水喝个够，而香槟酒喝起来可就没那么畅快了。我曾向他建议，他可以趴在俱乐部的地板上喝上一茶碟的苏打水，但是他不干。

如果真能做得到的话，我相信，我的朋友斯帕格先生将会欣然抛弃他全部的财产。但是在我还不明白一些情况以前，我却曾经一度执迷不悟得认为财富是可以被抛弃的，幸好现在我已明白这是不可能的了，因为一旦拥有了财富，财富就会像责任一样，永远都无法摆脱。财富积累到一定程度，就会转变为一种社会服务的形式，因为富人们会将财富当做为世界行善，为他人生活带来光明的一种途径——简而言之，财富就是一种庄严的信任和委托。斯帕格先生常常跟我深入探讨这个关于责任的话题，甚至还时常讨论至深夜，以至于那个捧着蓝色火焰给他点烟的服务生已经靠着门柱睡着了，且门外等候的司机也已经在座椅上冻僵了。

我之前提到过，斯帕格将他的财富视为一种庄严的信任和委托，于是我常常问他，既然如此，为什么不将财富都捐赠掉，比如说捐赠给一个大学？但是他告诉我，很不幸，他并不曾上过大学。我也曾提醒他可以多考虑考虑关于是否有必要增加大学教授养老金的问题，希望他能给予这个问题一些关注，因为虽然卡耐基先生和其他一些富人也曾解囊给予过一些资助，但至今仍然有成千上万的工龄长达三十五年甚至四十年的老教授们在日复一日、勤勤恳恳地工作之后，却只能拿到最基本的生活费用而得不到任何其他补助；而过了八十五岁的老教授们，就连养老金也都没有保证了。可是斯帕格先生却认为，这些人就是国家的英雄，他们工作这件事的本身就是给予他们的酬劳。

斯帕格先生的烦恼在某种程度上来说是自私的，但是，这种烦恼终究来自于他的孤单——他了无牵挂、孑然一身。清冷孤寂、了无声息的巨大悲剧每日都会在这些富人们的家里——或者确切点儿说应该是豪宅里——重复上演，这种悲剧都是幸运的穷人们永远也无法体会得到的。

几天前的一个晚上，我在阿什克罗夫特·福勒府上参加宴会时还遇到了这样一个情况。正当我进入餐厅的时候，阿什克罗夫特·福勒夫人转过头去小声对着身旁的丈夫说："梅多斯说话了没？"他摇了摇头，带着点忧郁的神色，回答说："没呢，到现在一句话都没说过。"我看见他们俩不动声色地交换了一下同情和互勉的眼神，就像深爱对方的情侣忽然陷入困境一般。

他们是我的老朋友，他们的一切当然都会引起我内心的涟漪。宴席上，梅多斯——他们的管家——就着上菜的节奏正在给每个酒杯斟酒，但是，跟着他的节奏，我似乎感觉到某种困境正在迫近我的朋友，让他们觉得不安。

当阿什克罗夫特·福勒夫人起身离席，只留下我们两个拿着红酒对饮的时候，我把椅子拉近福勒，对他说：“亲爱的福勒，我是你的老朋友啦，如果我冒犯了隐私的话，请你不要介意，但是我能看得出，你们夫妻似乎是陷入了什么困境？”

“哎，是的，”他小声说道，满脸哀伤，“我们确实遇到了点儿麻烦。”

“不好意思，”我说，“能告诉我吗？因为我觉得，如果说出来讨论一下的话，事情可能解决起来会简单点儿。嗯……这事是不是和梅多斯有关？”

“是啊，”他说，“确实和梅多斯有关。”

他沉默了一会儿，不过这时我差不多也已经猜到福勒要说的是什么了。我感觉到他的话到了嘴边，却欲言又止。

“梅多斯，”他停顿了一下，尽量克制了一下感情，“梅多斯要离开我们啦。”

“可怜的老伙计！”我说着，握紧了他的手。

“这是不是让人很难接受？”他说，“去年冬天富兰克林走了，那次也不能怪我们，况且我们也尽量挽留了。这会儿又来了个梅多斯，他居然也要走啦。”

他几乎抽啜了起来，声音也哽咽了。

“他还没做最终的决定呢，”福勒继续说，“但是我们知道，这次他绝对不可能留下了。”

“他可有提出什么理由呢？”我问。

“没什么具体的理由，”福勒说，“无非就是跟我们合不来什么的。梅多斯不喜欢我们。”

他用手捂着脸，然后就什么都不说了。

待了一会儿后，我没再回到楼上的会客厅就直接悄悄地离开了。几天之后我听说梅多斯走了；我还听说，阿什克罗夫特·福勒夫妇绝望透顶，干脆放弃挽留梅多斯了。他们打算在帕勒福大酒店租下一个小套房，大概有十个房间、四个盥洗室，准备就在那儿将就着过冬了。

然而，在我看来，我也不能只将富人们生活阴暗忧郁的一面展现给大家，他们的生活里的确也有轻松愉快的一面。

我确实见证过他们愉悦的情况，特别是在这些富人们有幸破产，输得彻彻底底，一个子儿都不留的时候。他们有可能是在股票交易市场上破的产，也有可能是在银行业务上破的产，或者是在几十个其他方式上破的产——因为在金融商场上破产，简直轻而易举。

就我观察所及，一旦富人们破了产，他们的人生就变得顺当多了，他们想要得到的东西也都能如愿以偿了。

最近，我的这个观点又被再次证实了。

我和我的一个朋友正在散步，一辆汽车从我们身边飞驰而过，车上载着一个衣着整洁的年轻人，正兴高采烈地和身旁那位漂亮的女子聊着天儿。我的这位朋友摘下了他的帽子，热情欢快地举起帽子在空中来回挥舞，似乎在向他们表达他的美好祝福。

当汽车渐渐离开视野以后，他才慢慢地说，“可怜的老伙计爱德华·欧福乔伊!"

"他出什么事了吗?"我问。

"你没听说吗?"朋友说,"他破产啦,他彻底破产啦,一个子儿都不留了。"

"天哪!"我说,"那真是够他受的。我觉得,这会儿他应该不得不卖掉那辆漂亮的汽车了吧?"

朋友摇了摇头。

"嗨,不会的,"他说,"他才不会那么做呢。我不觉得他的老婆肯松口让他卖车。"

我的朋友说的对,欧福乔伊没有卖掉他们家的汽车,就连那栋富丽堂皇的砂岩石宅子也没卖。我相信是他们太依恋那房子了,根本舍不得卖出去。又有些人认为他们会放弃他们在剧院租的包厢,但是看来事实也并非如此,他们太在乎音乐在生活中的意义了,因而也不愿轻易卖掉。

如今,欧福乔伊夫妇彻底破产的事情已经人尽皆知了,事实上他们也确实是一文不名了。有人甚至告诉我说,只要你花上十块钱,欧福乔伊就是你的了。

但是,我还是经常看到,欧福乔伊先生依旧穿着他那件海豹皮内衬的外套呢,那件外套价格不菲,绝不下五百块呢。

慈善之乐

“早上好!”我刚迈出房门，酒店的男侍就对我说道。

“早上好!”我回答道，“这是二十五生丁[①]，请你收下吧。”

“早上好啊，先生!”当我下楼经过走廊的时候，酒店经理对我说道，“真是个可爱的早晨啊，先生!”

“确实很可爱啊，”我回答道，“可爱到让我几乎不得不命令你立马收下这四十五生丁啦。”

“真是个美好的日子啊，先生，”领班侍者一边对我说道，一边使劲儿地搓着手，“先生昨晚一定睡得不错吧。”

“非常不错，”我回答道，“不错到我必须让你现在就收下这七十五生丁了。来吧，拿着，别客气。这只是我的个人喜好：每睡上一次好觉，我就必须得赏点钱给别人。”

“先生，您真是太仁慈了!”

仁慈？我才不这么认为。这些给我端送一杯只值十五美分[②]的咖啡而动用到的男侍、酒店经理和领班侍者，如果他们都能

---

① 生丁（centime）是法国的货币单位，1 法郎＝100 生丁。

② 美分（cent）是美国的货币单位，1 美元＝100 美分。两国货币换算大约为：1 美元＝5.3578 法郎。

够读懂我内心真实想法的话，那么他们就会知道我对他们的厌恶有多透彻了。

然而，这些老大不小的男人们却只为了那么几枚可怜的铜钱，宁愿一大早上不到八点就穿起黑色礼服，对着客人卑躬屈膝，点头哈腰。

如果他们告诉你今天早上很暖和，你就得赏给他们两美分；如果你向他们询问一下时间，你也得花上两美分；如果你想和他们真诚地聊上一会儿天的话，你可能得计算一下费用，每个字的收费大概是一分到一分半之间吧。

其实，在巴黎的每一天你都得这样度过。小费，小费，小费，全是小费，脑袋都被小费搞到疲惫不堪了。小费的花销大小还不是最恼人的，最让人感到头疼的是计算不同情况下小费的额度，这还真是需要一个灵活机敏的大脑啊。

世间哪会有完美无缺的事？就连玫瑰花还每朵都带着刺呢。对于巴黎的游客来说美中不足的就是，他们不得不永无止境地将赏钱扔给那群养得膘肥体壮却游手好闲的懒汉们。

我并不是抱怨这笔开销有多大，老实说，就算所有的赏钱加在一起数额也并不惊人。只是如果这一天内所有的零碎小费都能够整合为一个账单，让我们在早餐期间一次性付清，那么我想任何一个理性的人都会欣然接受，毫无怨言的。

可是那些接踵而来的，必不可少的，还要按照服务层级区分额度的小费，确实让人几乎癫狂。在巴黎到处游玩的时候随身携带不同面额的零钱是非常有必要的，你甚至会发现口袋里的那些零钱让你开一家银行都绰绰有余了：用于正式购置重要物品的纸币金币和体积重量都不俗的银币——这些银币足有教友派[1]信徒脚上的鞋扣那么大；除此以外，你还得另找几个衣兜才能放下一堆叮叮当当的铜钱，它们都是为了额外打赏给马车夫、服务生、报贩以及乞丐等等那些你一定会遇上，但实际上啥事都没干的人。

其实吧，游客们口袋里装的所有乱七八糟的铜板加起来，折合成加拿大钱币统共也不会超过两毛五分钱，但是法国这套愚蠢的货币体制却让真实的货币流通情况比那套货币体制还要糟糕得多——让所有的游客都觉得自己像是一个移动的钱袋。

早晨、中午、晚上，不分时间，不分地点，旅客需要不停地将手伸进衣兜抓出一把一把的烂铜板。一天下来，从口袋里断断续续掏出的铜板就好像一滴滴水流滴汇成一条永无止境的小溪：走进一家法国剧院，你花五十生丁买了一张节目单后就得给售货员十几个生丁作为小费；你把外套和手杖交给一个上了年纪的哈比女妖[2]（她主管着一个所谓的衣帽间）后，除了付给她二十五生丁的服务费用还得额外打赏十生丁；一个穿着件脏兮兮的黑色衣服的老妖精（她本来有个法国名字，不过我给忘了）把你带到你预定好的位置上后你就得赏她二十五生丁。想想看就知道这些交易是多么的愚蠢！如果你去的是一家较好的剧院，预定的位置也不赖，那么你的戏票大概也只花了你三块五美元！这让你几乎觉得，为了表达对国际友人的情谊，这

① 教友派（Quaker）又称贵格会或公谊会，是基督教新教的一个派别。

② 哈比女妖（harpy）是希腊罗马神话中可恶、贪婪的鸟身女怪，有着女人的头和躯干以及鸟的尾巴、翅膀和爪子。

个剧院宁愿不赚那八美分，而宁愿让游客把钱赏给女妖给她们作小费呢。

同样，在酒店里，你只要按一下铃，酒店的男侍便会立刻出现——身穿红色礼服背心和黑色塔夫绸上衣。你告诉他，你想洗个澡。“好的，先生!”说完，他便会请来酒店经理。哦，对的，他绝对会请来酒店经理的，他真是太周到了！难道有人会在享受了这么贴心周到的服务后，还忍心不让这个仆侍收下二十五生丁作为纪念吗？我给了他赏钱后，他回答道：“非常感谢，先生。”

酒店经理来了。经理看上去气度不凡，他每天早上八点便身着礼服套装，脚登漆皮皮鞋。那双皮鞋价值不菲，我也一直想买，但却负担不起。以我的经验来看，眼前的这个人活着的目的只为每呼吸一次便挣取五十生丁的收入。为了这五十生丁，他弯腰鞠躬，甚至可以把腰弯到快要折断的地步。如果你赏给他一法郎的话，他甚至会感激地趴到地上舔你的靴子呢。我知道他肯定会这么做的，我亲眼看到过的。

所以，一听说你想要洗澡的事儿他便会立刻出现在你的身边，殷勤恭敬。他会提醒你，只有拥有古老的法式氛围的酒店才称得上真正地道的法式酒店，在这样的酒店里洗浴可是件大事。他是看准了这里肯定会有五十生丁的外快可赚，而且没准儿时机抓得好时还能多赚上十个八个生丁呢。换句话说，经理心中的小算盘打得很清楚，这桩交易下来折算一下，他大概能捞到十到十二美分的外快呢。想要洗浴吗，先生？没有比这更好办的事儿了！他毫不迟疑，二话不说地就把事情都安排下去了，于是你便赏了他十一美分。接着，他又让一个穿着黑色衣服的酒店女妖（有点儿像剧院里的那些女妖）去准备洗澡水，于是她照做了。当然了，她就在那里站着呢，一直都站在酒店的走廊里等候吩咐呢：虽然她已经把所有的事情都听得一清二楚了，但是只有在男侍通知酒店经理，酒店经理再吩咐她做事之后，她才能正式“启动她的职能”。

虽说她是按照吩咐去准备洗澡水的，可是，她具体都做了些什么呢？好吧，她只不过是去开了一下洗浴室的门，然后拧开水龙头而已，况且那洗浴室的门也没锁上。不过当然了，任何一个只要稍微懂得尊重女性的男人，都不会眼睁睁地看着她主动花那么大力气忙完这么多事情后，还不愿塞给她三美分以表达谢意的。

就这样，酒店经理、男侍仆及女妖就忙完了他们的一天了：从早上六点第一次“启动职能”起，到晚上天晓得什么时候下班为止，他们就一直处于每“启动职能”一次就搜刮两美分、三美分，甚至五美分的过程中。下班不久，他们就各自分头行动，按照自己的喜好花钱享乐去了。经理摇身变为巴黎下等社会的小开，身穿一件长尾外套，头戴一顶六十美分的巴拿马草帽，兴致勃勃地去巴尔华戈舞场跳舞去了。他还扔了几个铜板给那里的乐师，把一美分的小费赏给了一个层次比他低点儿的旅馆经理。酒店女妖下班后便和她的女妖朋友们混在一起，晚上十一点的时候还成群结队地跑去拥挤的小咖啡馆里喝红酒，吃那种不知道怎么形容的奶酪。那些小咖啡馆就开在大概只容得下一辆卡车通过的人行道边，出入起来拥挤得很，而她则以半小时一美分的标准赏些小费给里面的服务生。不过，我想啊，那些服务生可能待会儿还会赏些小费给其他人呢。就这样，小费就这么赏啊，赏啊，永无止境地赏了下去。

大概有五万的巴黎人口就是用这种你我互赏的方式在巴黎城里养家糊口。

不过，小费制度造成的最不好的情况便是：明知道对方正在期待小费，但是又不确定小费的额度。这样的窘境常常会让人们放弃一些原本应该做起来非常享受的事情。

举个例子，我去巴黎的时候，随身带了一封给法兰西共和国总统的介绍信。我想首先声明一下，我说这件事无意炫耀，对于一个大学教授来说，他想要什么样的介绍信还不是件轻而易举的事？谁都清楚，教授们都那么清白，他们哪会利用那些介绍信做什么有伤体面的交易！可是我从未将这封信呈献给总统，呈上去了又有什么用呢？根本就是得不偿失嘛。呈递的人肯定会要小费的，而且以办理这件事的服务级别看来你得慷慨点儿，一次就得掏上个二十五美分。说不准儿，好巧不巧，他的某个部长看见了生人，便信步逛出来想着顺便也能捞点儿油水呢。就姑且假设来上了三个部长，每个部长以十五美分计算，共花费四十五美分，再加上前面的打赏，共计七十美分！七十美分就为换一次和法国政府十分钟的交流机会，不值，太不值啦！

全巴黎看下来，我只发现一个地方完全不受小费的困扰，那就是英国驻法大使馆。在那里小费是不被允许的。职员也好，秘书也好，就连英国大使本人也被禁止收受任何馈赠，就连最小额的小费也不行。

他们说到做到！

正因为如此，我才为自己曾对他们的规定满怀期望而感到无比骄傲。

我前去拜访大使馆，是因为现任英国大使和我有私交，不过这件事也是我来法国之后才知道的。说句实在话，我们现在也算不上是什么朋友：我离开大使馆的那一瞬间，我们的友谊似乎就此终止了。

我不用对此有任何隐瞒，我只是想获许进入巴黎国家图书馆。所有法国公民都有权进入该图书馆阅读，除此以外外国使节的私人朋友也可获权进入。这样一来，所有的外来人员都可以成为大使的私人好友了：为了方便进入图书馆，人们只要去趟大使馆就可以得到相关的证明信了。不过，关于我们之间的关系是越来越亲密，还是越来越疏远之类的话题，就不是我所能探讨的了。

我去了大使馆。

我想，那个跟我打交道的年轻人可能就是秘书。一眼看去，他就是那种可以被称为“英国绅士”的完美男性。出了棒球圈，我几乎再没看到过礼仪这么周全的人了。纯粹出于周到细致的考虑，他足足让我候了半个小时，之后才出来露了一下脸，说：“今天天气真是太好啦！”在巴黎，这句话我听得耳朵都要起茧子了，我下意识地把手伸到口袋去摸那十美分，但是那个年轻人身上散发出来的某种威严高贵的气质让我的手又不由自主地缩了回去，于是我只回答他说，天气确实很好啊，如果这样的天气能够保持的话，那庄稼肯定会生长得非常旺盛。不过要是露水重的话庄稼就有可能会生锈病了，而且就怕再来个早霜什么的，那样一来，之前的希望可就都要泡汤啦。他说了句“确实啊”之后，就问我最近一期的伦敦《泰晤士周刊》有没有读过，我说还没读过最近的一期呢，我只在一年前读过一期，那真是我有史以来读过的最精彩的报刊了，我几乎是从头笑到尾啊。

他看上去很满意，然后就走开了。

当他再次回来的时候，手里就握着一份推荐信了。

你敢相信吗？那真是太庄重啦！他们居然打印了那封推荐信！推荐信上面的每字每句（当然，除了我的名字以外）都详细清晰地说明我和大使确实是亲密好友，并且还表明了大使的态度：大使热切希望我能去国家图书馆阅览。

我拿着那封信，心里自然明白，该是好好儿酬谢眼前这位年轻人的时候了。但是他看上去是那么的平静淡然，我又不由得开始踌躇了。

我从口袋里掏出十美分拿在手上，阳光照射钱币所反射出来的光正好晃在他的脸上。

于是，我说：

“亲爱的年轻朋友，我希望我的行为没有冒犯到你。你的所作所为让我看得很清楚，你是一个地道的英国绅士。虽然我差不多就是现在这个样子了，但是如果我不是在多伦多长大的话我可能也跟你现在一样。不过这些没用的话也没啥好说的了——你愿意收下这十美分吗？”

他踌躇了一下，看了看四周。我可以看得出，他做了一阵很激烈地思想斗争：巴黎精神跟他高尚的天性相互对抗着。他被诱惑到了，但是他最终没有屈服。

“不好意思，先生，”他说，“您的好意我心领了，但是这些钱我恐怕不能收下。”

“年轻人，”我说，“我尊重你的想法。你今天帮了我一个忙，以后你要是遇上什么困难，比如需要在加拿大内阁或参议院谋职的话，请你务必告诉我。”

我跟他告了别。

说巧不巧，我出门的时候，正好看见了英国大使本人，他正站在一旁准备开门。肯定是他，没错的！他头上高高耸立的帽子、前襟上的铜扣和胸前的铜链让我一眼就能确定他就是大使本人。他向后甩门和摘下帽子的姿势，明眼人一看就知道，这准是个很有资历的外交官。

时机到了！我的手里还攥着那十美分呢！

“哦！阁下大人，”我说，“我明白，您的地位让您成为全巴黎唯一一个不能收受小费的人，但是我还是坚持要您收下。”

我不动声色地将钱滑入他的手心。

“非常感谢你，先生。”大使说道。

就外交角度来看，这件事就此告一段落了。

纵横海外的友谊

——在欧洲所有文化遗产都被美国搜刮以后

据统计，过去的二十五年间，有超过一亿美元的欧洲艺术珍品已经被移运到了美国。这些交易中包含了一大批古典艺术大师创作出来的著名绘画作品，而且其数量之惊人，足以给所有意大利绘画馆管理员敲响警钟。除绘画作品以外，这些交易还涉及许多极为古老的雕像以及不少文学作品的原始手稿。如今，甚至已经有人开始信口开河，谈论关于将整个建筑搬走的话题了，譬如说莎士比亚的旧居小舍。

很明显，这项"搬迁"运动一旦开始，除非美国人财富积累得不够多而导致买不起，否则这个恶性事件将一发不可收，后果也将不堪设想。但是现在，既然美国人的财富已经多到没有上限了，那么我们总有一天会在纽约的报刊杂志上看到关于所有艺术珍宝搬迁过程的编年性记载，正如下文：

载自一九五〇的报纸

白金汉宫[①]已顺利迁址至宾夕法尼亚州的莫赫琼克，并

① 白金汉宫位于英国伦敦，自 1837 年以来，一直是英国君主居住的王宫。

即将成为扶轮社[1]的总部办公地址。自此，艺术珍品的迁移行动将告一段落。相关的美国艺术品收藏家们已发出声明，任何值得带走的珍品都已迁走，不曾遗漏。不过，莫赫琼克的艺术界在发现英国国王并未随王宫一同迁移过来之后深表遗憾。据权威消息透露，如果俱乐部成员确实希望将国王一道儿买下，那俱乐部将对此决策做进一步评估。

回顾文物迁移运动从开始到结束过程中的各个历史阶段，想必是件非常有趣的事情。

将贵重的艺术珍品从欧洲移运至美国这个事件，似乎是从美国从各个欧洲绘画馆购置绘画及其他艺术作品开始的。当时人们都认为，美国应该拥有一些大师级人物的代表作品。当鲁本斯[2]、提香[3]、委拉斯克斯[4]等其他大师的众多作品被运到美国的时候，并没有任何人提出任何异议。此后不久，米尔顿、拜伦、狄更斯等著名作家的原始手稿也开始大量流往美国，成为美国人的收藏品。那个阶段，美国收藏家们在购买这些艺术

① 扶轮社是依循国际扶轮的规章所成立的地区性社会团体，以增进职业交流及社会服务；其特色是每个扶轮社的成员均需出自不同的职业，并且在固定的时间及地点每周召开一次例行聚会。

② 鲁本斯（Peter Paul Rubens，1577—1640），弗兰德斯画家，十七世纪巴洛克艺术的最杰出代表，擅长绘制宗教、神话、历史、风俗、肖像及风景画。

③ 提香（Tiziano Vecellio，1490—1576），意大利画家，被誉为西方油画之父，是文艺复兴后期威尼斯画派的代表画家。更重视色彩的运用，对后来的画家如鲁本斯和普桑都有很大的影响。

④ 委拉斯凯斯（Velasquez，1599—1660），西班牙画家，十七世纪巴洛克时期画家。

珍品的时候还没有意识到他们应该顺道把作者一起买下。

随后不久他们又发现，很多具有历史纪念意义的文物古迹也可以和这些绘画、手稿一样，轻而易举地漂洋过海运往美国。从过去报纸上的记载可以得知，大概在一九三〇年的时候，墓碑和纪念碑首次搬迁。下面，我引用了一篇关于这方面内容的新闻报道，该篇报道详尽有趣，好像是摘自一九三五年得克萨斯州的某一个著名出版物：

> 作为我们同胞中非常有魄力的一员，菲尼亚斯·魁·卡科特斯先生不久之前刚刚向本市捐赠了一样独一无二的礼物，该礼物与其他收藏家的相比，明显更胜一筹。不久前，卡科特斯先生在去那个古老的国家旅游的时候完全被当地的景物吸引了，并对此赞不绝口，还认为该地风景的美好程度决不亚于得克萨斯州的景物。当他前去参观林肯郡的牧场时，他特别注意了一下那片小小的乡村教堂墓地：拥挤杂乱的坟墓，倾斜欲倒的墓碑，以及间杂其中的郁郁葱葱高耸的榆树。原来，这里便是美国人人耳熟能详的格雷[1]的作品《墓地挽歌》中所描述的遗迹。卡科特斯先生成功地买下包括树木等在内的全部遗址，目前，该墓地正在迁往得克萨斯州的途中。等该墓地全部迁至新址之后，所有的坟墓都将会整齐地排列成长方形，并以走道和林荫道

① 格雷（Thomas Gray，1716—1771），是英国新古典主义后期的重要诗人，《墓地挽歌》《Elegy Written in a Country Churchyard》是其代表作。

作为划分。此外，所有的住户①还会以姓名字母为标准进行重新排序。人们都觉得，这个贵重的馈赠品必将进一步激起人们研究得克萨斯州历史的热潮。

看来，这次前所未有的成功案例将会激发人们进行更大规模的陆地遗址的迁移运动。首先黑斯廷斯战役②的原战场于一九四〇年被成功买下，并重新布置在西芝加哥市。随后又有一批经过精心挑选的战场被买下并从欧洲迁往了美国，其中，滑铁卢战役③的战场竞购最为激烈，最终被北达科达州法戈市的女士乡村高尔夫俱乐部给买走了。

似乎直到这时候，欧洲才出现了一些微弱的质疑声（如果还不能被称为“抗议”的话）。下面这封信摘自伦敦《旁观者》一九四五年的某一期，或许里面的文字会略显激动：

《旁观者》编辑台鉴：

敬启者，数载以来，鄙人长期定居于东部，至近日，鄙人前往欧洲旅行，才诧异惊觉滑铁卢战场已然迁走。直面此事，鄙人不无叹息，不由质疑战场购买合法与否？继

---

① 是指坟墓里的死者。

② 黑斯廷斯战役（Battle of Hastings）是 1066 年 10 月 14 日，哈罗德国王（Harold II）的盎格鲁—撒克逊军队和诺曼底公爵威廉一世（William of Normandy）的军队在黑斯廷斯（英国东萨塞克斯郡濒临加来海峡的城市）地域进行的一场交战。

③ 滑铁卢战役（Battle of Waterloo）是拿破仑一世的最后一战。1815 年 6 月 18 日，法军对英普军在比利时小镇滑铁卢决战。

此，鄙人又遍寻布伦海姆[①]、耶拿[②]、奥斯特里茨[③]，最终无果。鄙人深感此事事关重大，望贵报能予以关注。

顺祝

安康

托巴斯·派普

（退伍）驻印度陆军少校

然而，随着此后更大规模的欧洲文艺古迹迁移运动的开展，之前因战场迁移而在某种程度上引起的愤慨也在惊喜恭贺中逐渐平息。当美国联邦政府以接受枫丹白露[④]的产权来抵偿法国负债的条件时，人们还未意识到枫丹白露将被迁移至美国。这次迁移虽然规模很大，但是真正实施起来却非常简单，无非也就是把树挖起来，然后再重新栽在大洋彼岸。平均迁移一棵树只消花费三美元，如果美国公民赶来观赏的话，平均每人将收费

① 布伦海姆战役（Battle of Blenheim）是西班牙王位继承战争（1701—1714）中，奥地利、英国、荷兰联军与法国、巴伐利亚军队于1704年8月13日在巴伐利亚的布伦海姆村附近的决定性交战。

② 耶拿会战（Battle of Jena-Auerstedt）是1806年法兰西第一帝国皇帝拿破仑·波拿巴指挥的法军与第四次反法同盟交战的著名战役。该战役法国告捷，拿破仑表现出杰出的军事才华。

③ 奥斯特里茨战役（Battle of Austerlitz）因参战方为法国皇帝拿破仑·波拿巴，俄国沙皇亚历山大一世，奥地利皇帝弗朗西斯二世，所以又称“三皇之战”，它是世界战争中的一场著名战役。发生于1805年奥斯特里茨村（位于今捷克境内），法军告捷。

④ 枫丹白露（Fontainebleau）是法国巴黎大都会地区内的一个市镇，位于巴黎市中心东南偏南55公里处。该地风景绮丽，森林茂盛，古迹众多，是著名的旅游胜地。

五美元，这样算下来，这桩交易还是获益颇多的啊。这片美丽的林子现在已经成功地移植在了哈德逊河的两岸，从扬克斯一直延展到南特洛伊，一路下来，大概每隔四分之一英里就配有一座加油站。

蒙大拿州州议会最近刚刚提出了一个议案，如果真正实施起来的话，可能会让很多已经圆满完成的壮举相形见绌。自古至今，人们都觉得落基山脉上的风景名胜颇为匮乏，游人们至此也常常感叹单调无趣，无景可赏。为此，有人提议在这里建立一个特别的城市，该城可以选址在著名的“死狗峡谷”，城市完全由具有欧洲历史价值的教堂组成。该提议已获批通过，并且他们可以在已搬至美国的几个教堂中进行挑选，同时，他们还准备再购几座遗留在欧洲的教堂。这个计划一旦完成，那么蒙大拿州的这个新城“伊克利西亚”[①] 将以多个广场的形式展现于世人面前，在这个自治市里，你可以看见巴黎的圣母教堂和马德莱娜教堂、君士坦丁堡的圣索菲亚清真寺、英国的约克教堂、梵蒂冈以及很多其他造型别致有趣的教堂。议案中还提议，州议会应该通过颁布一系列相关的刑事法令给这个新城创造一个与之匹配的宗教氛围。

不过特别值得欣慰的是，虽然此次艺术珍品迁移行动的规模极为宏大，但是美国并未因此出现任何财政危机。确实也是，根据哥伦比亚大学耶地教授的估算看下来，这件事还让美国赚取了可观的利润收益。在艺术珍品迁移这个大时代到来以前，

---

① 伊克利西亚（Ecclesia）是指教堂云集的意思。

每年大概会有三十三万三千的美国人前往欧洲旅行。如果以平均每人消费近三万美元计算，合计起来就有十亿美元，即相当于二百五十亿美元的利息。而事到如今，人们已经没有再去欧洲旅行的理由了，所有的这些钱（说不定是购买绘画、树木、教堂等珍品两倍的钱财）都可以省下来了呢。

除了以上的情形以外，据目前情况看来前往美国参观原本属于欧洲文艺珍品的欧洲人也越来越多。据说上个星期，有人仅在一条船上就看见一大批远道而来参观威斯敏斯特教堂的英国青年和一群精力充沛急于参观爱丁堡的苏格兰人。

成功的案例应该值得继续推广深入。他们说，南美洲也有一些值得搬走的东西呢。

摄影师的创作

“我要拍一张照片。”我说。摄影师看了看我，不大热情的样子。他塌着肩，穿着一身灰色的衣服，眼神迷糊蒙眬，就像一个自然科学家。不过我也没什么必要再仔细描绘他的样子了，谁都知道摄影师长什么样。

“坐这里，”他说，“等一会儿。”

这一等就等了一个小时。在看完了一九一二年的《女性之友》，一九〇二年的《少女杂志》和一九八八年的《婴儿日志》之后，我这才开始明白，原来我做了一件我本不该做的事情：我竟然带着我这副尊荣，惊扰了这位摄影师研习自然科学时的清净。

一个小时候之后，摄影师打开了里间的门。

“进来吧。”他声色俱厉地对我说。

我走进了摄影棚。

“坐下。”摄影师说。

一大块未漂白的棉布悬挂在脏兮兮的没有光泽的天窗上，透过那块布，一束阳光照进了摄影棚，我就坐在了那束阳光里。

摄影师把一个机器转到房间中央，然后从机器的背面钻了进去。

他进去只一秒钟的工夫（只够在里面看我一眼的时间），然后就出来了，拿起一个顶上带钩的木棍，用力扯下挂着的棉布和那块玻璃窗格，显然，他急于得到更多的空气和阳光。

接着，他又钻进了机器后面，用一小块黑布罩在自己身上。这一次，他就安安静静地呆在那儿了。我想，他可能在里面祷告呢，所以我也一动不动地坐在那里。

终于，摄影师出来了，他看起来非常严肃，然后摇了摇头。

“这张脸长得完全不对劲儿。”他说。

“我知道，”我平心静气地回答，“我一直都很有自知之明。”

他叹了一口气。

“我想，”他说，“这张脸如果再有个四分之三的饱满度，那就会好多了。”

“我也觉得那样会好很多呢！”我满腔热情地说，因为我很高兴地发现，这个男人居然也有通人性的一面。“你的脸也是这样啊！”我继续说道，“实际上，不少的脸看上去都很僵硬、狭窄、有限，但是一旦再有个四分之三的饱满度，那么那些脸就会变宽，变大，几乎无边无际……”

不过这时候，摄影师已经听不下去了。他朝我走过来，端着我的脑袋，扭过来扭过去。我想他大概是要亲我吧，所以，我闭上了眼睛。

但是，我会错意了。

他把我的脸死命拧到没法再拧之后，站在一边仔细端详着。

他又叹了一口气。

“我真不喜欢这颗脑袋。”他说。

说罢，他回到机器后边，继续透过机器看我。

“把你的嘴打开一点儿。”他说。

我开始按他的命令做了。

“闭上。”他又迅速加了一句。

然后，他又看了一会儿。

“这对耳朵真是大煞风景，”他说，“再往下垂点儿。谢了！现在注意你的眼珠子，把他们转进眼皮里面去。把手放在膝盖上，拜托了，好，把脸往上抬点儿。对，就是这样，这样不就好多了！现在把胸腔打开！就这样！脖子弯一弯——对，就是这样！然后收紧腰板——哈！现在把屁股向上，朝胳膊肘那边撅一撅——就是现在！我还是对这张脸没什么好感，有点儿过于饱满，但是——”

我在凳子上扭了一下身子。

“给我闭嘴，”我有点激动地（不过，我想我并没有失掉尊严）对他说，“这张脸是我的脸，不是你的脸，它是我的！这张脸已经跟着我过了四十年啦！它什么地方有缺陷，我自己心里很清楚！我知道它长得不是很匀称，也知道它对我来说谈不上满意！但是它是我的脸，它是我仅有的一张脸——”我意识到我的嗓子有点儿喊破了，但是我还是继续说了下去，“不管它是什么样子，我都爱它！而且，这是我的嘴，不是你的嘴！这对耳朵也是我的！如果你的机器取景范围太有限的话——”说到这里，我从座位上站了起来。

咔嚓！

摄影师拉了一下照相机上的一根绳子，照片拍好了！我甚至能感觉到那台机器似乎还没从刚才的震动中缓过神来，仍然立在那里摇摇晃晃的。

“我觉得，”摄影师一边说着，一边撇着嘴满意地笑了，“我觉得，我抓住了你激动时那一瞬间的面部表情了!”

“这样啊!”我尖酸地说，“激动时的面部表情，对吧？我猜，你大概觉得我没法激动是吧？你去把照片拿给我看看。”

“哦，现在还没法看呢，”他说，“我得先把照片洗出来才行呢！你星期六的时候再来吧，到时候我会给你看样片的。”

星期六那天，我又去了。

摄影师招呼我进门，不过我却觉得他好像比上一次平和、稳重了一些。我还觉得他的行为举止里面带有一种神秘的自信和骄傲。

他打开了一张大照片的样片，然后我们一起看照片，沉默了一阵。

“这是我吗?”我问。

“是的，”他神情祥和地说，“这就是你。”说完，他又继续端详起那张照片。

“这眼睛，”我有点迟疑，“和我的眼睛不是很像啊。”

“哦，眼睛当然不是你的，”他回答说，“我给它们做了点修饰。这不，现在它们看上去是不是比之前引人注目多啦?”

“也是，算了，”我说，“不过，我敢肯定，我的眉毛可不是长这样的。”

“不是，”那个摄影师一边说，一边回头扫了我一眼，“你那眉毛被我去掉啦！我们现在有一种新的处理方法，叫做‘戴尔菲德’，利用这个技术，就可以换上新的眉毛啦。你看这儿，我就是把那个处理方法用在这里，才让头发跟眉毛之间的距离远一点儿的，我不喜欢你天灵盖上的头发长那么低。”

“哦，你不喜欢，是吗?”我说。

“是啊，”他继续说，“我才不喜欢呢！我还是觉得你把头发梳回脑瓜表面比较好，这样一来，你的眉线就不一样啦!”

“那你觉得嘴怎么样?”我有点挖苦意味的对摄影师说，不过他好像没感觉到，“嘴也是我的吗?”

“我稍微调整了一点儿，”他说，“你原来的嘴长得太靠下面了，我觉得我没法采用。”

“不过，那耳朵倒是和我的挺契合的嘛，好像就是我自己的似的。”我说。

“是啊，”摄影师若有所思地说道，“那就是你的。不过，等我洗印照片的时候我再给你调整过来吧。我们现在还有一种图片处理技术，叫做‘萨尔菲德’，专门用来处理耳朵的，可以把耳朵彻底换掉。我想如果——”

“你给我听着!”我打断了他的话，挺直了身子，怒火中烧，用一种能把那摄影师吓得当场瘫掉的鄙夷口吻说，“你给我听着！我来这儿是拍照的，就拍一张照片，一张就算看上去让人崩溃但是跟我一模一样的照片！我要的结果是，那张照片能把上帝赐给我的那张脸准确地描绘出来！就算不怎么样，那也是上帝赐的！我希望在我死后，我的朋友们能把这个东西保存起来，想我的时候看看它，减轻一下失去我的痛苦。不过你好像误解了我的意思，这根本就不是我想要的东西。继续蛮不讲理地做下去吧！把你的底片，随便你叫他什么，全都浸到‘萨尔菲德’、‘布鲁米德’、‘奥克斯斯德’、‘考乌希德’里面去吧，你喜欢怎样就怎样，去掉眼睛，纠正嘴型，调整脸型，重装嘴唇，让领结闪闪发光，重新换个小马甲……你爱怎么做怎么做，在相片上涂上一层光晕，再调整一下色彩渐变，然后加点浮雕效果，之后再镀点金边，直到最后，你自己都不得不告诉自己好像完成了，这才算完成。等你完成了所有的工序之后，你还是自己留着照片或者送给你的朋友吧。对我来说，这张照片就是个一文不值的破烂玩意儿！”

我不禁热泪盈眶，然后离开了摄像馆。

适者生存

当我走进一家小药房的时候，挂在门上的铃儿叮叮当当地响了起来。在这样一个大城市里，在这样一条灯火通明的大道上，居然还有这样的小店铺，我觉得有点不可思议。

可是，就这家小店铺自身而言，不说那黑漆漆的角落了，就算铺子的正中央也是相当昏暗的，总体而言，这家小店真是黑得可以跟乡村十字路口的铺子相媲美了。

“我必须得加个铃铛啊，”柜台后面的那个人大概猜到我在想什么了，于是说道，“这段时间里，店里只有我一个人管着呢。”

“一把牙刷?”他问道，“嗯，我好像记得有几把就放在这附近呢。”他弯下了腰，到柜台的后面和下面仔细寻找去了，接着，他的声音从下面飘了上来，“有几把明明就是放在这附近的嘛——”然后，他又在一堆纸盒子后边自言自语地嘟囔道，“星期二我还看到几把的呢。”

假设我之前是穿过这条街，去对面那家灯火通明（因为他们大量用电）的“经济大药房”的话，我只要一说出“牙刷”，十个穿着白色医用罩衫的售货员中必有一个就会立刻往柜台上倒出各式各样崭新锃亮的牙刷——预防蛀牙的、消毒的等等，品种众多，随意挑选。

但是，我还是调转方向，走进了街对面的这家小店铺，我也说不上来这是为什么。

“嗯，我猜得没错的话，这些应该就是牙刷啦。”他边说，边缓缓地站了起来，又从柜台后边冒了出来，手里拿着一个扁平的盒子。

这些东西看起来大概是，或者很久以前曾经是，牙刷吧。

“对啦，它们正是牙刷。”他一边说着，一边饶有兴趣地看着它们。

“牙刷多少钱啊?”我问。

“哦……”那人沉思了一会儿，说，“我还真——不大清楚啊！我想上面应该标了价格吧。”他开始在牙刷柄子上找了起来。

如果是在对面的“经济大药房”的话，一旦我问“多少钱?”她们便会立刻流利地报出一串数字。

“这个好像是七十五美分吧。”他说着，顺势递给我一把牙刷。

“这把牙刷好用吧?”我问。

“应该不错，”他说，“你看看那价格就知道不会差到哪儿了。”

他没有一般售货员的口才，也不会东拉西扯说上一堆有的没的。

他又看了看那把牙刷，看得更加仔细了。

“我不相信这个会要上七十五美分，”他自己嘟囔着，“我觉得差不多十五就够了，你觉得呢?”

我从他手上拿过了那把牙刷，看了看，然后说，我确定它值上七十五。——因为我觉得最好还是做点好事，这样可能偶尔还能离天堂更近几步呢。

“那好吧，”那人说道，“可能是这样吧，我现在的视力已经不太好啦。而且店里有太多事情要忙了，我都要被它累垮啦。”

他一边说着这些话，一边弯着腰伏在柜台上包裹牙刷，我注意到，他确实是太瘦弱了。

“我没有封蜡，”他说，“可能我有，但是我暂时手边没有。”

“那没关系，”我回答说，“就用纸包一下就好啦。”

要是在对面那家店里的话，只要我一付钱，钞票就被叮叮当当地放到一个自动传送器上，直接传送到收纳员的手上，同时，牙刷也立马就被雪白的蜡图纸包裹好，并涂上封蜡，印上商标，送到我的手上了。

“哦，你一直都很忙，是吗?”我问。

“算是吧，不过不是因为忙于招呼客人，”他说，“而是因为忙着收拾这里。”说到这里，他扫视了一下四周。天知道他到底收拾了什么东西，我没看出来这里有任何收拾过了的迹象。“你看，我才来这里不过两个月而已。刚来的时候，这里简直乱得不堪入目，但是我一直在努力收拾，我做的第一件事就是把那两个用藤罩保护着的大玻璃瓶放到橱窗里去，然后在它们的后面打上光，你看看，它们这样摆出来，是不是很好看?”

“是很好看!”我重复道。

确实挺好看的啊，那个所谓打在罐子上的昏暗的黄光根本就离罐子有三四英尺远呢。不过，相比马路对面那家大药房泻出来的光线而言，这家小店铺的橱窗简直就是伸手不见五指，黑得什么都看不见。

“这里的地理位置真不错。”他说。

任何人都可以告诉他，这里是方圆两英里以内，地理位置最差的地方。

“用不了多久，我就可以让这个铺子走上正轨啦！”他继续说着，“当然啦，万事开头难嘛，刚开始的时候肯定要艰苦一点的！这么好的地理位置，当然租金也挺高的，来这里的头两个星期里，我每天都要亏本五块钱呢。不过后来，自从我把这些灯都装到橱窗里，把存货都稍稍整理了一下之后，我发现我的小店好像变得更有吸引力了，我还算了一下账，上个月平均每天只赔到三块钱啦。”

“哦，情况好多啦。”我说。

“噢，是啊，”他继续说着，两眼似乎因为对目标的渴望而闪闪发光，与凹陷灰暗的两颊形成鲜明的对比，“我一定会让铺子完全运作起来的。你看，这两周里，我每天亏的钱都不超过两块五啦，或者就在那个数目左右了。肯定会有常客来的！只要把这个地方收拾好，又装扮地这么招人喜欢，人们迟早会来光顾的。”

我没搞清楚他到底收拾了什么，也没明白哪里打扮得招人喜欢了——至少就外表看来，我什么也没看到。或许经过两个月的忙碌——无非就是把脏兮兮的落满灰尘的木箱子一会儿搬到这里，一会挪到那里，或者在两个黄色玻璃罐子后面点上两根蜡烛试试效果——心里就渐渐认为，这个小铺子已经被照得透亮，而且装饰地极具魅力，就连马路对面用玻璃和大理石装修地晶莹闪耀的大药房也无法与之媲美了。

“是啊，先生，”这人继续说着，“我准备在这里一直干下去。我要给它装修装修，里面再好好整理整理，那我很快就会让它——”这一瞬间，因为对美好未来的幻想和希冀，他的脸熠熠生辉，“我要让它不会再赔一分钱。”

我惊讶地看着他，我还从来没遇见过这么卑微的雄心壮志呢。

“唯一惹我烦心的就是我的健康了。”他又继续说道，“医药生意其实挺不错的，我很喜欢干这行，不过就是太劳神了，都要把人掏空啦！你要随时留心着，还要一直保持机敏灵活的状态。此外，你还要绞尽脑汁想些好点子，好让客人们上门时都能满意呢。我常常就因为太忙，晚上连觉都没法睡好呢。”

我四处张望了下这个小铺子，又阴森，又寂静，就像东方帝王的陵墓似的。我真是困惑得不得了，到底是什么治疗脑子的仙丹妙药，让这个小药铺的店主居然认为他自己整日忙得团团转了。

“不过，我觉得，我还是能搞定我的健康的。”他又回到了刚才的话题，“我应该雇个人在这里帮我看着店，这样我就能腾出点空闲时间，好让自己歇一阵子啦。也许我确实该这么做了，医生认为我有必要歇一阵子，顺便还可以在走开的那段时间里想想其他计策什么的。”

听到“医生”两个字的时候，我更加仔细地瞅了瞅他，不过我想，如果不是这块小地方里昏暗的光线的话，我可以很清晰地看见他脸颊上的一层淡淡的红晕。他那满心的对未来的憧憬与人生形成的强烈反差，活下去的意愿和死亡的必然，都让我清清楚楚地看到，上帝赋予这个男人一生的讽刺。对于这个小小的药店店主来说有点可悲的是，他所谓的“歇一阵子”是指要去阳光明媚的亚利桑那州的荒原和罗拉多州的山麓。

我再经过那家店铺的时候，已经是一个月之后的事了。我看着马路对面的那家小铺子，从放下的百叶窗和门上的锁，我大概读出了店主的情况。

那个药店店主离开歇一阵子去了。从打听到的消息得知，他的旅程其实并不远，只不过就在镇子后面的那个坟场里。他在那里躺着，沉思着（如果他还能沉思的话）这个健康美好的世界里的适者生存的规律。

而且人们还告诉我，最让人震惊是就是，就算他整个生意加起来也不会对对面那家大药房产生任何困扰：对面那家连汽水都没少卖过一瓶。

卓越非凡的叔叔

——个人档案

我一生认识的所有人中，最出色、最卓越的一位便是我的叔叔爱德华·菲利普·里柯克（五六十年前，在温尼伯市的时候，很多人都称他为“爱·菲”）。不需要任何赞扬的词汇，只需将他的事迹简单地叙述出来，你们就可以领略到他的与众不同了。他的事迹也不需要任何夸张点缀，因为叔叔本身就是个奇迹。

当我还是个六岁的孩童时，父亲带领我们整个家族迁居到安大略省的一个农场上去。在那个没有无线电的时代里，我们生活在一个几乎与世隔绝的世界里。那时候，我们居住的地方离铁路有三十五英里远，既没有报纸可以阅读，也没有人跟我们来往，当然了，就算想来往也没法来往。在那荒芜、漆黑的冬夜里，静谧便成了永恒。

两年后，我那活力四射的爱德华叔叔（我爸爸的弟弟）闯进了这个与世隔绝的地方。那时候，他刚刚从地中海地区的一年游历中归来，大概二十八岁左右，不过看上去却好像已经过了中年。他的皮肤晒成了古铜色，还留了一撮方形的胡子，像是金雀花王朝时期国王所留的那种样式。他充满自信，谈起阿尔及尔、非洲黑奴市场、金角湾和金字塔的时候，总是滔滔不绝。这些在我们听来，就像是《一千零一夜》一样神奇梦幻。当我们问他："爱德华叔叔，您认识威尔士亲王吗？"他只回答一句"相当熟悉"，之后便没再做别的解释。这也是他惯有的伎俩之一，不过却让人印象深刻。

就在一八七八那年，加拿大正在举行大选，爱·菲也立刻积极参与，成为参选的一员。他花了一天的工夫把上加拿大①的历史和政治都整理温习了一遍，此后，用了不到一个星期左右的时间，他便在整个乡间邻里都家喻户晓了。每次在集会上，他都要做一番演讲，不过，他的杀手锏则是通过私人交情，请人去酒吧包间喝酒，顺便拉拢选票，这也正好让他那套溜须拍马、曲迎奉承的惊人天赋得以充分发挥。

"啊，让我想想——"他会手握酒杯，然后对站在身边的某个衣着褴褛的乡下家伙说，"我敢肯定，你要是姓弗兰姆利的话，那你准跟我的老朋友——骑炮兵团的将军查尔斯·弗兰姆利爵士有亲戚关系吧！""也许是吧，"那个被奉承得不知道东南西北的家伙回答道，"我想啊，情况大概是这样吧，我跟老家的亲戚联络的也不多，关系有点儿疏远啦。""哎呀！我一定得把这事儿告诉查尔斯爵士，他要是听说我见过你了，肯定会高兴坏了！"……就这样，不出两周的工夫，爱·菲就给乔治娜镇上一半的人都冠上荣誉称号，帮他们找回了显赫的亲戚，他们也

① 上加拿大是1791—1840年英国在加拿大的旧省，现为安大略省的南部。

俨然一下子都生活在了一个到处都是将军、司令或伯爵的环境里了。那选票该怎么投呢？像他们那样高贵的出身，除了保守党他们还会选谁呢？

不用多说也知道，在政治立场方面，爱·菲向来都是站在保守党的一方，即贵族一方的。不过与此同时，他也能和社会最卑微的阶层打成一片，这是他的本性使然。对于民主党来说，他们不再需要放低姿态迎合社会底层，因为他们自己就在底层；但是，当一个保守党愿意放下身段屈尊俯就的时候，那往往就意味着征服（以伪善换取选票）。

自然，对爱·菲来说，赢取那场选举轻而易举。爱·菲本可以留在那里坐享成功，但是他更有远见，而且以他的眼界，当时的安大略根本不足以让他施展才华。况且，那段时间正赶上安大略农业经济困难时期，到处都是变卖农场以抵押贷款的现象，农人们不是"投奔美国"，就是悄无声息的安眠于地下了。

也正是那段时间里，关于开发马尼托巴[①]的话题逐渐传开了。爱·菲一心只想跟我父亲去西部，于是我们卖掉了整个农场。我们还按照旧俗，用茶点好好招待了一下买主，不过到头来却发现，那头瘦弱可怜的老牛和残旧破损的机器加起来卖掉的钱还不够买那些用来招待买主的威士忌酒呢。不过爱·菲对此不屑一顾，他置之一笑，并引用别人的话说，大英帝国的启

---

① 马尼托巴省（Manitoba）是加拿大的中部草原三省之一，面积约65万平方公里，被称为"加拿大的阳光之都"。

明星正在西方闪烁呢！此后不久他们便自己离开了，我们这些孩子们则被留在了学校。

他们到达温尼伯①的时候，正好赶上了该市经济开始繁荣的好时机，爱·菲使出浑身解数，紧跟时代的浪潮。一个处于迅速发展和变化中的“繁荣”城市（诸如八十年代的温尼伯和六十年代的卡森城②等）往往都会或多或少带有某种魔力。生命在这里汇集，享受当下，享受现在，没有过去，也没有除此以外的任何外界。到处都在兴建城市，到处都是举杯欢饮，到处都是滚滚财源。在这样的环境里，人人都变得非凡卓越，人人都变得与众不同；独立的个体和独特的个性像繁花一般自由绽放。

爱·菲的才华终于在这里得到了充分发挥。没过多久他便活跃在社会各界，且几乎无人不知，无人不识——波特奇整条大道上的街坊邻居，人人都被他封上了头衔。半年内他便拥有了一大笔财产——名义上如此；他去东部旅游了一趟，便从多伦多带回了一个漂亮的老婆；他在临河的区域盖了一座豪宅；他在家里挂满了各种名人肖像，并告诉人们那些都是他的祖先；他热情好客，终日大摆筵席，并乐此不疲。

他的活动范围非常广泛。他是一家银行（这家银行从未开张）的行长，一家酿造厂（酿的是红河的水）的厂长。不过，他最重要的一个职务是：“温尼伯市哈德逊湾和北冰洋铁路公司”

---

① 温尼伯（Winnipeg）是加拿大马尼托巴省省会和最大城市，马尼托巴省60%以上的人口都居住于该市。

② 卡森城（Carson City）是美国内华达州首府。1858年始建居民点，1859年在东北边缘发现银矿后城市得到发展，1861年成为首府。

的“秘书兼司库”。这家公司已经得到授权，可以建立一条通往北冰洋的铁路了，不过至于什么时候建，还得等到相关工作都筹备好之后再说。现在，这家公司连一个铁轨都还没建过，但是却印了不少公司的信笺和铁路的免费乘车证，这样一来，爱·菲就可以跟北美的所有铁路公司交换到它们的免费乘车证啦！

不过即使如此，爱·菲的工作中心还是放在政治上，去了那里没过多久，他就被选进了马尼托巴省的省议会了，而且要不是省里的元老约翰·诺奎还在的话，他已经成了当地的省长啦。但就算这样，没过多久诺奎还是唯爱·菲马首是瞻，事事听命于爱·菲啦。我记得在我还是个学生的时候，他们两个就一起来过一趟多伦多。那时候，他们身后还跟着一大批由“西部人”组成的随从，这些随从一致穿着厚重的水牛皮外套，留着亚述人那种样式的小胡子。爱·菲带着他们在国王大街上列队行进，就好像是凯旋的探险家带回了一众野人似的。

很自然，爱·菲的政治立场一直都保持在保守党一派，不过他给自已定的头衔更加显赫一些。对他来说，就连我们自家的祖先也拿不出手了，为此，他还创造出一个葡萄牙公爵来（我们家族里确实有人曾在葡萄牙供过职），并通过某个版本的说辞，把这个头衔冠在我哥哥吉姆的头上，大概是因为哥哥去了温尼伯并在他的办公室工作的缘故吧。每当来访者们在他的宅子里欣赏完那一幅幅祖先们的肖像时，他便用手捂着嘴，降低声调对客人耳语道：“想来也怪，只要死上两个人，那孩子便成了葡萄牙公爵啦！”不过吉姆从来没搞明白，到底是哪两个该死的人阻止他成为葡萄牙公爵。

此外，为了提升具有贵族气质的特殊威望，爱·菲还总要装出一副公务缠身，随时可能动身外出办公的样子。如果有人问他："里柯克先生，您会一整个冬季都留在温尼伯吗？"他便会回答："这得视情况而定啊，西非那边的事情总让人放不下心啊。"就这样，西非总能成功地让他们闭上嘴巴。

接着，马尼托巴的"繁荣"经济骤然崩盘了，在这样的环境下，像我父亲这样的普通人便一夜之间垮台，但是爱·菲却丝毫不受影响。正如对于游泳能手来说，来势汹涌的波涛不仅不会产生任何伤害，反而只会助他们游得更高更远一般，这场经济危机也正好助他一臂之力，让他发展得更加一帆风顺了。我相信，他实际上已经彻底破了产，但是又有什么区别呢？不用现金还可以用信用卡呢，而且他仍然拥有他那家子虚乌有的银行和通往北冰洋的铁路呢。他依旧在家中大摆筵席，客宴嘉宾，那些生意人们也照旧愿意赊账给他。谁要是来讨账，爱·菲便总是提醒他们，他的资金周转还不是很稳定，主要取决于约翰内斯堡那边情况怎样发展了。这个理由总能帮他将赊款继续拖欠个半年光景。

那段时间里，我常常都能看见他，因为他会隔一段日子就有一次"东行"，以让他的"西部"债主们认为他真的很繁忙。刚开始的时候，他靠酒店赊账、银行借贷以及开空头支票等方式四处游荡得非常滋润，当然，最大的受害者往往都是那些银行经理，特别是小城镇的银行经理们。那些银行经理一看见爱·菲走进大厅，便颤抖得像野鸽见着了老鹰似的，不过爱·

菲处理起这些事来简单地就像给乡巴佬表演从顶针下面拿出豌豆那种把戏似的。一进银行经理的办公室，他就会说："啊，原来你也钓鱼啊？那墙上挂的鱼竿一定是绿心樟木做的吧？"（不管看到什么东西，爱·菲都能说出点名堂来）。不需多时，那个银行经理便会红光满面、得意洋洋地展示起他的鱼竿，还拉开抽屉拿出一大盒钓鱼用的苍蝇给他看呢。之后，当爱·菲离开时口袋里便塞着一百块钱了——连抵押都不用，交易就已经结束啦。

他还用类似的方式一起搞定了信用贷款、酒店费用、车马租借费用以及店铺的购物账单——爱·菲的方法，人人都受用，因此他用起来也是屡试不爽。他花起那些钱来慷慨大方，买东西时从不问价格，也从不提付账的事，往往只在临走的时候像忽然想起个什么事似的带上一句："顺便说个事，发票可得早点开给我哦，我可能就要外出了。"接着又向我倾了倾，仿佛无意让店主听到："亨利·洛克爵士又从西非给我打来电报啦！"说完便阔步出来，自此，从未见过爱·菲的店主也不再会见到他了。

他在处理酒店费用的问题上和其他的有点区别。乡村旅店处理起来当然不难，说实话那简直是太简单了，他有时候还会付点现金给他们，就像猎人往往不会打死树上坐以待毙的鹧鸪一样，大概都是因为有点于心不忍吧。但是，如果对方是家大酒店的话，那就得另当别论了。临走到时候（往往是指，衣服、箱包等所有东西都准备停当，就等离开的时候），爱·菲便会去前台要求结账，一看到账单，他就会兴致勃勃地就价格公道合理的问题展开一番讨论。"想想看！"他装作跟我"私语"道，

“就跟巴黎客丽容大酒店的价格比较看看!”这两家酒店根本就无从比较，在该酒店老板看来，若非要比较，只会让他觉得自己的酒店根本拿不上台面。接着，爱·菲又开始对我“私语”了，“千万别忘记告诉约翰爵士我们在这里受到的周到待遇，他下周就要来这里了呢!”“约翰爵士”是我们的总理，这家酒店老板显然没听说过“约翰爵士”即将莅临的事情——当然，人家也根本没有要来。……终于，压轴戏来了——“现在，让我算一下……七十六美元……七十六……你给我（此时，爱·菲目不转睛地盯住酒店老板说道），你给我二十四美元吧，这样我容易记得一些，之后只要给你寄一张整一百的就行了。”那老板的手微微颤抖着，不过没办法，他还是给了爱·菲二十四美元。

说以上的那些事情，并不是要说爱·菲在某些情况下是个骗子，或指责他一点儿也不诚实。其实，账单对他而言并非拒绝付款，而仅仅是“延期付款”而已，就像英国欠美国的债务一样。他平生从来没有做过一桩欺诈的交易，连想都没想过。他的所有宏伟计划都像阳光一般透明公开——也同样虚幻无实。

不管爱·菲遇到什么样人，他都能跟得上他们的话题，左右逢源，恰到好处。有一次，我把他介绍给我的一群大学好友(他们都是一群快要拿到学位的年轻人，而且对他们来说，学位至高无上)，轻松随意地聊了一段时间之后，爱·菲转向我，对我说道:“哦，顺便说一句，你听到这个消息肯定会很高兴，那个梵蒂冈授予我的荣誉学位，我终于要拿到手啦!”“终于”这个字眼用得真是恰到好处：教皇授予的学位已经非常难得了，更何况还是“姗姗来迟”的那种!

当然，这样不劳而获的好日子自然不会长久。渐渐地，他的信用几近崩溃，人们也逐渐收回了对他的信任，债主们对他也不再像以前那么客气，就连亲朋好友也选择背弃远离他了。慢慢地，爱·菲落魄了下来，后来，妻子又去世了，爱·菲更是孑然一身了。人们常常看见他衣衫褴褛，步履蹒跚地闲晃在街头，好在他不屈的精神、自信的态度和机敏的思维让他看上去不会那么可怜狼狈。尽管如此，他的生活依旧愈加艰难，最后，就连酒吧的那一点点欠款都能将他彻底拖垮。我听我的哥哥吉姆（就是那个葡萄牙公爵）告诉我说，爱·菲那迷惑人的伎俩终于被一个酒保给识破了，酒保还怒气冲冲地把他赶出了温尼伯的酒吧。那天，爱·菲带了一小帮人到酒吧喝酒，他展开一个手掌对酒保说:“里柯克先生，五个人!”酒保破口大骂，爱·菲勾着一个朋友的手臂。“我们走吧，”他说，“那个可怜的家伙恐怕发疯了吧！不过我才不想去警局告他呢。”

之后不久，他连旅行的权力都丧失了。那些铁路公司终于发现根本就没有所谓的通往北冰洋的铁路；而且对于那些印刷商来说，他们也没必要再替他印什么信笺了。

他后来又设法成功“东行”了一次，不过也就那么一次而已。那是在一八九一年的六月里。我碰见他的时候，他正吃力地沿着多伦多的国王大街向前移动呢——衣衫褴褛，却依然戴着顶丝质礼帽，上面还箍着一圈黑丧纱。“可怜的约翰爵士，”他说，“我觉得我必须得来参加他的葬礼。”说到这里，我才骤然想起，原来总理已经去世了，而且他的这片赤诚肯定又为他赢得了一次免费的旅行机会。

那是我最后一次见到爱·菲了。那次之后不久，有人出资将他送回了英国。后来，他又从家族里某个保障信托那儿搞到了一笔每周两英镑的收入，他就靠着这一小笔钱，在伍斯特郡的一个小村庄里极尽体面地生活了下来。他告诉村里人说（这些都是我后来听说到的），他也不能确定他要在那儿住多久，这很大一部分取决于中国那边发生的情况了。不过，中国那边似乎什么情况也没发生，于是，他就在那个村庄里一年又一年地住了下来。本来他可以就这么活上一辈子的，但是似乎源于某种因果报应，一笔机缘巧合的意外之财，让爱·菲又仿佛迎来了黎明前的曙光。

我们家族还在英国的时候，我们所居住的那一带地区碰巧有一个古老的宗教团体，这个团体拥有一个寺庙和一些几百年历史的荒废了的庄园。爱·菲便把主意打在了它们的身上了。对于爱·菲来说，宗教团体不难搞定（宗教团体本身也确实如此）。爱·菲在他虔诚的“退隐”过程中，深入考察了该团体的财务情况，于是，他那敏捷聪慧的脑子让他迅速发现一笔可以向英国政府申请赔偿的旧款，不仅数量可观，而且理由充分，无可辩驳。

随后，爱·菲便立马代表该宗教团体来到了威斯敏斯特区。他深悉跟英国政府官员打交道的方法，而且，跟安大略的酒店老板相比他们似乎更容易对付一些：只要你稍微暗示一下他们自己在海外的投资非常惊人，事情便可全权办妥。官员们虽然从没踏足过那些土地，但是他们永远也不会忘记他们是怎么跟约翰内斯堡失之交臂，也永远会记得波斯石油是怎么被人捷足先登的。爱·菲要做的只是暗示一下他那条通往北冰洋的铁路就行了。“您什么时候得空的话，我一定要带您去参观一下我的铁路。我一直在想着，一旦铁路修到了科珀曼河①，我就立刻把股票都抛到英国这边的市场上来，纽约那边的市场可能有点太小……”

于是，爱·菲便得到了他想要的东西。英国政府对这类申请赔偿旧款的事情已经习以为常了，他们认为迅速赔偿总比拖延着把事情闹大要好得多了，毕竟还有很多未得到赔偿的呢。

这个宗教团体一下子得到了一大笔款子，作为感激，他们邀请爱·菲作为他们的永久经理人。自此，爱·菲的日子又开始滋润了起来，在与十字军同样古老的花园、果园以及鱼塘周边消遣的日子，总是如梭一般飞逝。

一九二一年，我在伦敦讲学的时候，他写了一封信给我说：“你来吧！我现在太老啦，没法再旅行啦！你自己挑日子，只要你来，我会派一个司机开车去接你，并让两个俗家修道人带你过来到处转转。”我看了觉得那个“俗家修道人”的字眼真是太妙了——跟爱·菲的口气简直是一模一样。

可是我没能去得成，因此再没见过他。他最后是在寺庙里去世的，不过，即使到了临终的时候，他也没有接到过西非那边传来的电报。多年以前，我一直认为爱·菲是个骗子，是个笑话，现在回头看看，好好儿体味之后才发现，原来他那百折不挠的精神就是大英帝国固有的民族特质。

---

① 科珀曼河（Coppermine River）是加拿大西北地区的河流。

如果真有天堂的话，我相信他也能混得进去。他会对门卫说:“——彼得？如果猜得没错儿的话，你一定跟蒂奇菲尔帝勋爵有血缘关系吧?”

但是如果他没有成功混进天堂，那就只能像西班牙人说的那样了:“就让尘土轻轻地覆盖在他的身上吧。”

素未谋面的朋友

他踱进卧车上的吸烟室时，我正独自坐在里头。

他穿了一件毛皮内衬的长大衣，手上提着一个值五十五美元的皮箱。他把箱子放在座位上。

然后，他看见了我。

“哦，哦!”他惊叫道，满面喜色，仿佛是为一下子认出了我而感到兴奋不已。

“哦，哦!”我也学他叫道。

“天哪!”他一边说道，一边激动地握着我的手，“谁会想到居然能在这里遇到你!”

“确实啊，谁会想到呢!”我自己心里也嘀咕着。

他又凑近了一点，仔细看着我。

“你真是一点儿都没变啊!”他说。

“你也一点儿都没变啊!”我热诚地说。

“你大概是胖了一点点。”他又细致地瞅了瞅我，评论道。

“是啊，”我说，“是胖了一点，不过你自己好像胖得更多些啊。”

这么说自然有助于为我发胖的事做辩解。

“可不是嘛，”我继续说道，胆子也逐渐大了起来，语气更加确信，“你就跟以前一个样儿。”

不过我的内心却一直都在纳闷，那人到底是谁？我完全不知道他是谁，也彻底没法提出任何跟他有关的记忆。我并不是说我的记忆力差，事实上恰恰相反，我记什么都很牢靠。虽然我有时候确实不大记得住人名，也常常想不出某些人的外形或容貌，而衣服装饰之类更是不常注意，但是除了这些细节以外我从未忘记过任何人，这也是我一直以来都引以为豪的资本。即使我发现，眼前的某个人从姓名到外貌我都忘得干干净净，我也不会惊慌失措，我非常了解该怎么处理这样的境况：只要保持冷静，懂得随机应变，那一切便迎刃而解了。

我的朋友坐了下来。

“上次见面真是很久以前的事儿啦！”他说。

“是啊，很久不见啦，”我重复道，语调里带着淡淡的忧伤，我希望他能从我的语气里感受到我的感伤。

“不过，时间过得可真快啊。”

“真是转瞬即逝啊。”我欣然表示赞同。

“真是奇怪，”他说，“人生一如既往地前进，朋友们一个个渐行渐远，回头看看，真是物是人非啊。我一直在想，为什么会变成这样呢？有时候觉得很困惑，”他继续道，“以前的那些老伙计们都上哪儿去啦？”

“我也经常这么感慨。”我说。

事实上，彼时彼刻我确实很困惑。我发现，在类似的情况下他们迟早都会提到“老伙计们”，“小伙子们”，或“那帮人”，这也正好是我可以搞清楚这个家伙到底是谁的最佳时机。

“你后来有没有再回到过那个老地方？”他问。

“再也没去过了。”我丝毫都没犹豫，斩钉截铁地说道。这种情况下，一定要表现得决绝一点，因为根据经验来看，在没搞清楚“老地方”到底是在哪里之前，千万不要接过这个话头。

“没去过啊，”他继续说，“想来你也不愿意再去了。”

“现在不啦。”我温和地回答道。

“我能理解，希望你不要在意我刚才说的话。”他说道，然后沉默了一阵。

截止目前我终于理出点儿头绪来了，很显然，有一个“老地方”，而且是一个我不再愿意前往的“老地方”。看来，这点可以作为了解对方身份的基本线索之一了。

过了一会儿，他又开口了。

“对了，”他说，“有时候，我遇到某个老伙计时，他们也会谈到你呢，而且挺想了解你的近况呢。”

“可怜的家伙。”我心里想道，不过我没说出来。

我知道，这是我果断出手的最佳时机，于是我决定采取我最常使用的一个手段。

我让自己进入一个兴奋好奇的状态。

“嘿！”我说，“比利上哪儿去啦？你后来有没有再听到过关于比利的情况啦？”

这确实是一个非常保险的问题——每一群老伙计里面都必定有个“比利”。

“是啊，”我的朋友说道，“确实有听说啊！比利去蒙大拿经营牧场去啦！去年春天的时候，我还在芝加哥看到过他一次呢！他的体重大概都上两百磅啦！你要见着他的话准认不出来了。”

“认不出，我肯定认不出呢！”我自己嘟哝道。

“那么彼得呢？他上哪儿去啦？”我说，这个名字也很保险，那帮人里也总会有个叫“彼得”的。

“你是说彼得的兄弟啊？”他说。

“是啊，是啊，是说彼得的兄弟呢！我经常想到他来着。”

“哦，”那个素未谋面的家伙回答道，“老彼得变化太大啦！他居然完完全全安定下来啦！”他说到这里，便咯咯地笑了起来，“你看，彼得他结婚啦！”

我也笑了起来。在这种情况下，如果涉及到谁结婚了，一般都是件很好笑的事情——你看，彼得（不管是谁）居然结婚了，简直是笑死人了。我笑个不停，心里却一直默默地想着这事儿该怎么处理，我真希望能够一直这么笑下去，笑到列车到站，而且，我只需要再坚持个五十多英里的路程就成功了。说实话，笑个五十多英里的路程并不是件什么难事，不过前提是你得知道你该怎么笑，或为什么笑。

不过，我的朋友却不会这么容易就满足了的。

“我还常常想要写信给你呢，”他说，他的语调降了下来，好像在讨论什么私密的事，“特别是当我听说你遭遇损失的时候。”

我继续沉默着。

我损失了什么？是钱吗？而且，如果真是如此，那我到底损失了多少？

而且，我为什么会遭遇这些损失呢？我很茫然，仿佛我这些损失真的毁了我，或者几乎毁了我。

“任何人遭遇那样的损失，都不会那么容易过去的。”他继续说，神情有点严肃。

显然，这次损失肯定让我摔到了谷底。不过，我还是什么都没说，把自己掩藏得好好儿的，只等他来道明情况。

“是啊，”那人继续说，“死亡总是让人觉得悲伤。”

死亡！哦，原来是这样哦！我高兴地差点儿打了个嗝！这就简单多啦！这种谈话中，处理起关于死亡的话题，简直就是小菜一碟。我所要做的事情就是继续安安静静地坐着，一直等到搞清楚了到底是谁“死了”为止。

“是的，”我嗫嚅道，“非常悲伤，不过，事事都有另外一面，不是吗？”

“当然了，确实是这样，尤其是在那个年纪。”

“正像你说的那样，都那么大年纪了，况且又是在过了这样的一辈子之后。”

“想来，即使是最后的那段日子，也还是身体硬朗，头脑清晰的吧？”他继续说着，语调里充满了同情。

“是啊，”我确定地说道，此时，我觉得自己终于有种踏实的感觉了，“临终前的那段日子里还能自己起床，抽烟呢。”

“什么？”他说，“你祖母她——”

我祖母？原来如此！原来如此？

“对不起，”我说，不禁有点为自己的愚蠢而生气，“刚刚说到的抽烟，其实是指‘被喷烟’，这是她的一个习惯，比如，让人读书给她听，或者让人把烟喷到她脸上……好像只有这时候，她才会平静下来——”

说着这些话的时候，我听到火车经过信号灯和侧线时发出的咔哒咔哒的声音，然后，火车渐渐停了下来。

我的朋友迅速朝窗外看了看。

他的脸上露出了点焦虑不安的神色。

“天哪！”他说，“都到了枢纽站了，我本该在前面一站下的，我居然错过了！喂，搬运师傅，”他冲着车厢的通道那边叫道，“这一站大概要停多久啊？”

“就两分钟吧，先生，”一个声音回答道，“这班车晚点啦，现在正在赶时间呢！”

我的朋友立马猛地起身，从口袋里掏出一串钥匙，在手提箱上摸摸索索地找锁扣。

我现在唯一担心的就是万一他没能够下车该怎么办。

“这里，”我说着，从口袋里掏出了一些钱，“别跟那锁扣较劲了，这些钱你先拿着用吧。”

“谢谢了，”他说着，从我手上一股脑抓过那把钱，慌乱间，一个子儿都没给我留下，“我勉强还能赶得上。”

他跳下了火车，我从窗口看着他朝候车室走去，他看上去好像没那么焦急。

我等着。

搬运工们叫嚷了起来，“全都上车吧，全部上车啦！”列车响起了一声鸣笛，接着又冒出一股蒸汽，随后，列车便启动了。

真是个傻瓜，我想道，居然把东西都落下了，那个值五十美元的箱子还躺在椅子上呢。

我等待着，一边朝窗外望去，一边还是感觉有点困惑，他到底是谁呢。

不久，我又听见那个搬运师傅的声音了，显然他正在领着什么人穿过那辆车厢。

“先生，我把整个车厢都找遍啦!”他正在说话。

“我把它放在车厢里了，就在我太太后面的那个位置上!”一个陌生的声音愤怒地嚷道，接着一个衣着体面的男人从我们这个车厢的门口那边把头伸了进来，他似乎忽然认出了什么，脸上也立刻堆起了笑容，不过，认出的并不是我，而是我身边那个值五十美元的箱子。

“啊，原来在这里!”他高呼，一把抓过箱子，提着它就离开了。

我一下子陷入了沮丧和惊愕中！什么“老伙计们”“彼得的结婚”“我祖母的去世”！我的老天爷啊！还有我的钱！我这时候才看清楚了事情的真相！原来那个人也是在“东拉西扯”，不过是有目的地“东拉西扯”而已!

我中计啦!

以后我要是再在车厢里遇到跟我东拉西扯的陌生人，我绝对不会再自作聪明啦!

卧车上的人

我来到卧铺车上的吸烟室，还没来得及坐下来给我的烟管点上烟，他便开口了。

“有点儿冷，是不是？”他说。

他一开口，我就立刻明白他是什么人了：他就是那种一直呆在卧车里，等待跟人攀谈聊天的人。我从他身边敞着的小背包里看到了里面的东西——铁路资料文件、一本年鉴以及一本《百事通》。看来这些都是他用来积累知识的工具，然后好向我们炫耀来着。

如果那天是在另外一个季节里，那么，那个车厢男子便会将“有点儿冷，是不是？”改成“有点儿热，是不是？”显然这就是他打招呼时常用的两句台词。

他望向了窗外。

“这辆火车开得太慢了，还在这儿浪费时间呢！”他说。这种话一般属于他在描述火车特有的技术知识时所使用的那部分内容。卧车男子以数字序号称呼各辆列车，他还把火车司机称呼为“他”，将列车管理员叫做“查理”①。卧车男子能敏锐地感

① 查理（Charley）是“查尔斯”（Charles）的昵称。

知到什么时候特快列车的车轮瘪了，什么时候该加水了，除此以外，他还能在黑漆漆的夜色中准确地辨识不同的村庄。跟这种人一起旅行时，便会不时地感受到一种压力。

卧车男子打开一份报纸，点了一根雪茄。

“你觉得选举的形势会怎么发展呢?”

当然了，他指的是总统选举，毕竟那是每四年才有一次的话题。不过对他来说，他可以整整谈上一年“你对选举有什么看法?”再用一年讨论“好像还没怎么听说下一次选举的情况呢。”这样一来就只剩下两年的时间了，这两年便可以混入很多其他的话题。

卧车男子并非真心想要了解我对选举的看法，他只想告诉我他对选举的看法，更确切地说，是关于整个大选的真正内幕——他可以为自己的所有言论做出个人保证。他知道——并不是猜测——关于大选的确切结果：候选人的挑选，演讲稿的草拟，以及通过怎样事无巨细的准备工作才能赢得整个纽约州的选票（只有他才知道这些细节）。

只要我愿意，我可以把所有的秘密都对外公布出来，但是这样做可能会有点不太公平，甚至还可能会引起全国范围内的混乱。

我觉得，我只要透露这样一个情况就够了：所有的内情不仅仅是确切的，其真实性更是被保证了的。卧车男子主动要求打赌，还说，要是他的预测是错误的，那他愿意支付一百元。不过，我却没搞清楚，他到底押在了什么上。

当大选已经基本尘埃落定的时候，卧车男子问我喜不喜欢这场激烈的竞争。接着他还问我，对在杰克逊维尔举行的竞选感不感兴趣？随后又接二连三地问了一系列其他的东西，如决斗、拳击、锦标赛、世界职业棒球大赛、打破世界记录的游泳比赛、跳水、射击以及吃生蚝比赛。他是怎么做到记得这么多东西的？我一直百思不得其解，大学里真该设置一门这样的课程。

不过，他的知识储备还不止这些呢。

他指着报纸上的一条新闻，说："我懂了，我一眼就看出这个叫墨索里尼的家伙又忙着捣鼓些什么了！"之后他又简单地谈了一些欧洲新闻。看起来，墨索里尼应该是个脑子挺聪明的家伙，不过就算这会儿墨索里尼遭遇了什么不测，我想我的这位朋友也不会感到惊讶。

西班牙的国王看上去俏皮聪慧，不过也是随时可能要遭殃的。实际上，不仅西班牙国王，欧洲其他的大多数国王以及统治者也都随时可能倒霉。不过，乔治国王[①]是个例外，他肯定是一直都会顺顺当当的。欧洲真正需要做的是引用地方自治制度，就像我的这位朋友在西部地区（我忘记他的家乡地名了）的家乡所实施的那样。

然而，欧洲未来发展的话题并没有重要到能够将一个人的兴趣长期吸引住。如今欧洲地区显然已经处于困境之中了，除非采用一些措施进行补救，如实行短期选举、采用俄勒冈州的职务撤换制度、伊利诺斯州税收制度以及马萨诸塞州的主法体

① 乔治国王是指当时的英国国王乔治六世。

系等，否则难以逃脱末日的危机。

随后，他又换了一个话题。

“那次横渡大西洋的飞行，合你的口味吗?”他问我。在他看来，能让我高兴起来的话题应该是发生在世界各地的大事，因而为了奉承我，他总是挑选这些内容与我分享。

接着，他向我讲起了大西洋——《百事通》这本小册子中搜集到的和这位卧车男子本身了解的那个真正的大西洋。

谁能猜得出这些内容呢?比如，大西洋有三千一百六十英里宽；大洋底最浅处为二百一十英尺，最深处则为五千三百英尺；如果美国的全部人口手拉手依次排开，那就可以从大洋此岸完美抵达大洋彼岸；如果新泽西的特伦顿的全部人口和俄亥俄州的阿克伦的全部人口依次站在彼此的头上累加起来，那就刚好可以触及大洋底部。

你不要指望从大学教育中获得这些知识，不知道怎么回事，它们居然被遗忘啦。如今，飞机成功地飞越了大西洋，大西洋也已经“家喻户晓”了，卧车男子也必然要顺应形势，掌握关于大西洋的关键信息。

就这样，我们愉快地探讨了半个小时左右，这时发生了一件非常扫兴的事情。

另外一个人进来了。

当时我觉得，只要让这个卧车男子有充分的时间发表他的观点，那么我和他的对话其实也是颇为和谐的。不过一旦进来的一个人和卧车男子一样拥有渊博的知识并一再反驳卧车男子的观点，那么危机就会降临。我刚刚谈论到的那天，车厢里就恰好就发生了这样的一幕。

第二个进来的那位先生还未来得及打开手提包，拿出年鉴和火车资料簿，他那敏锐的耳朵便捕捉到了一些信息。

“墨索里尼，”他说，“他聪明机智?”接下来，他便开始长篇大论，并计算墨索里尼到底能在真正聪明机智的人中混迹多久。我想，他大概说了有四分钟呢。

当然，这肯定会不可避免地提到那年总统选举的事儿：第一个卧车男子刚刚把他之前告诉我的预测全部复述了一遍，就得到第二位先生的一句判断“废话”，看来这位先生是刚刚游遍了整个南部、大部分中西部以及沿大西洋海岸线的全部地区，他不仅否定了之前的全部预测，还为他的否定都下了赌注！我当时推测，我大概要为他们两个做见证人，并帮他们保存二千元赌金（每方各出一千元）两个星期。

当我离开他们，准备下车的时候，他们还依旧处于义愤填膺地争执当中：赌若对方预测的总统大选结果正确，自己就出一千美金的赌资；赌墨索里尼能不能成为奥地利的国王；赌宾夕法尼亚州的伊利跟爱荷华州的伯林顿相比，人口哪个更多；赌大西洋的宽度到底是大于三千英里还是小于三千英里。

后来我听说，那辆火车在开过下一站之后便脱离了轨道，卧车也滚到了堤坝下边去了。

不过，那两个人可能只顾着争论，根本没有觉察到这些吧。

“提到印度……”

——若你的丈夫总在宾客面前重复一段往事，你该采取什么措施？

不久前的一个晚上，我参加了一个宴会。和平常一样，席间总会有一位宾客回忆他自己的一段众人早已熟知的往事。

“听到您提到了印度，”他说，“倒是让我想起我在加利福尼亚时经历的一段不同凡响的往事……”

“哦，詹姆斯，”他的妻子打断了他的话头，“请你别再讲一遍这个老掉牙的故事了。”

这个讲述者倒是个谦逊的家伙，听了老婆的话，他的脸一下子红了，立马刹住了话头。大家沉默了好一阵子，人人都感觉有点煎熬，之后，一个客人说道，“提起芝加哥的市长汤普森……”于是宴会又照常进行了下去。

不过，这件事的发生，却让我产生了一个疑问：当丈夫在席间又开始重复起一段乏味枯燥、众人耳熟能详的往事时，妻子到底该不该打断丈夫，阻止他继续老生常谈？

如果那个丈夫口齿伶俐的话（不过，大多数做丈夫的口齿都有点笨拙），他满可以很好地为自己做一个辩护。他可以说：

“我亲爱的玛莎，你觉得这是个老掉牙的故事啊？可是你要知道，如果我不讲这些，还会有其他人去讲他们那一套的。对你来说这个故事是陈词滥调，但是对其他人的妻子们来说，她们还会觉得这个故事很新鲜呢！既然我们今天晚上要讲的故事都不是新故事，那它们当然就是陈词滥调啦。你觉得我们是谁啊，难道是莎士比亚吗？我们不可能一坐在这儿，就能编出新鲜故事来的啊！如果我们能这么做的话，那我们老早就会把脸涂黑，装扮成黑人到纽约剧团里表演去啦，那样的话，一个晚上就能挣上一百美元呢！

“此外，请你再认真听我要讲的第二点。老故事跟新故事相比，有太多显而易见的优点啦：听老故事不那么费神，你无需集中精力去听，因为你已经知道这个故事的所有情节发展啦，因此，你可以在听故事的同时，尽可能多吃几个牡蛎，多咬几口芹菜，你还可以从容地小啜一口姜汁酒，为故事结尾时的哈哈大笑提前做好准备。

“此外，还要记住以下一点：如果你在宴席上不讲讲过往故事，那就准会有人提出玩统计数字的游戏了。论起让人厌烦的程度来，统计数字的游戏跟听故事相比，两者近乎八比一。你得知道，世界上有一种人，他们出没于各地，脑子里装满了各种数字：他们知道美国的铁轨有多少英里，他们还知道俄克拉荷马州有多少文盲。在任何一类宴席上面，你都有可能遇上这种人，只要他在那儿，闲聊便成了演讲。更糟糕的是，如果有两个这种人碰到了一起，那么只要他们一来，闲聊就成了辩论啦！”

自然，没什么会比遇到那种情况更糟糕的了：宴会上要是搞起辩论来，一整个晚上任谁都没法高兴得起来。一个人说了点什么——比方说他说到了美国内战，便会有其他人反驳道："不好意思，请原谅……"于是双方就开始辩论起来啦！开始的时候，他们还挺讲礼数的；过了两分钟左右，他们开始略显激动；到了四分钟的时候，两个人就恨不得对方下地狱去啦。他们先是恳请对方谅解，接着引经据典。一方说："不好意思，请原谅，如果你肯翻翻美国内战的历史，你就会发现，林肯压根儿就没有解放黑奴的打算。"另一方会说："对不起，如果你肯查阅一下林肯传记的话，你就会明白他确实想要释放黑奴……"

这当儿，你就会意识到，要想解决这个关于亚伯拉罕·林肯的问题，你必须得至少在图书馆呆上一年的光景——不过即使这样，可能也没法解决。

他们争论得更加激烈了。双方都给对方列出了一系列的书单，还让对方到华盛顿自己去找，最后，他们干脆咒骂对方滚下地狱了。

这时候，站在他们中某一方身后的侍女好几次想要从盘子里夹点奶油芹菜给他，但是却总是被他打翻；另一个侍女则把热气腾腾的黄油龙须菜不小心泼到了另一方的衣襟上了。

这样一来，这场宴会就基本被毁了。在其他客人都离席之后，这两个人还在继续唇枪舌剑；他们把这个争论的话题带到书房里，在打桥牌的过程中继续为这个话题絮絮叨叨，最后就算回到家里也依然为此叨念，没完没了。

如果一个客人说道："说到加利福尼亚，倒让我想到我在印度的一段往事……"这与之前的情况相比，想想就知道，说得有多轻松，多美好啊！而且，那盘龙须菜本该多么顺利地就被传送给了每一位宾客啊！

还不止这些呢！一个温文儒雅的先生想要与人分享他那段往事，往往需要尝试好多次，才能勉强插进去开个话头。以我的经验来看，这样的人总会有那么点儿谦卑和苦恼在身上，让人有点为之心酸。

他是在大家吃牡蛎的时候开的口。

“提到印度……”他说，但是大家的谈笑声就像一阵袭来的波浪，将他的声音湮没了。

吃鱼吃到一半的时候，大家的谈笑过程中忽然出现一阵安静，于是他又说道:“提到印度……”女主人立刻打断了他的话头，说:“您真得尝尝这条鱼的味道。”随后人们又开始大谈特谈鱼的话题，他的话头继续被湮没了。等到下一道烤肉上来的时候，他又尝试了一次:“提到印度……”正在这时候，一个侍女不小心把肉汁洒到了他的身上。

最终，他幸运地抓住了最后一次机会——一次真正即将成功的机会。“提到印度……”他刚说到这里，妻子立刻打断道：“哦，詹姆斯！”

这位女士！您认为这么做公平吗？当然了，像您这样一位聪明绝顶的女士拖着这样一位丈夫到处跑来跑去，确实是个挺大的挑战！他确实没用，您真该嫁给萧伯纳或者墨索里尼呢！

不过您没能嫁给他们，您只是嫁给了一位跟我们一样平凡普通的小人物，他没有要成为幽默大师的雄心，没有要成为擅长讲故事者的壮志，更没要成为演说家等诸如此类人物的意图。

他想要的只是在大家天南地北地聊天时，能插进去一两段关于自己的故事而已。

所以下一次，当他开始说道“提起印度来……”的时候，您可不可以让我们听听印度那边到底发生了什么吗？

制作杂志

不久前的一个晚上，我做梦梦见自己是一家有名的画报社的编辑。我也没什么好感到羞愧抱歉的，因为我经常做的关于自己的梦都比这个糟糕多了。不过不管怎样，做什么梦都不是我有意而为之的。我承认，我经常拼命想要梦见自己是威尔逊总统[①]或者布莱恩先生[②]，我也常常臆想自己是丽思·卡尔顿酒店[③]或者标准石油公司[④]的一张股票，因为这种臆想的梦境既奢华美好，又不用花费一分一毫。不过这回梦见做编辑确实是我意料之外的事情。当晚，因为赶时间，我正熬夜撰写亚伯拉罕·林肯的个人回忆录。总统选举的日子一天天逼近，关于林肯总统的回忆录在市场上也颇为受捧，不过当然了，回忆录的

---

① 托马斯·伍德罗·威尔逊（Thomas Woodrow Wilson，1856—1924），美国政治家，美国总统（1913—1921年）。

② 威廉·詹宁斯·布赖恩（William Jennings Bryan，1860—1925），美国政治家，民主党和平民党领袖。颇有吸引力的演说家。1896年、1900年、1908年3次竞选总统均未成功。

③ 丽思·卡尔顿酒店（Ritz-Carlton）是一个高级酒店及度假村品牌，分布在24个国家的主要城市，总部设于美国马里兰州，非常靠近华盛顿特区。

④ 标准石油公司（Standard Oil Company），19世纪70年代，从洛克菲勒在俄亥俄州创建了股份制的标准石油公司开始，石油公司的发展进入了一个新的时代。

市场形势也有可能是完全没有销路，像我这种等级的作家就必须得把这类情况都纳入考虑范围之内。比如说我发现，在四旬斋[①]期间《〈圣经〉新解》这样的书销售起来就比较有市场；接下来等到天热起来的时候，圣诞诗歌的市场就渐渐打开啦，而且人们对《极地航海记》的需求也逐渐增加；之后到了静谧的秋季里，我通常都是写点儿《歌德给巴赫的未发表的书信》这一类的东西了。

不过，写作可真是个累人的职业，它常常让你希望落空，你必须得拥有敏锐的洞察力和机敏的生意头脑才能洞悉市场的千变万化。

上面那一大段内容恐怕有点儿走题了，不过我只是想解释清楚，一个人要是被烦恼和压力充斥了的话，他甚至都会梦见自己成了一个编辑！

在梦里，我一看到那场景就立马知道自己的身份是什么，置身于何处了。我看着周围奢华的环境：宽敞的房间，拱形的屋顶，彩色的玻璃；我坐在一张漂亮的红木办公桌边，用一支十块钱的钢笔（是由钢笔公司赠送的），在印有凸花的稿纸（是由凸花文具公司赠送的）上写着文章；我按照一个字八分五的价格写着稿件；出于我那灵活的商业头脑，我深思熟虑，仔细挑选字母较少的词汇。一看到周围的环境，我就立刻对自己说：

“我是一个编辑，这是我编辑部圣地！”我说这个，并非意

① 四旬斋（Lent），也叫大斋节，封斋期一般是从圣灰星期三（大斋节的第一天）到复活节的四十天，基督徒视之为禁食和为复活节作准备而忏悔的季节。

味着我曾见过一位编辑或到过一个编辑部圣地，只是鉴于我已经将不少手稿投给了不少的编辑，且经常投出没多久就收到了退回的稿件，所以我就跟醒着的时候一样，对眼前见到的场景十分熟悉。

正当我出神地看着房间里这些迷人的设备，欣赏我那件奢华的黑色羊驼呢外套和雅致的衬衫胸片的时候，有人敲起了我的房门。

一个让人赏心悦目的可人儿走了进来，显然，她就是这里的员工——因为她没戴帽子，手腕上还套着白色的袖套呢！工作中的她，散发出一种无法形容的魅力，就像医院的护士一样，善良美丽，任劳任怨。

我自个儿心里想，这一定是我的私人秘书。

“我希望我没有打扰到您，先生。”那女孩儿说。

“我亲爱的孩子，”我用父亲般的口吻回答道，不过我想，作为一个编辑也不妨可以找一个够年轻、够漂亮的女孩儿做太太的，“请你别客气啦，坐吧，干了一早上的活儿，你肯定累了吧？我来给你摇铃，点份儿总汇三明治吧！”

“先生，我是来向您汇报的，”秘书继续说，“楼下有个人在等着求见您。”

我的态度立刻发生了变化。

“是个绅士呢，还是个投稿的？”我问。

“他看起来不怎么像个绅士。”

“很好，”我说，“那他肯定是个来投稿的，叫他再等会儿，让看门的把他锁到煤窖子里去，你悄悄溜出去看看这附近有没有巡逻的警察，说不定到时候我还用得上。”

“好的，先生！”秘书说。

我等了大约一个小时，写了几篇倡议人权的社论，抽了几根土耳其香烟，喝了一杯雪利葡萄酒，还咬了几口鳀鱼三明治。

这时候，我才摇了摇铃，说：“把那人叫过来吧。”

不久他便被带进来了。他看上去有些怯懦，行为举止都有点畏畏缩缩，脸上还露出作家们特有的卑贱狡猾的神情。我一眼看见他手上握着的一卷纸就立刻明白，这家伙准是来投递稿件的。

于是我说：“喂，这位先生，请你快点儿说清楚，你来这儿想要什么？干嘛来了？”

“我这儿有份稿子。”他开始说道。

“什么？”我冲他吼道，“一份稿子！你的胆子不小啊，居然敢把稿子带到这儿来！你以为这是什么地方？你随随便便就可以进来的吗？”

“这份稿子是一篇小说。”他支支吾吾颤抖道。

“一篇小说？”我尖声嚷道，“你到底想什么呢？谁告诉你我们这儿要小说了？你以为我们这儿没其他优秀稿子，非要刊登你那呆笨愚蠢、胡言乱语的小说啊！你有没有用用你的脑子啊，你这个白痴，你知道我们印那五十页的广告配图得花多少钱啊?！你看看这个，”我继续吼道，顺手抓起面前的一沓插图样片，“你看到这张石棉锅的图片了吗？多精美！保证不易燃，无异味，也没什么用处！你看到这个被授予专利的汽车了吗？装着气垫呢！我们用了一整页来描述它的性能！你能想象得出我们在这些东西上花了多少时间和心血吗？你这混球居然敢把你那惨不忍睹的小说带到这儿来！我的天哪！”我一边说着，一边从椅子上“呼”地站了起来，“我真想走到你跟前把你掐死，依照法律我有权这么做，而且我也确实要这么做！”

“别，别，”他祈求道，“我马上就离开，我来并没有恶意，我会带着我的稿子离开的。”

“你可别带着你的稿子离开，”我打断了他的话，“别想跟我们杂志社耍什么鬼把戏。你既然把你的稿子投过来了，那它就得放在这儿。如果我不大喜欢我就去起诉你，而且我相信，到时候法庭肯定会让你赔偿我的全部损失。”

说句老实话，当时突然有个念头从我的脑中闪过：说不定到最后，我还是要买下这个惨不忍睹的东西。当时，我虽然认为对那个下流无耻的家伙大发一通脾气是理所应当的，但是我还是觉得我该适时控制一下，毕竟在当前社会，大众对读物的需求越来越呈低俗化趋势发展了，广告中穿插一些这等货色的东西也是很有必要的。

我摇了摇铃。

“请把这个家伙带出去，再关起来一次，找些人好好儿地盯着他，他是个写小说的。”

“好的，先生。”秘书说。

我又把她叫了回来。

“别给他东西吃。”我吩咐道。

“不会的。”那女孩儿说道。

那稿子摊在我面前的桌子上，看起来厚厚一沓，题名为

《桃乐茜·戴克斯，亦名，她只是个牧师的女儿》。

我又摇了一下铃。

“麻烦你把门警叫过来一下。”

他进来了，从他的样貌，我看得出他是个正直、诚实的人，值得我去信任。

“琼斯，”我说，“你认得字吗？”

“认得一些，先生。”他回答说。

“很好，我要你把这个稿子拿回去看看，从头到尾通读一遍，然后再把它带回我这儿来。”

门警拿着稿子离开后，我转身又坐回办公桌旁，专心给一支暖气安装广告进行一整页的排版设计。我忽然想到一个好主意，我可以将这些图片都整整齐齐地排列起来，然后将《家，温馨的家》这首诗歌以两倍行距和黑体铅字的格式，贯穿于整个版面中，这样一来，这一期的杂志一定会大卖，吸引一大批的读者，并让他们感受到温馨和喜悦。我工作得实在是太投入了，要不是门警来敲门的话，我还根本没意识时间到已经过去了一个钟头。

“好了，琼斯，”他进来的时候，我对他说道，“你读了那篇稿子了么？”

“是的，先生。”

“标点、拼写都没错儿吧？”

“确实很好啊，没错儿，先生。”

“我希望，那稿子里面没有所谓的幽默元素吧？我希望你能非常坦诚地告诉我，琼斯，那里面确实没有让人看了抿嘴笑笑或者哈哈大笑的东西吧?”

“噢，没有，先生，”琼斯说，“一点儿都没有呢。”

“好，现在告诉我——记着，这是为了杂志的名誉着想——这篇文章里有没有给你留下什么明确深刻印象的内容?它有没有——”这时候，我的眼睛正好瞄到我们竞争对手最近一期杂志的预告，“它有没有什么亮点让你看了立刻充满惊喜和兴奋的?或者文章从头至尾有没有延续一种生命和张力，每一页都能让人看了感觉到心跳和悸动?你仔细想想，认真地回答我，琼斯，如果这篇小说不拥有这些特质，我们就不会买它。”

“我觉得这篇小说有这样的特质。”他说。

“很好，”我回答道，“现在帮我把那个作者叫过来。”

在等待那家伙过来的当儿，我迅速浏览了几页稿子。

没多久，那作者就被领了过来，他看上去有点沮丧。

“我决定了，”我说，“我决定收了你的稿子。”

他立刻笑逐颜开，脸上像蹦出了朵花儿似的。他凑近了我，像是要舔我的手。

“等一下，”我说，“我是要收下你的小说，不过里面还有些东西，一些细节什么的还需要再改动改动。”

“是吗?”他胆怯地说。

“首先，我不喜欢你的标题，‘桃乐茜·戴克斯，亦名，她只是个牧师的女儿’真是太平淡无奇了，我准备把它改为‘多萝西娅·达茜薇，亦名，社会上的危险人物’。”

“不过，确实……”投稿人说着，开始使劲绞自己的手。

“别打断我，”我说，“其次，这篇小说太长啦，”说到这里，我伸手去够那把放在桌子上的裁缝用的剪刀，“这篇小说有九千个字，我们的稿子可从来没超过六千个字，因此，我必须得从这儿剪掉一些。”我用跟前的一把卷尺仔细地量了量那份稿子，“呼哧”一刀剪下去三千字，还给了作者。“这段文字，”我说，“你自己保存着，我们不会对这部分内容提赔偿之类的要求的，你可以自由使用它们，爱怎样怎样去。”

“但是这……”他说，“您已经把这个小说的最后一部分都给剪掉了，整个结尾都没啦，读者可能没法明白……”

我冲他笑了笑，笑容里饱含了某种近乎仁慈的东西。

“亲爱的先生，”我说，“没人会在一本杂志上看一篇结尾超过三千字的文章，结尾无关紧要！我承认开头可能会有点重要，不过那结尾就算了吧。就这样，就这样吧！反正在我们的杂志上，故事都是分开排版，分散在广告的间隙里，这样才使得杂志不那么单调。不过现在嘛，我们手边用于填补空白的文字数量已经足够了。你知道的，”我继续说道，因为那人的某种神情几乎触动了我，“我们只需要印刷出来的最后一段文字看上去像是结尾就行啦！就这样！现在，我看看，”我转向那段被我剪掉文字的地方，“最后一段在这儿：桃乐茜深深地坐进了椅子里。我们就在这儿抛弃她啦！”真是太精彩了！还能找得出比这更好的结尾吗？她坐进椅子里，你就抛弃了她！没有比这更自然的啦！

那个投稿人似乎想要抗议一下，不过，我阻止了他。

“还有一件小事，”我说，“我们的下一期是暖气管和汽车刊号，我得请你在小说里加上几段关于暖气管的内容。”随后，我又迅速翻了几页，说道，“我想到了，你的故事背景主要是西班牙的夏天，那你就把地点改为瑞士，季节改为冬季，这样的话，插入关于暖气管的内容会比较容易点儿。这些都是些细节问题，改起来也不难。”

我伸出手来。

“我现在得祝你下午过得愉快啦！”我说。

那个投稿人似乎鼓足了勇气。

“那稿费呢？”他吞吞吐吐地说。

我对他的问题不屑一顾，声色俱厉地说：“根据我们的一般价码，你自然会得到一笔相应的稿费，刊物发表两年后，你就会收到一张支票了。这笔稿费足够你的日常开销了，涵盖了你买墨水、稿纸、信封绳、封蜡等其他零星附带的费用。除此以外，我们也希望能对您所花费的时间给予一些合理的补偿，主要按小时计算。再见！”

他离开了，我听见他们把他赶下楼去的动静。

然后，我坐了下来，趁着这当儿我的思维还在小说上面，我动笔开始写这篇小说的预告，我这样写道：

《狂妄自大》下期杂志即将刊登一篇惊心动魄之佳作

题名

多萝西娅·达茜薇，亦名，社会上的危险人物

该小说作者系近年来文坛后起之秀，被公认为美洲短篇小说大师。小说故事情节错综复杂，语言生动活泼、寓意深广。据悉，大作《多萝西娅·达茜薇》所获稿酬居世界小说稿酬之巅峰。该作通篇精华，阅读之时必为之吸引，热血沸腾，读至结尾，则必为之困惑，陷入迷惘；回味重温，精彩依旧。与这篇小说巅峰之作同期将刊登斯皮格特与法福西特家用暖气设备公司的最新产品，敬请关注。

写完这段预告，我摇了摇铃，正准备对秘书说：

“亲爱的孩子，请原谅我的一时忽略：到现在都没吃饭，一定饿了吧，你愿意赏脸一起……”

然后，我就醒了——在错误的时间段里醒来，做梦总是这样让人遗憾不已。

著名演员之访谈

——即，我们十六位著名演员中的任何一位

趁他独自待在私人书房的时候，我们对这位伟大的演员进行了访问，不过我必须得说，我们着实费了不少的劲儿才成功完成这次的访谈。

我们进去的时候，他正坐在一张大大的扶手椅上陷入深深的沉思之中，显然没有意识到我们的到来。他的膝头上放着一张他自己的六英寸相片，而他的一双眼睛死死地盯着照片，像是要从中探出什么深不可测的奥秘似的；我们还注意到，靠近他胳膊肘的那张桌子上立着一张碳凹版印刷出来的照片，非常精美；此外，天花板上还悬挂着一大幅他本人的半色调粉笔画像。

直到我们坐了下来，拿出笔记本，那位伟大的演员才抬眼看了一眼我们。

“访问?”他说，语气里透露出点不耐烦，“又来一个访问!”

我们鞠了个躬。

“报道!”他好像不是针对我们，而更像是不满地对自己嘀咕道，“报道！一个人为什么老是要被迫对外曝光呢?”

我们向他道了歉，并解释道，我们此次访问绝不会对外公布或刊登任何一个字——

“呃，什么?”大演员大声叫嚷起来，“不会刊登？不会对外公布？那干嘛来——”

我们向他解释，没有得到他的同意，便不会那么做。

“哦，”他不耐烦地嗫嚅道，“得到我的同意——是的，是的，我必须得给出同意，整个世界都是这么向我要求的。其实吧，不用那么复杂。出版、印刷，你们想怎么办就怎么办，随便你们，我不需要奉承，也不在乎声名，后世的人们会给予我公正的评价。不过，”他精神了一点，“等样稿出来了，请及时拿给我看一下，说不定我要做一些修改呢。”

我们鞠了一躬，以表遵从。

于是便开始了访问:“那么，我们能向您请教几个关于您表演艺术的问题吗？首先，在这么多的戏剧分支中，您认为您在哪一类里更具天分，是悲剧还是喜剧呢?”

“两者皆是。”名演员回答道。

“也就是说，这两者比较起来您皆不见长?”我们接着问道。

“情况完全相反，两者我都擅长。”他回答。

“不好意思，请原谅，”我们说，“我们刚刚没有把意思表达清楚，我们想问的问题简单说来就是：难道在这两者中，您并不认为您在某一方面更胜于另一方面吗?”

“完全不是那样。”这位伟大的演员一边说道，一边伸出手臂，摆出一个多年以来饱受赞誉的招牌姿势，与此同时，他又将他那狮子一般的脑袋向后一甩，狮鬃般的头发顺势从狮子般的前额向后披散开来。“完全不是这样的，在这两方面上我都十分擅长，我的天分让我能将喜剧和悲剧同时完美驾驭。”

“哦，”我们似醍醐灌顶般恍然大悟了，“那么，我们是不是就可以认为，刚才您说的就是您即将出演莎士比亚剧的原因了？”

大演员皱了皱眉头。

“我更倾向于另外一个说法：莎士比亚将在我的表演艺术里得到完美体现。”他说。

“当然，当然了！”我们为自己的愚钝感到羞愧，低低咕哝道。

“我即将出演《哈姆雷特》，可以这么说吧，我将诠释一个前无古人、焕然一新的哈姆雷特。”大演员继续说道。

“焕然一新的哈姆雷特？”我们惊呼道，完全为之所吸引，“焕然一新的哈姆雷特，这有可能实现吗？”

“完全可行，”大演员说道，又将他那狮子般的脑袋向前甩了一下，“我已经花了好几年的时间专门研究了这部分的内容，我们过去关于哈姆雷特部分的理解完全不对劲。”

我们坐在那儿听得一愣一愣的。

“以往的所有演员，”大演员继续说道，“抑或说成是，所有所谓的演员们——我的意思是指所有那些在我之前试图演戏的人——他们所表演的就是个彻头彻尾的错误，因为那些人扮演的哈姆雷特总是身穿黑色天鹅绒的服装。”

“是啊，是啊，”我们插嘴道，“确实是穿着黑色天鹅绒衣服，没错儿！”

“真是好极了，这么荒唐！”大演员继续说道，一边随手从他身边的书架上取下两到三本沉甸甸的厚书来，“你们可曾研究过伊丽莎白时代的服饰？”

“哪个时代？”我们谦逊地问。

“伊丽莎白时代？”

我们沉默了。

“或者前莎士比亚悲剧？”

我们都耷拉着脑袋。

“如果你们以前研究过这些，你们就会知道，哈姆雷特身着黑色天鹅绒衣服这件事实在是太荒谬了。要是你们的脑子够用的话，我可以不花工夫就让你们了解，在莎士比亚的时代里，根本就没有黑色天鹅绒这种东西——它根本不存在。”

“那么，”我们问道，迷惘困惑而又兴奋好奇，“您准备怎样演绎哈姆雷特呢？”

“穿棕色的天鹅绒衣服。”大演员回答道。

“天呐！”我们惊呼道，“这真是一个了不起的改革啊！”

“确实是改革，不过这只是我表演理念中的一个部分而已，最主要的是我对哈姆雷特心理的演绎，我称之为哈姆雷特心理状态的演绎。”

“心理状态？”我们说道。

“是的，”大演员继续说道，“是心理状态。为了让哈姆雷特更容易为大众理解，我想将他表现为一个被一种巨大负担压垮的人——他被一种 Welt-schmerz[①] 的情绪所压倒；他走到哪儿，便背负着 Zeitgeist[②] 的全部重担；然而实际上，他的内心埋藏着他那永恒不变的否定——”

“您的意思是说，”我们说道，尽全力让自己说得听上去非常愉快，“那些东西已经超越他所能承受的范围了吗？”

“他的意志力已经崩溃了。”大演员继续说道，完全没有理会我们的插嘴，“他试图想要朝着某一个方向前进，但是却被命运掷往另一个方向；这一秒，他还沉溺于深渊之中，下一秒，便又升入云霄；他的双脚想要触及坚实的地面，却发现脚下有的只是空气——”

“太精彩了，”我们说，“但是您要这么演的话，是不是需要很多机械设备呢？”

“机械设备？”大演员提高了声调，像狮子一般大笑起来，“不，不，不！我要的是表现思想的设备，表现力量[③]和吸引力[④]的装置——”

“啊，”我们说道，“是使用电力设备吧。”

“完全不用电力，”大演员说道，“你们根本没能理解我的意思！所有的一切都完全由我自己来演绎表现，就拿那段有名的死亡独白来举例吧——你们知道那一段吗？”

---

① 该演员故作高深，选用德文词，意思为：悲观厌世。

② 德文词，意思为：时代精神。

③ 原文中使用了“power”一词。

④ 原文中使用了“megnetism”一词。“megnetism”又有“磁性”的意思，和前面的“power”一起让记者们联想到了“电力设备”。

“生存还是毁灭。”我们开始朗诵。

“好了，停下来吧，”大演员说道，“你们现在留点儿神，这是一段不折不扣的独白，这点是关键——这是哈姆雷特对他自己说的话。事实上在我的表演里面，这一段是一个字儿也不用说出口的，一切尽在不言中。”

“那您到底是要怎么表演出来呢?”我们开始问道。

“完完全全就靠我这张脸来表现啊。”

我的天哪！这能办到吗？我们又看了一遍大演员的脸孔，这一次看得非常真切，这张脸让我们不禁震撼地意识到，他真的可以办到。

“我就这样走到观众的面前，”他继续说道，“然后，独白就这么开始了——请跟着我的面部表情走——”

大演员一边说着，一边双臂合拢摆出他的招牌动作，与此同时，种种情绪表情依次展现于他的面部，时而期待，时而疑虑，时而绝望，时而失落——可以说，我们必须得目不转睛地追随着他那变幻莫测的面部表情。

“太棒了!”我们喘了口气说。

“莎士比亚的台词，”大演员说道，面部表情也恢复到了以往的平静，“莎士比亚的台词没有必要，至少以我的演技来看，这些台词是没有必要说出口的。事实上他的台词仅仅是一种舞台说明，除此以外什么也不是，所以我把它们都删掉啦。在这部戏剧里，这样的情况数不胜数，就拿众所周知的一幕，即哈姆雷特手中捧着骷髅的那个场景举例吧，在这里，莎士比亚的台词是：‘啊，可怜的约里克，我很熟识他——’”

“是的，是的！”尽管我们是在这位伟大的演员面前，我们还是不顾一切地忍不住插嘴了，“他是个最会讲俏皮话的家伙——”

“你们的强调真是糟糕透了，”大演员说道，“不过听清楚了，在我的表演中，这些台词我一个字都不会用的。我就静静地捧着骷髅，缓缓地走遍整个舞台。接着，我便依靠着旁边的一根台柱，将骷髅捧在手心，静静地看着它，沉思。”

“妙极了！”我们齐声呼道。

“然后，我大步跨越右侧的舞台，坐在一张平凡无奇的木凳上，呆呆地看着骷髅些许时候。”

“太了不起了！”

“接着，我又向舞台的后侧走去，趴在地面上，手里却依旧紧握着骷髅，呆呆地凝视。这个姿势保持了一阵子之后，我便缓缓向前爬行，用大腿和肚子的动作来塑造约里克的悲惨一生。最后，我背对着观众，依旧紧握骷髅，用颤抖的肩部动作向观众传达哈姆雷特失去好友的深切哀痛。”

“哇！”我们兴奋地惊呼道，“这不仅仅是一个革新，更是一个对传统的颠覆啊！”

“两者都是！”大演员说道。

“这意味着，你实际上根本就不需要莎士比亚。”

“确实是这样，我不需要莎士比亚，没有他我会演得更好。莎士比亚就是我的羁绊。我真正想要传达的并不是莎士比亚，而是更伟大、更宏大——怎么表达才好呢——更壮阔的……”

说到这里，大演员停顿了一下，我们把笔悬在半空中，等待着。然后，他嘀咕了一下，眼中忽然闪过某种欣喜若狂的神情，“实际上，就是——我。”

说完，他便纹丝不动地保持着之前的那个动作。我们嘴里衔着笔记本，手脚并用地悄悄爬到门边，然后走下楼去。

乔·布朗，亦，吃饼冠军

吃饼冠军——乔·布朗，给人的第一印象是一个沉默寡言、从不装腔作势、身材普通的人，而且他的行为举止处处显露出他的坦诚和随性，往往让人感觉轻松自在。

“请坐吧，”他对我们说道（我们是一群前去采访的报社记者），然后朝阳台上的安乐椅挥了挥手，“请坐吧，天气挺暖和的，是吧？”

他的话简单朴实，再加上他的善意和热情，让我们一下子感觉到了家的温暖。似乎真的很难让人相信，眼前的这个男人真真切切就是那个在吃饼和连续吃饼这个项目上，吃得比任何活人（现在还活着的人）都要多的冠军。

“好的，乔，”我们一边说，一边拿出铅笔和本子，“谈谈关于吃饼的事儿吧？”

布朗先生大笑了起来，他那种愉快简单的笑容非常有感染力，一下子让人顾虑全无。

“我就知道你们这群小伙子是来问吃饼的事的。”他说。

“哦，”我们承认道，“全世界都在谈论这件事呢，乔！你看，虽然最近的头条新闻有很多，如一个男人连续打了二十四小时的高尔夫球，一个印第安纳州的女人连剥了三天的豌豆，采摘黑果木的记录刚刚被打破，加拿大梅蒂逊哈特市的一个男人金鸡独立了七个小时，爱荷华州的一个胖男孩儿上个星期以四百磅的体重夺取胖童冠军，不过您吃饼的事情还是比那些都强劲多了！”

“是啊，”布朗先生不动声色地说道，“近来各地的大事件确实很多，我也很荣幸参与其中一项，不过我却并没有感觉自己干了件什么轰轰烈烈的大事啊。”

“哦，乔，别谦虚啊，”我们争辩道，“纽约的人都在谈论您吃饼的事儿，他们都认为这是本月最持久、最具影响力的表演呢！这会让您成为——更确切地说，您应该就是‘今日大人物排行榜’的榜首呢。”

“哦，”冠军谦虚地说道，“我恐怕还承受不了这么多的赞誉呢，我只是尽力而为，努力做到最好罢了——我不希望这些东西能将我击垮，所以我只是憋足了劲儿，不达目的誓不罢休而已。”

“起初，是什么让您选择吃饼这个项目的，乔？”一个小伙子问道。

“很难说清楚，”他回答，“我想我只是顺其自然吃起来的吧，当我还是个小孩儿，根本不晓得什么吃饼比赛的时候，我就非常喜欢挑战自己能吃多少饼了。”

“这次比赛的时候，你吃下第一块饼时有什么想法呢？”一个小伙子问道。

“别问这个，”另一个突然插进话头，“跟我们讲讲你的训练过程吧，乔——你是怎样让自己达到那个目标的?”“别问那个，”第三个人插嘴，“跟我们讲讲你在整个比赛过程中，最难熬的阶段是什么时候?”

那个大人物笑了。“哎呀，你们这群小伙子一口气问了我这么多问题，”他说，“可是事实却再简单不过了，而且就我看来，这也没什么值得吹嘘的。”

“至于这个冠军比赛嘛，”他继续说道，脸色却渐渐平静了下来，显得有点严肃，“小伙子们，我只能说，我很高兴这件事儿终于过去啦——这件事让我有压力，而且压力很大。我永远也不会忘记我在吃掉了第二十块，然后第三十块，接着又吃第四十块时的感受，我告诉自己，‘我确实没法一直吃下去啊，停下来是迟早的事儿!’我也搞不清是什么让我能明白了这个道理的。

“当我从第二十块吃到第三十块的那当儿里，我真想忽然加速，恨不得能每秒钟吃上两口才好，但我发现我没法保持那个速度了，于是我把速度降到每五秒钟吃上四口，并且努力保持匀速，硬撑下去，直到我听到裁判大声告诉我我赢了的时候才停下。那之后，我觉得我都快虚脱得倒下去了，一点儿力气都没啦!”

“你休息了很久吗?”有人问道。

“没有很久，就两三分钟而已。之后我就回家，洗了把澡，浑身擦了擦，吃了点儿东西，就又神清气爽啦。”

“乔，听说你要去大洋彼岸，这消息可靠吗?”一个小伙子问道。

“这个我也不是很清楚，我的经理要我去往英国参加那儿的吃饼比赛来着。我听说英国那边有很多顶级人物，要是跟他们比赛还能赢的话，那才叫荣幸呢。”

“那你要去法国吗，乔?”

“是的，我也要去法国的，法国也是高手如云，而且他们的技巧比我们丰富多了，吃饼速度更是不在话下，迄今为止，他们的下颚的动作比我们的灵活得多呢！我若是和一个法国吃饼家比赛的话，我仅有的优势——当然，如果我确实有优势的话——就是我的持久力了。”

“乔，法国那边吃饼比赛的规则会不会跟咱们这边的不一样啊?”我们中的一个小伙子问道。

“确实有些不一样，”冠军说，“法国人在比赛过程中是允许喝酒的，可以喝到六加仑。你们应该知道的，我们这儿是不允许喝酒的。不过，现在已经成立了一个国际吃饼比赛联盟，我们都希望他们能制定出一套众人都能遵守的规则来。”

“要是你出国参加比赛的话，那你准备在哪儿训练呢?”又有人问冠军。

“我有可能就在纽约等几个大城市的简餐馆子里训练吧，不过车站的餐厅也不赖，我还有可能去试试大酒店的自助餐厅呢。简而言之，随便什么地方，只要有氛围，能让我提高速度，我都会去试试。”

“那你打算什么时候动身前往欧洲呢?”我们问道。

“哦，我现在还没法离开呢，我得先给电影公司的人拍好片子呢。我得每天为他们吃上四到五个小时，而且我们还在尝试拍摄高速吃饼法的片子呢。”

“那演讲怎么安排呢？”

“对啊，我打算下个月就开始做巡回演讲了，一直走到滨海城市，演讲的主题就是《吃与食物之关联》。”

“你会为学校做点儿什么事吗，乔？”有人问道。

“当然，我打算去很多公立学校做演讲呢。”

“关于什么内容呢？”

“还是《吃与食物之关联》。所以你们看，我暂时还没法脱身去欧洲比赛呢。”

我们就这样坐着，跟近来世界上最新颖的，从某种程度上来说最有趣的冠军攀谈了半个多小时。跟他谈论着人类不断向往进步的态度，我们都觉得十分高兴。过去人们对战争、经济、工业的痴迷劲儿，如今显然已经渐渐消退，取而代之的则是更具人道精神和生命活力的吃饼、金鸡独立及采摘黑果木等比赛项目。

就这么凝视着乔·布朗先生，我们似乎感受到，站在我们面前的正是当今这个新时代里的典型人物。

不过从现在这个情况看来，这位冠军似乎有点儿疲乏了。

“小伙子们，”他说，“我想你们会体谅我的，我已经有点儿感觉到饿啦，我得进内室找点儿东西填填肚子啦。”

“乔，你日常的饮食都是什么呢？”我们问道。

“饼。”他回答道。

典型小说家之访谈

——埃德温与爱赛琳达·阿福特索特夫妇之美满家庭生活

与阿福特索特夫妇的愉快访谈是在乌纳甘塞特河畔的一个美丽的乡村别墅里进行的。承蒙他们的热情招待，我们是从最近的火车站步行到达目的地的——距离别墅约有十四英里。事实上也是如此，他们一听说我们准备前来采访，便立马邀请我们散步过去了。“很抱歉，我们没法用轿车接送你们，”他们在信中写道，“这里公路上的灰尘出奇得多，我们担心司机先生会落得一身尘土。”这个贴心关照他人的细节便是他们人性的主要体现。

房子本身确实是一座古老雅致的宅邸，门窗正对着一个宽敞的园子，园子的尽头有一个敞阔的梯台，临河而设。

这位著名的小说家站在大门口迎接我们。我们本以为这位《安吉拉·里弗斯》和《欲望花园》的作者定是一位面色苍白、身形孱弱的唯美派（在采访之前，我们一直这么设想，不过这会儿却发现，作者和我们想象的完全不一致），当我们发现他竟然是个身材魁梧结实的户外运动者时，我们着实没控制住自己的诧异之情（老实说，我们很少这样）。他还告诉我们，他穿上长袜之后净重一百英石①（我们都认为他确实说的是“英石”）。

他热情地和我们都握了握手。

“跟我一起来看看我养的猪吧。”他说。

“我们来是想请教一些关于您的著作的问题。”我们一边沿着小路走，一边问他。

“我们还是先去看看猪吧，”他说，“你们对猪有了解吗？”

一直以来，我们出去采访的时候都尽量做到处事圆滑，对任何人都投其所好，但是这一次我们确实没法承认自己对猪有什么了解的。

“啊，你们或许对狗更了解一点儿吧？”这位伟大的小说家说道。

“我们对狗也实在不大了解啊。”我们回答道。

“那你们了解蜜蜂吗？”他问道。

“稍微了解一点儿。”我们回答道（我们曾经被一个蜜蜂蛰过）。

“哦，”他说，“那你们得去瞅瞅那边的蜂窝，现在就去怎么样？”

我们老实地告诉他，我们更倾向于迟些时候再去看蜂窝。

“那还是一起过来吧，我们去猪圈看看，”伟大的小说家说道，然后又补了一句，“你们大概不太懂配种吧？”

我们的脸刷地红了，心里想着家里还有五张小脸围着饭桌等着我们用采访赚来的钱养家糊口呢。

---

① 英石（stone），英制重量单位，相当于14磅。

“不懂，”我们说，“我们对配种一窍不通啊。”

“那也好，”走到目的地的时候，伟大的小说家开口了，“你们觉得这个猪圈怎么样，喜欢吗？”

“打心底里喜欢。”我们说。

“我最近又用瓷砖铺了一个新的排水管道——当然是我之前就计划好的。你们注意到了没，这样一来这里的气味儿就香多啦！”

这个，我们真没注意到。

“这当儿，恐怕这些猪们都在里面睡觉呢。”小说家说。

我们恳求他可千万别叫醒它们，他破例为我们打开偏门，邀请我们从那儿悄悄爬进去，我们坚持认为，我们无意侵扰猪们的安眠。

“我们来这儿的本来目的，是想请教请教您关于小说写作的技巧方法。”我们说道。我们说这个的时候，内心还怀揣着某种特殊的信念——除了想快点完成这次采访以外，我们一直以来都非常渴望了解写作小说的过程是怎样的，如果我们也能有幸了解这些，说不定哪天我们自己也会写上这么一部。

“先来看看我的公牛们，”小说家说，“最近我刚搞来两头小公牛养在我的农场里，你们看了肯定会感兴趣的。”

我们也很肯定地这么觉得。

他把我们带到一道绿色的栅栏前，里面有两头看起来非常凶猛的动物正在嚼着谷子，它们一边吃着一边向上翻动眼珠瞪着我们。

“它们给你们的第一印象是什么？”他问。

我们很确定地告诉他，它们就是我们理想中最完美无缺的公牛。

“想跟他们一起去散散步吗？”小说家说着打开了那个小栅栏门。

我们后退了几步——就这样去叨扰这些公牛，对它们不大公平吧？

伟大的小说家留意到了我们的踌躇。

“别怕啊，”他说，“它们不会伤害你们的，我每天早上都会派雇佣工进去陪在它们左右的，他们半点犹豫都没有过。”

我们钦佩地看着眼前这位著名的小说家，我们这才意识到，他和当前的许多作家、演员甚至思想家们一样，都是当之无愧的户外运动家。

不过我们还是摇了摇头。

我们解释道，我们完全不具备关于公牛的任何知识；我们还说，我们的目的只是从他那儿学到点儿写作方法。

“写作方法？”我们回到小径上时候，他回答道，“哦，这个嘛，老实说我也不大知道我有什么好的写作方法。”

“那在开始写作一部新的小说时，您通常会做些什么计划或者采取什么样的方法呢？”我们一边问，一边掏出笔记和铅笔来。

“一般而言，我的计划就是来到这里，坐在猪圈里，一直等到我想出了小说的主人公来为止。”小说家说。

“时间花得多吗？”我们问。

“不算多，通常来说，跟我的猪安安静静地呆上个半小时的话，至少小说的主人公就有眉目了。”

“那您接下来会做什么呢？”

“哦，之后我一般都会点支烟，去蜂窝里面坐坐，顺便想想故事情节。”

“您能想得到吗？”

“没失败过。那以后，我就会做点儿笔记，然后就带着我的哈士奇出去逛上十英里的路，回来时正好去牛棚里看看，顺道儿跟我的小公牛们耍耍。”

我们叹了一口气——我们没法儿不叹气了——说得越多，越觉得自己离写作小说的道路越远了。

“贵府还养只了山羊吗？”我们问道。

“噢，那是自然的，这个老家伙可真是妙极了。来来来，跟我走，一起去看看它。”

我们摇了摇头，毫无疑问，我们的失望肯定是显露在脸上了，老是这样。我们觉得，当前只有在山羊、狗、猪和小公牛的协助下完成的流行小说才是健康完美的。但是，我们还觉得我们确实是没那资格了。

我们又自作主张地问了一个问题。

“您早上什么时候起床呢？”我们说。

“哦，差不多都是四点到五点的样子吧。”小说家说。

“啊，那您是不是一起来都要去冲个凉——即使是冬天也是如此？”

“是这样的。”

“您一定更加喜欢水上冻了一层厚厚的冰吧？”我们说着，

口气里尽是连我们自己也无法掩盖的沮丧和失望。

“哦，当然是这样啦!”

我们没再说什么话了，我们终于明白为什么我们的人生会这么失败，可是当我们发现真相的时候却还是觉得痛苦。就像这个冰块问题，它就是我们四十七年来成功的阻碍。

伟大的小说家似乎也注意到了我们的沮丧。

“进屋里来，”他说，“我太太会给你们沏杯茶的。”

一定是命运让我们与这位风姿绰约的别墅女主人见面的——见到她没一会儿工夫，我们就把所有的烦恼抛诸九霄云外了。

我们在一个矮脚凳上坐下，紧挨着爱赛琳达·阿福特索特，她以独特高雅的方式主持着这次茶话会。

“这么说来，你们是想了解一些我写作的方法咯?”她说着，一边把热茶倒在了我们的腿上。

“是这样的。”我们一边回答，一边拿出小本子，与此同时我们采访的兴致又恢复了一些。我们觉得，只要别人把我们当人待，我们就不会介意被热茶浇到。

“您能给我们点指教吗，比如，您在写小说开头的时候一般是采用什么方法呢?”我们继续问道。

“我在开头的时候一般都会做点儿研究。”爱赛琳达·阿福特索特说道。

“做点儿研究?”我们有点儿摸不着头脑。

“嗯，我是指对实际情况的研究。举个例子，我的《蒸汽洗衣店女工的生活片段》就是这样来的——你们要添点儿茶水吗？”

“不，不，不用了。”我们说。

“好吧，为了写作那本书，我先去洗衣房干了两年活。”

“两年！”我们惊嚷道，“为什么呢？”

“想了解那儿的氛围。”

“得到蒸汽？”我们问。

“哦，不是，不是，”阿福特索特太太说，“氛围和蒸汽我是分开做的——我是在一个技术学院修的关于蒸汽的课程。”

“这个可能吗？”我们说道，心里又开始哀嚎了，“这么做都是必须的吗？”

“反正我没发现别人用过其他方法。你们一定都记得吧，故事开始于——要添茶水吗？——故事开始于洗衣房的锅炉间。”

“是的，我们记得，”我们说道，挪了挪腿，“哦，不用啦，谢谢。”

“你们瞧，只有对锅炉间进行内部描述的开头部分才是小说唯一可能的据点[①]。”

我们点点头。

“大师的手笔。”我们说道。

“我太太对工作可真是尽心！”伟大的小说家插嘴道，他坐在那儿，一只巨型丹麦猎犬的脑袋搭在他的腿上。他一边跟狗分享一片涂满黄油的吐司，一边整理着钓鳟鱼用的苍蝇。

“您向来都是用那个方法吗？”我们问道。

---

① 据点（point d'appui）是法语词汇。

“向来都是，”她回答道，“为了写那部《厂子里的弗莱得利卡》，我花了六个月的时间在一家编织厂里工作；为了完成那部《泥沼地里的雏菊》，我专门为此研究了好几个月。”

“研究什么？”我们问道。

“研究泥土，学习用泥土做模型。你看，要写这种类型的文章，你首先得做的就是通晓不同种类泥土的知识。”

“那您接下来准备做点儿什么呢？”我们询问道。

“我的下一本书嘛，”这位女小说家说，“是一种研究——要添茶水吗？——关于腌菜工业的研究。这是一个崭新的写作方向啊。”

“真是个吸引人的领域。”我们嘀咕道。

“而且很新颖。有好几个作家已经写过屠宰场了，英国那边也出了不少关于果酱的作品，但是至今还没发现有人写过关于腌菜的题材呢！如果能办到的话，我想开辟这个领域。”爱赛琳达·阿福特索特又补充了一句，这是用她那特有的优雅谦逊的语气说的，“我想写出一套关于腌菜的小说——你们应该知道的——为了展现整个腌菜工业地区的风貌，我可能会通过一个四到五代的腌菜工人家庭来展现。”

“四到五代！”我们兴致勃勃地说，“要写就写上十代吧！那除此以外，您还有什么其他的写作计划吗？”

“哦，那是当然，”女小说家笑道，“我向来都是未雨绸缪的——在那之后，我将会研究研究监狱的内部情况。”

“监狱内部？”我们说道，不禁打了个冷战。

“是啊，当然了，为了写这部小说，我还得去监狱蹲上两到三年呢!”

“可是，您该怎么进去呢?”我们问，并为眼前这位看上去弱不禁风却镇定自若、果断刚毅的女子感到无比震撼。

“我会以权利维护的方式去要求的。”她镇定地回答，“我会带领一批热血的妇女前往相关权利部门，要求他们将我送进监狱的！我相信，既然我已经为社会做了那么多的贡献，这点要求也不算过分。”

“这是自然的。”我们强烈地赞同道。

我们站起来准备离开了。

两位小说家都热情地跟我们握手道别。阿福特索特先生一直把我们送到大门口，还给我们指明了一条抄近路：经过蜂窝，径直穿过小牛草场之后，那儿便是主干道。

我们静静地离开了，暮色渐渐降临。一路上我们的脑子里都在想：我们根本不适合写小说——要进监狱，我们必须得找其他路子。

不过我们还是觉得，不妨将这篇稿子写出来吧，也好给别人做个指引。

一位记者朋友

我刚刚结束演讲，他便捧着一个笔记本上台来，走到我的跟前。

“如果您不介意的话，”他说，“请您直接告诉我演讲的要点是什么吧？我刚刚没有来得及听。”

“演讲的时候你不在场？”

“不，不，”他停下来削了一会儿铅笔，又说，“我当时在看冰球比赛。”

“是要报道那场比赛吗？”

“不是，我才不会报道那种东西，我只报道学术演讲等高层次的东西。不过刚才那场冰球比赛真是精彩！哦，您的演讲都是关于什么来着？”

“题目是《科学的胜利发展》。”

“关于科学，嗯？”他一边说，一边奋笔疾书。

“是的，”我回答道，“是关于科学。”

他停顿了一会儿。

“‘胜利’两字怎么写来着？”他问道，“是‘月’字旁还是‘日’字旁？”

我告诉了他正确的写法。

“那好，”他继续说，“那演讲的主要思想是什么呢？您知道的，只要讲讲您演说的主要内容是什么就行。”

“我刚刚讲到的是我们关于放射性物质的知识日益丰富，”我说，“以及这些知识对于原子结构理论的启发。”

“等一下，”他说，“等我把这些都记下来吧。是放——射——性——物——质吗？对于……的启发？……很好……我想我都记下来了。”

他正准备合上他的小笔记本。

“您以前来过这儿吗？”

“没有，”我说，“这是第一次来。”

“您是临时住在那家新开的酒店里吗？”

“是的。”

“您觉得那家酒店怎么样？”

“非常舒适。”我说。

他又打开了他的笔记本，潦草地写了几个字。

“您看过那座正在建设中的屠宰场了吗？”

“还没呢，”我说，“我都没听说过。”

“那将会是费城北部第三大屠宰场，您觉得怎么样？”

“我还没见过呢。”我说。

他写了一点儿什么，然后又停了下来。

“您对这次市议会的大混战有什么看法吗？”他问。

“我没听说过这事儿。”我说。

“您觉得那些个市参议员们都是骗子吗？”

“我对市参议员们一无所知。”我回答。

“别啊，”他说，“您可能不知道，但是您不觉得他们都是骗子吗？”

“好多市参议员都做了不少见不得人的勾当，”我承认道，“老实说，他们往往就是一群好吃懒做的混球。”

“嗯，您说的什么？一群好吃懒做的混球？太好了，真棒！”他一下子变得兴致勃勃起来，“他们就是那种货色，您知道的，我们报社就喜欢这类题材！您看看，我也经常去听听讲座什么的，但是根本就是言之无物，听了半天也没听出什么名堂来——您刚刚说的就不一样，太精彩了，您发现了没？这种东西是怎么编也编不出来的……这次啊，我肯定会让您这段话变得很生动——‘一群好吃懒做的混球’，太妙了。您觉得他们会从屠宰场的建筑工程里获得一大笔赃款吗？”

“至于这一点嘛，我恐怕就真是一窍不通了。”我说。

“那——这么说吧，”他用恳求的口吻说，“您肯定认为他们很有可能会这么做吧？”

“不知道，不知道，”我重复强调道，“我真的完全不了解情况。”

“好吧，”他不太情愿地说，“刚才那一点，我最好忽略不写。好的，有劳您了，希望您以后再来！晚安。”

第二天早晨，我乘坐火车离开那座城市的时候，读到报纸上的一篇报道，大标题用适合的大写字母标出，下面还有一段副标题：

市参议员是一群好吃懒做的混球

——著名演说家论基督教科学

著名访问学者于基督教青年会大礼堂举办演讲，主题为基督教科学，内容生动有趣，众多听众闻讯前来，济济一堂。该学者认为，我们生活在一个无线电广播盛行的时代，他还认为，市参议员就是一群好吃懒做的混球。该演讲者详细地讲解了解剖学的结构，并经过研究证明，这种结构来自于无线电广播学。该学者诚言其不便对屠宰场建筑贪污事件发表任何意见，并坦诚，其虽遍游各地讲学，但从未见过如此精美的建筑。该学者演讲过程中，台下掌声此起彼伏，不绝于耳；听众屏气凝神，全神贯注。皆表示，希望该学者能前往各地，继续演讲该主题的内容。

你们看！这位记者居然这么报道，我想任何一个跟他打过交道的人都该领略过他这招胡诌的厉害了。

我会为此感到气愤吗？我当然不会。他不是说“听众济济一堂”吗？实际上当时到场的只有六十八个人；他不是说“掌声此起彼伏，不绝于耳”，“听众屏气凝神，全神贯注”吗？那除此以外一个演讲者还应该奢求什么其他的东西吗？

至于市参议员、贪污以及标题，那些都是我们的错，跟他无关！我们早晨打开报纸想看的不就是他写的那些东西吗？我们所要的，他都给了我们。

而且，与此同时他还附带着加上了他那宽容、仁慈、极富人情味儿的“漠不关心”，以此表明他无意冒犯任何人。

就让他艰难地拖着他那沉重的脚步走进深夜的黑暗里吧，带着他的本子和铅笔，带着他的无怨无悔的勤勉，也带着我对他的深深祝福。

我为何没有参与国际锦标赛

世界职业拳击赛已经落幕，世界网球锦标赛已最终决出胜负，世界缝纫冠军赛也已经颁奖结束。而如今，新一届的世界职业网球赛即将开始，此时正是唤起众人对这项世界锦标赛开展情况予以关注的最佳时刻。

现今社会已经陷入这样一种境地：除非是世界范围内的竞技比赛，其他任何形式的成就、竞技或是比赛都无法满足人们的胃口。相比而言，在过去任何人只要竭尽全力做到最好，那他就可以引以为豪、获得尊重并一举成名了。

我认识的一个人，只因其曾在安大略约克的棋艺比赛中获得过亚军的成就，便生前死后皆享殊荣。

我还认识一个人，他因在佛蒙特州贝洛斯福尔斯的跳高竞赛中得了个冠军，从此名声大噪。可是，要是那时候他听说了世界各地的跳高运动员都前去参与了在君士坦丁堡举办的世界跳高百万大奖赛的话，那他又将作何感想？

正是这些所谓的世界级的竞技比赛，转移了人们参与较小规模或等级较低的比赛的乐趣和兴致。在此，我想以一个在我个人身上发生的简单事件为例：一年前我开始发福，不过却胖得自然舒适，还甚至引以为豪。只可惜，我因此而产生的所有乐趣和兴致都被报纸上的一小段文字给毁了。

世界冠军花落爱荷华州肥仔

最新世界胖童冠军，为来自爱荷华州雪松瀑布市的爱德华·阿斯派瑞森·史密斯。肥仔爱德华出生并成长于爱荷华州，现年十五岁，体重已达四百二十磅：他在三年的高中学习过程中以每学年一百磅体重的速度增长。经他人说服，他于今年秋季参与了在爱荷华州印第安峡谷秋季展览会上举办的肥胖比赛，该比赛面向世界范围内的所有胖子。比赛结束后，爱德华对于自己的成功表现得十分谦逊，并将一半功劳归于父母。

我读完那篇报道之后才意识到，原来我的所有努力都是徒劳无功的，这个该死的肥仔居然随时都能将我击败——在我增加一磅体重的时候，他居然可以轻而易举地增加十磅。看来，既然这世间有了爱德华·史密斯这样的家伙，那我似乎也不必在意是否成为家门口这条街上的“第一肥”了。

现在我所能做的事情也只是在阅读爱德华·阿斯派瑞森·史密斯获得一个又一个世界性胜利的消息中得到满足了。他在华盛顿哥伦比亚特区举行的泛美国肥胖比赛中成功获奖后，美国总统对他说：“哦，爱德华，你确实是壮实啊！”接着，他前往伦敦并成功地将所有的参赛者击败，乔治国王对他说：“哦，爱德华，你确实很胖！”之后，他又在巴黎举办的胖子比赛场上现身，普恩加莱先生对他说:“哦，爱德华先生，您的体格儿真大!”

在爱德华·阿斯派瑞森·史密斯进行职业生涯发展的整个过程中，我所能做的只是在他参加每一场比赛时都坚持不懈地与人打赌——这便是我们的最好去处，因为我们只不过是自己无法成为“世界人”的那二十亿普通百姓：我们没有四百二十磅的体重，没法跳到八英尺的高空，不能给一万听众唱歌，更不能在十二万观众面前一拳将对手打成肉泥。我们只能打赌，我们就是这样，也只配如此。

举个例子，现在古巴举行了一个世界跑马比赛，我就在这上面押了赌注。还有一个世界冠军正在穿越爱尔兰海峡——哦，他已经淹死了。不过不管怎么说，总会有什么人准备穿越什么海峡的——世界著名海峡。总之，他是为了世界性的荣誉之类的而牺牲，我当然将赌注押在他的身上了。我干嘛不赌呢？从我个人角度来看，我连拉辛运河都没法游过去，我所能做的当然也只能是赌啦！你们也是。

老实说，这些世界性人物总是会自然而然就被渐渐淘汰了，能让我们这些人聊以自慰的差不多也只是这些了：总会有人青出于蓝并替代他们获得世界性奖项的。我很清楚地知道，爱德华·阿斯派瑞森·史密斯早晚会撞上个比他胖上一丁点儿的对手。在洲际全球国际百万大奖赛中，爱德华将会被一个来自中国山东的大字不识一个的胖小子打败——他比爱德华只重上半磅而已。不过就是那半磅肉却将爱德华一下子推到了人生谷底，人们也会觉得他看起来怎么那么瘦，而且他的著作《我的发胖秘籍》也会彻底断了销路。这就是世界性比赛的狠毒之处。

看样子有一批比世界性比赛者更厉害的选手将要出场了，而我们只需静观其变。有一天我在一家纽约的饭馆里吃饭，人们指给我看一个世界最高薪水的水管工。他正在吃晚饭，和他一同进餐的是世界行李搬运冠军和世界女子人体模特冠军。我能和她进餐吗？当然不行，我没那资格啊！

如果情况还是照此发展下去的话，我就提议组织一个世界暗杀者联盟，并把这些杀手都派遣出去。我如果真的这么做了，那我就要警告查理·卓别林先生、影星费尔班克斯先生、拳击冠军腾尼先生以及那些在世界选美比赛中获奖的女子人体模特儿们，让他们多加小心。不过，哎，那又有什么用呢？我这联盟成立还没满月的时候，它就会举行一项比赛，联盟的成员中必然会有人获得世界暗杀者联盟的冠军杀手奖，那我又得把赌注押在他的身上了。

但是至少，我还是得警告众人：有些世界性的竞赛项目的结果是难以预料的。就以世界战争为例，战争自身就和搏击竞技赛、网球比赛以及选美比赛一样，对于整个世界来说无关紧要，但是对身处其中一方的人们来说，却时刻有败北的危险。不久以前，我们中的所有人还都满足于——十分满足于一两个国家之间的小型战争，满足于无其他干涉者情况下全力以赴的现状。

例如，如果美国和英国之间发动了一场小型战争，而且是没有任何其他干涉者情况下的双方较量，那么我们中的任何一个人都会对此十分满意。有可能，我们会允许法国人前来观战，甚至让他们也稍微参与一点儿，因为大家都是朋友，但是除此以外我们便不再抱有什么期望了。

然而，这眼下的境况是我们都只对世界大战这样的大场面感兴趣了：像两国之间的这类小战役真的已经再也无法满足我们的胃口了。有一天，我跟一个美国陆军高级军官聊到这个话题，他推心置腹地告诉了我他对他们那个领域发展前景的看法。

“如果我们都灰心丧气的话，那也不能全都怪到我们身上，”他说，“战争的发展啊，或者说一场真正的战争——一场世界大战，看样子是打不起来的。当然了，最近一段时间里我们有好几次都几乎要跟墨西哥打起来了，但是我那些同事们都说他们绝对不会上当，跟他们打实在太不值得了。几年前，跟日本的战争听起来挺诱人的，可是他们一共只有七千万人，而我们一共一亿一千万人，加起来也就一亿八千万人——仅相当于一个美国次级职业棒球联盟而已。”

“至于世界大战，”他继续说，“你根本没法让他们参与进来，甚至连统一一下时间都不行。有些国家想要圣诞节前打，有些国家要等新年过后、公众不那么忙碌的时候再打。结果我们了解的最新消息就是——这场仗，我们根本打不起来。”

好了，这就是我所了解的现状，以及敦促我书写本文的严峻形势。写完这篇文章之后，我所要做的唯一一件事就是：将这篇稿子递往一家世界组织以争取登在一份世界级的印刷品上。

后院的消失

——另一种社会革命的降临

“我们刚刚找到一个十分中意的公寓，”我的一个年轻朋友范莱太太说道，“约翰和我都觉得它太完美了，我们对它十分着迷！它简直太棒了。”

“你们找到了？你们对它十分中意？它很棒？”我回答道。

“这房子简直是一应俱全，”年轻太太接着说，“暖气、灯光设施等等自然是样样俱全，除此之外，那里还有一个用蒸汽什么的作动力的制冰食柜，有了这个后我们就再也不用出去买冰块啦！”

“听上去确实不错啊。”我说。

“可不是？那公寓里还有一个拥有什么专利的洗碟子机器，一个可以从墙上摘下来的熨板，以及一个可以自动燃烧垃圾的地方——老实说，这儿的设备真是应有尽有。”

“哦，那你们该怎么从公寓走到后院呢？”我问。

“后院？”

“是啊，那是怎么通往后院的呢？你们是从楼梯下去，还是坐电梯什么的过去呢？”

“哦，那儿根本没什么后院，我们要那后院干嘛?”

“那接雨水的桶呢，”我不肯放弃，“你们没有拿到吗?”

“怎么了，当然没有。”

“可是，你们要是想要点软水洗洗东西，那该怎么办呢?哦，你们刚才的意思是说，你们根本就没有一个垃圾堆?还有，你们准备把衣服晾在什么地方?要是要扔垃圾怎么办?”

“我想，公寓的管理员都会处理这些琐事的吧。衣服当然是用新式的喷水法烘干啦。”

“那孩子们在那儿玩呢?”

“孩子们，”范莱太太说，“嗯，公寓社区里有一个专门的社区游戏室，里面有摇摆木马，地上铺着人造橡胶草坪，确实很棒!”

“我明白了，”我说，“你根本就不再需要后院了。”

“我们从来没想过要一个后院。”她说。

说完那些话后，我就离开了，心里有点儿惆怅，因为我意识到，我们生活的时代正在飞速地发展前进，一种巨大的社会变革也悄悄地降临了——后院的消失。

有些人曾为这后院的消失以及那些时代变化的标志而深感哀伤；有人为逝去的马车、帆船，为过往的西部以及后面三楼的消失而涕泪横流。

让我在后院的垃圾上——哦，不，是后院的垃圾里掉上一滴眼泪吧。随着新式公寓套房、林荫大道以及现代化清洁设备的兴起，这一小片僻静美好的生活环境正从我们的城市版图上渐渐消失。

就让我描述一下后院曾经的模样吧，也好作为一份有价值的历史记载。既然后院一定会被列入百年之后的《社会百科全书》，为了显得更有价值、更能体现主旨，我们就以如下方式对它进行描述吧：

后院（古英语：Bugge Yearde；法语：Yarde de Derriere；意大利语：Yardo di Bacco）：是指十九世纪的典型房屋结构的一部分，具体是指房屋后面一块不规则的、矩形四边形的空地，该空地往往由木栅栏环绕，以供猫咪休息用。

沿着后院木栅栏的基座是一个花坛，不过花坛里的花儿都枯萎了，花坛的上方还滚落了不少碎石砖瓦等其他矿物垃圾。杂丛中成长起来的牛蒡却依旧维护了家用“花坛”的名声。据说，每到春季人们便会常常看见后院的主人使劲儿地拔除牛蒡根，以恢复所谓“花坛”的模样。

这期间，人们通常会尝试在花坛里移栽上大丽菊根、唐菖蒲鳞茎以及郁金香。然而到了五月底，掘掘种种的事儿都结束了，可此时除了牛蒡以外却什么都没长出来。

一般而言，一个后院往往有一棵树，这棵树的树杈大多都被锯下，只剩一些平平整整的切口——据说那是苹果树。这棵苹果树通常用于攀爬、晾衣或捉猫等。等到每年苹果树长得最枝繁叶茂的季节，人们便去在它下面找一个适当的天文角度——部分阳光被叶子遮住的地方——放上一把破旧的椅子，躺在上面。这时候，那种在树下乘凉的清晰感觉便会触手可及。

接雨水的桶（最早由罗马人引进）和垃圾桶（由查理曼引进）是后院的主要特征。

后院的主要居民是儿童，十九世纪大城市里的儿童数目依旧很庞大。实际上很多人都认为，公寓套房时代里颁布的《反儿童法》是城市儿童逐渐消失的帮凶。

儿童们将后院当成用途广泛的游乐场，比如足球场、高尔夫球场、冰球场抑或是保龄球场。根据当时惯例（未正式写入法律），儿童被认为可以特权享用接雨水桶、垃圾桶以及苹果树。当时还有一个美好的习俗，儿童用垃圾堆里的煤灰擦拭面部是被允许的，而且不论他们在后院里发现了什么，他们都可以视为私人财产。儿童在后院活动时还有狗（另见“狗”一词条）从旁协助，不过，这种动物如今已经灭绝了。

据说，后院的消失曾给城市中仅存的儿童带来一种特殊的孤独感，那时甚至一度还有一种传言：那些曾在逝去的后院里玩耍过的儿童，他们的灵魂仍旧萦绕在那取代了后院的摩天大楼里。不过这有可能并非真实。他们现在的灵魂比往昔离天堂更近。

幽默之我见

依我看，除非让我在这本书的背面写点儿我的真正想法才算公平。

两个星期以前若是让我提笔写写我的幽默观，我可能还会像个公认的专家，自信满满。

然而现在，一切都变成过去时了。我的威信已经被彻彻底底地剥夺了——说句实在话，我的假面具已经被揭下来了。一个英国评论家在一本文学期刊（这家杂志来头很大，非常权威，其观点均无可辩驳）上曾这样点评我的文章："说到底，里柯克教授的幽默究竟是什么？或者只不过是夸张法和缩小法的灵活拼凑？"

那位仁兄说对了，可他到底是怎么发现这个行当里的秘密的？我自己都还不清楚呢！不过，既然秘密已经泄露，那我愿意坦陈我长期以来的一个习惯：每当我准备一篇幽默小品的时候，我都会走到地窖里，把一加仑的缩小剂和一品脱的夸张剂混合起来；若是我想写一篇文艺范儿很浓的文章，再加上大约半品脱的局部麻醉剂就会更加有味儿了。整个文章的写作过程就是这么不可思议地简单！

不过，我在开头用这种方式交代这一切，目的是为了消除人们对我的偏见：我并没有想要就像艾拉·维勒·威尔克斯谈论爱情或伊娃·谭奎谈论舞蹈那样，以专家权威的身份来谈论我的幽默观。

我唯一敢声明的就是，我的幽默感和任何其他人都一样。而且更奇怪的是，我还发现任何其他人也都跟我一样这么声称。在必要的时候任何人都会承认他的视力差、不会游泳抑或枪法很差，但是若是涉及到对他幽默感的质疑时，那任何人都会认为这是对自己人格的侵犯。

一天我的一个朋友说道："没有，我从来不去大歌剧院听歌，"说完，他还略带骄傲的神情加上一句，"你看，我对音乐毫无鉴赏能力。"

"你别这么说啊！"我叫嚷道。

"真的，完全没有！"他继续说道，"我分辨不出音符，我也搞不清《家乡》、《可爱的家乡》和《上帝拯救国王》这三支曲子哪个对哪个，而且我还没法辨别演奏者演奏的到底是小提琴还是奏鸣曲。"

谈到自己对音乐的种种无知，他似乎越说越自豪。最后他甚至说到了他家里的一条狗，它似乎比他对音乐更敏感：只要他的太太或者来访者开始弹奏钢琴，那只狗便开始嚎叫，叫声十分惨烈，就好像什么东西伤害了它似的。但是他自己却从来没有这样过。

他说完后我只能作出这样的点评：不懂音乐，这也无伤大雅吧。

"这样看来，"我说，"你也应该觉察出你的幽默感也同样匮乏吧：这两者通常是出双入对的。"

我的朋友立刻气得脸色铁青。

"幽默感！"他说，"我的幽默感！我缺乏幽默感？哼，我还觉得我的幽默感比这城里任何一个人——或者两个人加起来——都要强呢！"

从那之后，他便开始挖苦我，并对我进行人身攻击，他还说，我的幽默感看来已经全部枯竭了。

就连在我准备离开的时候，他依旧义愤填膺，气得浑身发抖。

就我个人而言，不管多么有伤名誉，我都不介意承认自己确实不懂欣赏某些形式上的所谓的幽默——或者至少是些好玩儿的东西（其中最主要的就是那些自古即有的恶作剧）。

"你从来没听说过麦克甘，真的假的？"前几天我的一个朋友问我。

当我告诉他我根本不知道麦克甘这个的人的时候，他摇了摇头，叹了一口气说：

"啊，你真该认识麦克甘先生的，他是我认识的人中最有幽默感的一个——他的玩笑真是多得不胜枚举啊。我记得一天晚上我们都在公寓里面，他横跨走廊拉了一根绳子，然后摇了摇开饭铃，结果一个房客就此摔断了腿，我们都笑死了。"

"天哪！"我说，"好一个幽默家！他经常做这种事吗？"

"哦，是啊，他一直这么做的，他曾经往番茄汤里倒沥青，还在椅子上涂过蜂蜡、放过大头钉呢！他总是这么花样百出，好像不费吹灰之力就能想到新花招。”

据我所知，麦克甘已经死了，但我并没有为此而感到难过。老实说，我觉得对我们大多数人而言，往椅子上放大头钉、往床上扔蓟或者往人家靴子里塞活蛇这种类型的恶作剧都已经过时了。

在我看来，真正的幽默其本质在于没有恶意，也不会对他人造成伤害。我承认，我们中的每一个人都拥有着原始人类一般的因别人的不幸而产生的——或多或少抱有恶意的——讥笑或快感，就像原罪一般与我们如影随形。当我们看到一个人，特别是胖墩墩的人踩在香蕉皮上滑到的时候，我们本不该觉得可笑，但是我们却打心底里觉得滑稽；当一个溜冰者在结冰的池面上优雅地转着圈子在众人面前炫耀技能的时候摔进冰水中湿成了落汤鸡，所有人都会欢呼雀跃。就原始人而言，如果有人滑倒摔断了脖子，或者掉到水里的人又爬出来的时候，他们便会从中找到笑料的精髓。我能想象得出，一群史前人类站在有人消失了的冰窟窿周围围成圈儿，一直笑到他们站的冰面也开始碎裂。如果史前也有像报纸这类东西的话，那么这个事件便会冠以这样的大标题：

趣事一则：无名绅士跌入冰中淹死

可是随着文明的发展，我们的幽默感也逐渐衰退了，很多诸如此类的笑话已逐渐失去笑点了。

然而在孩童们的身上，这种原始的乐趣依旧大量完好保存。

我记得有一次看两个小孩在街边打雪仗。他们储存了一些雪球作为备用，当他们正准备开始游戏的时候，一个戴着丝绸帽子的老人正好走了过来——从他的外貌上看来，他应该是个“乐天派老先生”——看到两个孩子，他那金色眼镜便闪烁起了慈祥喜悦的光芒，他朝两个孩子扬起手臂，并大声呼喊道：“孩子们，就现在，朝我这边扔！来吧，随便扔！”就在他高兴得有点忘乎所以的时候，他一下子从人行道跨入了机动车道，他撞上了一辆高速行驶的货车，在雪地里摔了个狗啃泥。孩子们把雪球全部聚到一起，一边朝他跑过去，一边鬼叫道：“随便扔！砸他！砸他！”

我还是要重复一遍，在我看来，对于我们大多数人来说，幽默的首要条件便是：它必须不能造成任何伤害，不具任何恶意，同时，它也不该带来任何跟悲伤、痛苦或死亡有关的真实场景。作为一个非苏格兰人，我认为很多苏格兰式的幽默便在这方面上存在一定的缺陷（不过我承认，就总体而言，苏格兰式的幽默是值得推崇的）。就以下面这个众人熟知的故事为例吧（我引用这一段是假设众人皆了解这个故事，并非为了讲述而讲述）。

一个苏格兰人有个小姨子——他太太的妹妹——他们俩从不合拍，一直以来他总是拒绝跟她同行，纵使太太再怎么央求调解依旧无济于事。后来太太病重垂危，弥留之际，她躺着小声对他说：“约翰，葬礼那天，你能用车载一程詹妮特吗？”经历了一番内心挣扎之后，那位苏格兰人回答道：“玛格丽特，为了你我愿意这么做，但是那么做的话，我那一整天便都给毁啦。”

无论那个故事多么幽默，然而，于我而言，我只要想到故事里展现的真实、生动的图景——将逝的太太、昏暗的房间以及临终的耳语与请求——我便再也笑不出来。

毋庸置疑，苏格兰人肯定不这么认为。在我看来，那个了不起的民族——我个人不是十分敬重——他们似乎宁愿选择灾难而非幸福，他们对众人遭受苦难表示欢迎，他们宁可在死亡的阴影下欢呼雀跃。在众多的民族当中，只有这个民族的人将撒旦的形象转变为友人——还给他起了诸如“老贼”等很多昵称——并赋予他某种特有的冷酷魅力，难怪他们的幽默里也会混入他们对待事物的某种原始野蛮的态度了。对于一个经常直面死亡的民族来说，对于那些能够感受到来世、且真切生动到就像在午夜丛林里听到怒吼的风暴一般的原始民族来说，毫无疑问，为了避开惊恐的命运，他们自然而然地会强迫自己能与冥界快活开心地相处。如今的守灵等等为死者狂欢的人类行为，都是源于世界的混沌之初：那时候，可怜的原始人类于悲痛迷惘之中，假装逝去之人依旧存活，聊以慰藉内心的痛苦。如今葬礼上黑色的服饰以及盛大隆重的仪式与原始人类的狂欢一脉相承，而我们的殡仪工作者则由和蔼可亲的狂欢司仪演化而来，其目的均为让死亡之舞保持生命和活力。然而随着时间的流逝，葬礼的仪式以及黑色的服饰也逐渐演变：当强装出来的欢快最终消失的时候，黑色的灵车与肃静默哀便成了表达我们严肃、庄严和绝望的替代品。

恐怕这样下去，文章的情绪会渐渐变得严肃起来，在此，我向大家道歉。

在讲题外话之前，我原本想说，还有另外一种幽默形式也是我永远也无法欣赏的。这是一种特殊形式的故事，通常被称为“比方说”，具体内容均为英国的趣闻轶事，涉及的人物也往往都是名门贵族。不过就我所知，除了主题本身具备贵族气质以外，其他一无是处。

下例便是我所意指的内容：

> 马尔堡四世公爵大人世代祖居于布伦海姆，以慷慨热情闻名于一方。一天，当他走进一家餐厅用餐的时候发现该餐厅内已有三十位客人，但是餐桌却仅够二十人用餐。而我们的公爵大人却并没有因此感到窘迫，他说道：“哦，好吧，我们当中有些人就必须得站着用餐啦！”在场的所有人都哈哈大笑起来。

我唯一感到惊奇的就是，他们居然没有因此笑死过去：像这样的一个笑话，仅仅“哈哈大笑”起来似乎有失公允。

诸如此类以威灵顿公爵[①]为主角编造出来的幽默笑话已经传诵了三代，老实说一句，流传下来的最典型的威灵顿公爵的故事到现在也差不多仅剩下些故事的主干了，以下便是内容：

> “曾经有一位年轻的中尉正巧碰上从威斯敏斯特教堂走出来的威灵顿公爵。‘早上好啊，尊敬的先生，’他说，‘今天早晨真是阴湿啊！’公爵生硬地鞠了个躬还礼，说：‘是

① 威林顿公爵于1815年率领盟军击败拿破仑军。

啊，先生，不过那个滑铁卢之战的早晨可比这个阴湿多啦！’年轻的中尉受到理所应当的谴责，耷拉着脑袋。”

滥用并亵渎了趣闻轶事的可不止是英国人。

其实，我们应该强烈要求：任何用以娱乐他人的故事形式都应该通过严格的条件予以限制。很少有人能够真正意识到为了将一个故事讲得风趣幽默——用演员的说法就是“有笑点”——而二次创作是有多么不容易：你的措辞需要贴切，每个字眼都得用得恰到好处，因为有时候甚至上百个故事里才能碰上这么一个不怎么需要润色就非常好笑的。你还需要在故事即将结束的时候来上一个转折或者出人意料的论调，那样故事的幽默才得以充分展现。这时候，就算讲述者的叙述能力再怎么糟糕拙劣，故事里的笑点也不会因此黯然失色。

就以下面这个众人皆知的故事为例——我想，所有人都在这样那样的情况下听到过类似的故事吧。

“曾经有一段时间，著名喜剧演员乔治·格罗史密斯[1]身体状况逐渐变差，于是他前去向医生咨询。但是，恰好就像其他人一样，这个医生也看惯了格罗史密斯在台上的样子，因此并没有一眼认出卸了妆的他。和往常一样，医

[1] 乔治·格罗史密斯（George Grossmith，1847—1912年）是英国喜剧演员、作家、歌手，曾任《泰晤士报》记者，1870年起从事歌唱及演艺生涯，曾演出吉伯特与苏利文（Gilbert and Sullivan）歌剧，是多伊利·卡特剧团（Richard D'Oyly Carte）的台柱。

生给病人做检查，他看了看舌头，把了把脉象，又敲了敲肺部，然后摇了摇头，说：‘先生，您的身体本身没什么毛病，就是因为过度劳累和过分焦虑才导致健康出现了问题。您需要的就是休养休养，找点儿乐子就行，比如空出一个晚上什么事儿都不做，去萨尔沃看一场乔治·格罗史密斯的演出好了。’‘谢谢你，医生’病人回答说，‘在下正是乔治·格罗史密斯。’”

现在就请各位读者留意一下，我故意将这个故事讲得完全不对劲，有多糟糕就多糟糕，但是这个故事听上去还是有那么点儿可笑。你们可以回到故事的开头，仔细琢磨琢磨这个故事到底该怎么讲述，并且顺便找找问题到底出在了哪儿吗？无论是谁，只要有点儿艺术家的气质，你就会立马发现这个故事应该这么开始：

“一天，一个面容十分憔悴，看起来十分焦虑的病人前往当时声名远扬的名医家中进行咨询，等等。”

换句话说，这个笑话的关键点在于卖个关子，不到病人说“谢谢你，医生，在下正是乔治·格罗史密斯”的关头，千万不要提前泄露身份。但是因为这个故事实在是太精彩了，所以就算叙述者讲得很糟糕，笑点也不至于被完全湮没。这个特定的笑料还曾被人在不同场合用在乔治·格罗史密斯、科奎林①、乔

① 科奎林（Beno Ît-Constant Coquelin，1841— 1909），法国演员。

伊·杰弗森[①]、约翰·黑尔[②]，希瑞尔·莫德[③]等六十多个其他人身上讲过。我还注意到，有一种特殊的人群，他们一听到这个关于乔治·格罗史密斯的故事便会立马讲给其他人听，而如果把故事的主角换成其他人，他们还会变着法儿地哄堂大笑，就好像换了个人名就是听了一个新的故事似的。

我还要重申一遍，很少有人能够真正意识到在保证原创灵魂的基础上进行笑料的二次创作或造成喜剧效果是有多么地不容易。

“昨天晚上，我看见哈瑞·劳德[④]了，”我跟一个证券交易所的朋友格瑞格斯一起在城里散步的时候，他告诉我，“他上台的时候穿的是苏格兰短裙（说到这里的时候，他咯咯笑了起来），还夹着一块场记板呢（说到这里，他又狂笑了起来），他还说：‘我总是喜欢随身带着个场记板（当然了，他是用苏格兰口音讲的，不过他那腔调我可学不来），以防出现个数字什么的，我正好可以记下来（说到这里的时候，格瑞格斯已经笑得喘不过气来了）。’然后他从口袋里拿出一小根粉笔，说（格瑞格斯已经笑得停不下来了）：‘我还喜欢随身带上一个粉笔头，因为我发现，没有粉笔头（格瑞格斯已经笑得快晕过去了），场记板……场记板就……就没多大用处了。’”

格瑞格斯只好停下来，用手按着肚子，倚在路边的电线杆

---

① 乔伊·杰弗森（Joe Jefferson，1820—1905），美国演员。
② 约翰·黑尔（John Hare，1844—1912），英国演员。
③ 希瑞尔·莫德（Cyril Maude，1862—1951），英国演员。
④ 哈瑞·劳德（Harry Lauder，1870—1950），苏格兰喜剧演员。

上，强调说："当然啦，哈瑞·劳德的腔调我是学不来的。"

确实，苏格兰腔他是学不来的，他也没法发出劳德先生那样浑厚的声音；没法像他那样用表情嬉笑逗趣，用眼睛散发愉悦欢乐；他更没法驾驭好那段"场记板"或"粉笔头儿"——老实说，他什么都学不像。他能做到的也只是说上一句"哈瑞·劳德"，然后就倚着一根柱子笑到不好笑为止。

但是就算是这样，人们还总是坚持要给别人讲什么故事，结果总是把好好儿的一段对话给彻底毁掉。在我看来，最可怕的事情莫过于一个根本不擅长讲故事的人硬要在餐桌上讲故事了——当然了，若是出现了两个这样的人，那就更是无敌了。大概讲了三个故事之后，餐桌上便会出现一阵让人不太自在的死寂，因为餐桌上的每一个人都清楚，其他人一定都在搜肠刮肚地另找一个故事，以便打破沉寂，但是似乎一切都是徒劳。在煎熬中，人们搜索了一遍又一遍，直到有一个坚强冷静的人转向了他的同桌，说："毋庸置疑，不管我们喜不喜欢，禁酒令是一定要开始实行啦！"终于，人们心里舒了一口气："感谢上天！"于是整个晚宴又恢复了愉悦满足的氛围，但是好景不长，因为另一个讲故事的人又"想到了另外一个故事"，并且又讲了起来，刹也刹不住。

最糟糕的莫过于一个腼腆谨慎的人试图讲故事了，这种人往往会在讲述故事之前一再试探，诸如以下：

"有一次，我在去百慕大的轮船上听说了一个非常精彩的故事……"然后他停顿了一下，脸上露出疑惑的神色，

“或许，你们听过这个故事了？”

“没有，没有，我从来没去过百慕大，你继续讲啊。”

“好的，这个故事的时间呢发生在冬天，讲的是一个要去百慕大治疗风湿病的人——呃，你听过没？”

“没有，没有。”

“呃，好的，他的风湿病害的很严重，所以要去百慕大求医。当他走进宾馆的时候，他对前台文员说——不过，你大概是知道这个的吧？”

“没，没有啊，你快讲下去啊。”

“好的，于是，他对那个职员说：‘我要一间面朝大海的房间。’——可是，你可能……”

这时候，最理智的选择便是立马阻止他继续讲下去，并且冷静坚定地对他说：“是的，我确实听说过那个故事，自从1878年这个故事登在《碎碎念》上之后，我就一直非常钟爱这个故事，而且每次碰上这个故事都要重温一遍。你继续讲下去吧，这次我可以用耳听的。我靠着椅背坐会儿，闭上眼睛享受享受。”

毋庸置疑，普通人常常会在无意识中将幽默估计得太低，所以才导致一些不良故事叙述习惯的养成——我的意思是，他们低估了“制造笑点”的难度：他们从来不会认为“幽默”是难以做到的、值得赞赏的抑或极其可贵的。正因为“幽默”产生的结果是欢快与轻松的氛围，他们也会自然而然地认为“创作幽默”的过程也是轻而易举。很少有人能够真正意识到，其实欧文·西门[1]在《笨拙周报》上发表的那首“滑稽”诗跟坎特伯雷大主教[2]的教文相比，前者创作起来可艰辛多了。马克·吐温的《费恩历险记》是一部比康德的《纯理性批判》更加伟大的书。此外，相比纽曼红衣主教[3]的《慈光引导，走出黑暗》，查尔斯·狄更斯的作品《匹克威克传》为人类进步所做出的贡献更大：纽曼仅仅在悲惨的黑暗世界中呼唤光明，而狄更斯却给予人类真正的光明。

然而，我们所谓的“幽默”背后抑或其更深层次下的内涵，却只有极少数通过本能、通过坚持不懈的努力认真思索之后的人才能真正揭晓。就其最优秀、最伟大的意义来说，世界性的幽默或许是我们人类文明最高层次的产物。在这个层次上，人们想到的不仅仅是喜剧演员所引起地种种娱乐效果，不仅仅是逗趣的行家们把脸涂黑做出的杂耍表演，而是一代人中最多能产生的那一个或两个能够启发并推进文学向前发展的真正幽默大师。这靠的不仅仅只是舞台上的花招、嘴皮子上的逗趣，也不仅仅是用莫名其妙和毫无意义的不协调而制造众人感觉上的“滑稽”，这更多的是基于生活本身所制造的更深层次上的矛盾：

---

① 欧文·西门（Owen Seaman，1861—1936），英国幽默家。

② 坎特伯雷大主教（Archbishop of Canterbury），又称为坎特伯雷圣座（the See of Canterbury），继承了圣奥古斯丁的使徒统系，为全英格兰的牧首（The Primate of All England）。

③ 纽曼红衣主教（Cardinal Newman，1801—1890），英国著名教育学家。纽曼在1824年被授予英国国教会的圣职，4年后他成为牛津大学教会圣玛丽教区的牧师，任职至1843年。在此期间他出版了10卷布道集。从1833年起，纽曼开始和其他与牛津大学有关的教士一起发表《时代书册》。

愿望与现实之间的悬殊，今日的期望焦躁渐渐退去化为明日的空虚失落，灼痛与哀恸随着柔和的时光而逐渐淡去。直到有一天我们回首曾经经历过的人生历程时，我们才能真正看清人生的全景，就像垂暮的老人内心五味杂陈、悲喜交集地回首孩童时代面红耳赤的争吵一般。直到那时候，幽默的本质才会在更深意义上得到体现：幽默中夹杂着悲悯，直到两者合二为一。此时的幽默便和历朝历代的幽默一般，表现出泪水与欢笑相融，表现出我们人类的命运。

巴黎之简朴生活

巴黎——至少是指奢侈、时尚的巴黎——是一座没有儿童的大都市。巴黎的街道没日没夜地车水马龙、喧声鼎沸，不过却不见孩童的身影。站在林荫大道上，你得数上一千个成人，才会看到一个孩子经过。

当然了，相比之下，在城市比较僻静的地区这种情况就没那么极端了。有时候，我在香榭丽舍大街上还能看到两三个孩子聚在一起玩耍；在杜伊勒利花园里，我也曾看到过六个的小孩一道儿，好像在玩什么游戏。一个路人经过这里，还特意给他们拍了一张照片，并没有要赶走他们的意思。在更加落后一点儿的地区，孩子的数量就更多了——多到可以贩卖了——但是，巴黎富人区里的孩子就少得可怜了：外国的观光客们是不会带孩子一道儿出门旅游的，而巴黎当地妇女们也早已歇业，不再愿意伺候小孩儿了。

你时常会看见孩子们跟妈妈们一起坐在飞驰而过的四轮四座敞篷大马车里，或者他们由保姆们看护着，打扮得跟洋娃娃似的在和平大道上散步。这些巴黎的时尚儿童们过得再也不是过去孩童们的生活了。至于性别，只要是那些一眼能够辨别出来的，往往是个小女孩儿：她穿着时下最流行款式的衣服；戴着一顶巨大无比的阔边花式帽子，帽檐以她的头为中心向四面无限延伸；长长的手套把她的小手臂裹得紧紧的，生怕她会随意用手似的；她的脸上还抹了一层考究的香粉，以防她一露出笑容妆容就走了样；身上穿着一件上百块钱的小连衣裙，下摆一直向下延伸形成一个简单可爱的裙摆；她的大腿上还系了一根带子，将腿协调划分开来；下面光着粉红色的小腿，脚上穿着一双每英寸价值一美元的丝质小短袜和简单地用绿宝石扣子扣住的小鞋子。就这样，这个小孩儿就只能任由摆布，顺应时尚潮流的发展啦。我从上一期的《尚巴黎》上得知，当今巴黎流行服饰的主要基调就是“单纯”：简洁、质朴、不显摆。在歌剧院挺歌剧的时候，一个法国女人头发上只佩戴了一个仅一排独立分开的、质朴简单的皇冠式头饰，这个头饰的整个轮廓简单明了到你可以看清楚每一颗凸显出来的钻石，更能据此估算出每颗钻石的真实价值。巴黎的绅士们则仅仅在上衣纽扣眼里插上一朵淡紫色的兰花——一朵而已，并非一打——领带就用一颗极为朴素、毫不起眼的红宝石别着，与周围镶嵌的蓝宝石完美地交相辉印。毋庸置疑，这便是法国之质朴的不可替代。对我而言，我第一次在《尚巴黎》上读到这种质朴的精神时便有一种醍醐灌顶的感觉，并产生了一种灵感。于是，我将那个用古板的黑色丝质缎带精心打成的蝴蝶结从我那加拿大克里斯蒂高帽上扯了下来，然后箍上一根黑色的鸵鸟羽毛，并用最为简单质朴的银色白鹭冠毛将它扎紧。我戴上了这顶帽子，又用别针在衣服的下摆上固定起一些蕾丝花边。就这样，我一边随时提醒自己要时刻保持低调，一边庄重高贵地行走在大街上。

不过，这些都是题外话了。我刚刚提到的那个孩子全身上下的衣服，仅可见范围内，大概就有两百多块钱了，而且我相信，要是你能一手抓住她那穿着十块钱鞋子的小脚把她头朝下倒提着，你可能会发现还多上个五十多块钱呢。法国小孩儿已经彻底变成了被人精心打扮过的瓷娃娃啦。她完全就是用于向人炫耀的，她已经成了她那打扮时髦的潮妈的附属品了——就连衣服和遮阳伞都是母女款的。她已经不再是个孩子，就是个活着的玩具，抑或玩物。

不过，这个孩子就连在这个方面都不算是最成功的，她还有个劲敌，让她一败涂地——一只地道的巴黎狗。无论是作为时尚秀的工具或女性的伴侣，还是作为狂吻和拥抱的对象，巴黎狗即便在百分制中先让孩子四十分，也会毫无置疑地成为优胜者。它可以穿得更漂亮，看起来更聪明，表现得更机智，犬吠地更动听——老实说，就这些，那孩子实在是不在行。

这就是为什么我会认为，在巴黎这个富丽繁华的世界里，狗已经把孩子的地位彻底占牢了的原因了。正如我之前提到的，无论是在巴黎的林荫道还是大马路，你都看不到孩子，但是，却能看到上百只狗。在任何一辆途径香榭丽舍大道的豪华轿车或者敞篷四轮马车上，你都能看见一只扎着缎带，打扮考究的狗坐在乘客们那些雪白如云的、毛茸茸的小阳伞和游园草帽中间。逛一趟马路或广场，你就会看见不下百只的修了毛的贵宾犬或者供人玩赏的西班牙小猎犬；而去一趟教堂，你还会发现当前所有的教堂里面都有正在做祷告的狗。

真是一场公平的竞争。孩子们原本也是有机会的，但是他们输了。孩子们不会穿衣打扮，但是狗却可以；孩子们不会抑或不肯祷告，但是狗会，或者至少它愿意学着去祷告。无疑，在刚开始的时候人们也会觉得带狗去做礼拜很怪异，但是它却坚定不移地这么做了下来，直到今天，一只法国狗可以跟它的主人一样满心虔诚地走进一座教堂，而且还可以坐在椅子的一个边角上，跟主人一样谦卑地向上帝祷告。当你跟巴黎的狗混熟了以后，你就能轻而易举地分辨出哪只是罗马天主教狗，哪只是英国基督教圣公会低教会狗了。我曾经认识一只狗，这只狗原本是信仰长老会，后来改了宗教信仰，大家都认为它是因为政治目的才改教派的。不过，这个话题还是终止的比较好，因为这只狗已经死了——再这么讨论它就有点不公道了。况且不管它之前在信仰问题上犯了什么错误，毕竟诋毁别人的信仰总归是不太人道的。

无论如何，这事儿我们就暂且搁在一边不提。我之前正谈到，孩子和狗之间的机会原本是平等的，他们原本可以进行公平公正地竞争，但是到最后，孩子却什么劲儿都没使上。

任何没有一睹过巴黎这个时尚之都的人（即使他们也曾置身事外地瞥过一眼巴黎），就是想破脑袋也想不出这个城市已经被爱狗的狂热之潮侵蚀到什么地步了。狗可以坐在豪华轿车和敞篷四轮马车上，还有专人驾驶；它们浑身上下的毛发都由专门的“美发师”精心地修剪和打理过，它们还被擦上了香粉，系着漂亮的缎带；它们身穿带着小扣子的外套，坐在毛毯上；乘坐轿车的时候，它们还戴着一副护目镜（针对这一点，我并不十分有把握）。在巴黎，给宠物犬提供相关服务的时尚店铺至少要有三四家（据我所知，实际上可能还不止这些）；紧靠着巴士底歌剧院的小场街上，任何一个有点儿好奇心的游客都能轻而易举地找到一家宠犬店；此外，在去巴黎皇家宫殿画廊的半路上还有另外一家宠犬店：一进这些店铺，首先映入眼帘的便是链子、项圈和鞭子，这些似乎都标志着宠犬们依旧生活在奴役之下——不过顺便说一句，现在的宠犬们正在准备举行一场盛大的犬类参政运动了。在店里，你还能看到做工十分精美，款式非常时兴的狗装，这些衣服整体式样简洁大方，只在前胸用银质扣子将衣襟搭住——注意，仅有一颗扣子哦！巴黎皇家宫殿店还打出广告："定制一九一三年度最新夏款宠犬服饰。"当然，除了这些以外，店里还有用柳条手工编制而成的摇篮式狗床和丝绸被面、鸭绒被里的铺盖。

前不久，纽约各大报刊铺天盖地地刊登一则新闻：一位走在时尚最前沿的美国太太在范德比尔特大酒店为她的宠物狗举行午宴。据悉，此次午宴的东道主为纽约 H 太太的北京小猎犬维新，它宴请的都是些价值上万块钱的充满"时尚范儿"的狗。我也搞不清楚这事儿的虚实，我也只不过是在巴黎的报纸上瞥到了这则新闻而已。不过很确定的是，这件纽约轶事在巴黎根本不算新闻，更引不起任何轰动——在饭店吃饭的狗有什么大惊小怪的？没几天前我还跟一只狗共进午餐呢。这是一只文静、理性的比利时狮子狗，当天它穿着一身及其简单、质朴的深蓝色晨衣肚兜，肚兜上只有一小片皮革花边做装饰。我对它十分着迷。不过我得解释一下，我之前说到我跟它共进午餐，确切地说它是由一位太太——它的女主人——陪伴着的，这在巴黎也是司空见惯的事儿。不过，我跟这位太太素未谋面又互不相识，况且她又只坐在它的另外一边，所以我只向这只狗行了行一般的桌面礼仪。为了省钱，我只点了一份煎蛋卷，但是这只狗却点了一份首席大厨所烹饪的法式白汁烩牛肋排配杜松子酒。在那位太太跟服务生说话的当儿，我偷尝了一口，味道确实很棒。信不信由你，反正一只狗走进一家法国饭店，坐在桌边，吃着别人替它点好的菜式根本就不足为奇；而要是带个孩子来一家上点档次的饭店，就会被认为是一件非常严肃的事件了。

巴黎的狗不仅生前是个宝，就是死后也不会被遗忘。巴黎有一座专们料理宠狗后事的公墓，这座公墓坐落在塞纳河畔的一个叫瑞赛特的小岛上，岛上树木郁郁葱葱，只要乘坐开往阿斯尼尔郊区方向的电车就可以直达公墓。公墓里有很多小小的坟墓、墓碑以及花园小径。一个似乎受到沉重打击、哀伤过度的狗主人在墓碑上刻着："我越看人类，就越爱我的狗。"公墓里最让人难以忘怀的坟墓属于一只名叫巴利的圣贝尔那德犬，它的碑文讲述了它在阿尔卑斯上救过十条人命的经历。

不过，狂热的爱狗热潮毕竟只是时下社会盛行的追求奢华时髦的标志和范例，只能说明这种浮夸追求的发展速度和程度。在我看来，作为世俗娱乐的名利场，世界上没有任何其他地方能够做到比巴黎还要触目惊心的了。宴会、舞会和游园会的女主人们竞相攀比，标新立异，挥洒无度。不久之前发生在巴黎生活里的真实事件正好可以作为一个极好的范例，下文便是这则关于在巴黎某私人宅邸举行"东方游园盛宴"的描述。

该报道如下：

爱依娜德·查布瑞里昂伯爵夫人在其坐落于克里斯托弗·哥伦布街的豪华巴黎宅邸里举行了一场波斯风格的游园盛宴。该场盛宴别出心裁地将梦幻的“一千零一夜”场景尽数展现于众多亲朋好友面前。

院落的中央高高搭起一座庞大的帐篷，帐篷里挂满了华丽精美的波斯饰品和挂毯，巴黎的社会精英名流均身着华服在此汇聚。

主持宴会的伯爵夫人则身着绚丽的绿金相间的波斯华服，发间插着巨大的白鹭羽饰出现在宴会之上。

留意到了吗？这是多么的简朴啊！衣服上只有金色和绿色，没有银饰，没有锡饰，也没有镀锌饰品！有的只是黄金，最不起眼的黄金；此外，便只有一个“巨大的白鹭羽饰”了！多么低调的高贵啊！

报道继续写道：

每一位众人仰慕的社会名流入场时，都会由巴黎时尚优雅的权威M·安德鲁·福奎尔斯先生向众人通报。

当晚，最引起轰动的便是P·迪艾伦伯格公主的大驾光临。她坐在一头用无数绚丽的印度饰品装饰起来的巨象上；紧跟着的是坐在金笼里面的克勒蒙特·托勒瑞公爵夫人和斯坦妮斯勒斯·卡斯泰勒尼伯爵夫人；随后是布朗特侯爵夫人，她坐在铺满了花朵的埃及矮轿上，由埃及法老及其奴隶陪伴两侧。

此后，卢波塞克伯爵夫人用优雅的舞姿跳了一支东方舞蹈；西班牙路易斯·费尔南多亲王身着轻薄飘逸的服饰，脸上涂着绿油油的颜色，为众人跳了一支印度舞。

你比得过他吗？他的脸都涂成了绿油油的颜色啦！你看到了吗，他满可以再用点现成的更加高级的涂料或透明的白色铅粉（他有钱得很），但是他却放弃了——对他来说，低调单一的涂料就足够了。

根据同一消息来源，我又忍不住要加一部分内容了——主要宾客的名单。任何人若是想要足够举办三百次巡回晚场演出的滑稽表演名单，你尽可以免费抄录，且不会涉及侵犯版权的法律责任：

那晚，巴黎社交界的杰出人物几乎都全部到场，包括喀布尔莎拉大君普瑞·考尔公主和爱噶·可汗王子，奥地利大使和塞克森伯爵夫人，波斯和比利时的两位大臣，斯坦奇奥夫夫人，德诺艾里斯公爵及公爵夫人，亚·波托卡伯爵夫人，德曼侯爵及侯爵夫人，杜邦尔格·德波萨斯伯爵夫人，穆尔太太，吉·德瑟恭赛克伯爵及伯爵夫人，以及德克洛伊亲王和王妃。

遗憾的是“穆尔女士”也在场，她肯定是趁人不备，偷偷溜进来的。

一般人并不知晓的是，我自己当时也在场。为了跟路易斯·费尔南多亲王一较高下，我装扮成一只盂买的苏打水瓶，仅用一根钢丝绞在一起，周围都被我身上那一闪一闪的条形乳白色灯光照得透亮。

宠狗维基

——夏日的田园牧歌

我们正坐在索普雷避暑别墅的阳台走廊上。

“这里多可爱啊!”我对东道主夫妇说道，“而且还很静谧。”

就在这当儿，那只名叫维基的宠物狗，冲着我的网球裤裤腿就是带劲儿地一咬。

“维基!!”女主人嚷道，语气很重，“坏狗狗！你竟敢这样！坏狗狗!”

“希望没有伤到您。”男主人说。

“噢，没事儿，”我高兴地回答说，“连皮外伤都没有。”

“您知道吗，我觉得它这么做一定不是有意的。”索普雷太太说。

“哦，我也确实相信它不是故意的。”我回答道。

我说话的时候，维基又一次向我靠近。

“维基!!”女主人大声喊道，“淘气的狗狗，真坏!”

“这只狗认人的方式怪得很，”索普雷说，“应该是靠直觉吧，你看，它一眼就认出你是个陌生人。喏，昨天肉店的伙计来这里的时候，货车上换了个新司机，维基立马就知道了，它冲过去一口咬住司机的腿，死活不肯放开。我大声对那人说，不碍事的，你别乱动，否则会伤害到维基的。”

就在这时候，维基又冲我的另一只裤腿发动第二次攻击。先是一阵短暂的咯咯声，接着就是一阵轻微的混乱。

“维基！维基!”索普雷女士大声嚷道，“宝贝儿，你怎么敢这么做！你就是个坏狗狗!! 宝贝儿，去那边趴着去！真对不起，我想您能理解的，它咬的只是您的白裤腿儿——可能处于某种原因，维基特别讨厌白裤子。我衷心希望它没把您的裤子咬坏。”

“噢，没有，没有，”我说，“没事儿的——就扯坏了一丁点儿。”

“过来，维基，维基，”索普雷先生叫道，他急于岔开话题，就捡起了一小块木头，“去追，然后给我叼回来!”然后他做了一个要把木头扔进水里的动作。

“别扔太远，查尔斯，”他的太太说，“它不大会游泳。”然后她转过脸来对我说:“我总是担心它到深水里游泳，上个星期它差点儿就要淹死了。那天凡·托伊先生穿着件深蓝色的衣服在水里游泳——不知道为什么，深蓝色似乎也会惹怒我们家的维基——于是维基就急急忙忙跟着跳到了水里。它并不是故意的，你知道的，只不过是那件衣服让它觉得很恼火——它非常喜欢凡·托伊先生——不过当时那一瞬间，我们真是吓坏了。要不是凡·托伊先生把维基救上岸来，它可能已经淹死了。”

“好家伙!”我故意用这口气说话，好让他们觉得我感到非常惊骇。

“让我来扔那根棍子吧，查尔斯。”索普雷太太继续说。

“喏，维基，看清楚了。维基，过来，好狗狗，瞧！看，嘿！有时候维基就是不愿意按照人的意愿做事儿。过来，维基，喏，好狗狗！”

维基把它的尾巴向两腿中间垂了下来，然后又向我凑了过来。

“给我停下来，”索普雷先生严厉地吼道，“我把它扔进去。”

“千万要小心啊，查尔斯。”他的太太说道。

索普雷先生拎着维基的项圈，把他带到水边——水深大概六英尺左右——然后把它扔了进去，让我想想，用的力气大概就像把钢笔伸进墨水里或把刷子放在油漆罐里蘸蘸那么点儿大。

“够啦，够啦，这样足够啦，查尔斯，”索普雷太太又嚷嚷道，“我还是觉得它别游泳的好，晚上的水总归有点儿凉。好狗狗，狗宝宝，好维基！”

就在这时候，“好维基”已经从水里出来了，而且又向我靠近了过来。

“他直接朝您走过来啦，”女主人说，“我想它一定对您很着迷。”

它确实是。

为了证实这一点，维基就地打了个滚，就像一只迅速转动的拖把。

“哦，真对不起，”索普雷太太说道，“我真的很对不起，它把您弄湿了。维基，趴下，趴下，宝贝儿，好狗狗，坏狗狗，趴下去！”

“没事儿，”我说，“我的旅行箱里还有一套白衣服。”

“但是您一定浑身都湿透了，”索普雷太太说，“或许我们还是进去的好，不管怎么说，天色都已经有点儿晚了，是吧？”然后，他又对她丈夫说，“我觉得我们不该让维基坐在外边，它都湿透了。”

于是我们进了屋。

“我想，您需要的东西都已经准备好了，”索普雷太太一边说着，一边带我进去看看房间，“顺便说一句，如果晚上维基要进您的房间的话，请您不要介意——我们一直都允许它在屋里跑来跑去的，而且它经常睡在这张床上。”

“没关系，”我雀跃地说道，“我会照顾好它的。”

那天晚上，维基果然进来了。

在夜深人静，连湖泊和森林都已入眠的时候，我把维基带了出来——不过，下面的细节我也不必详述了。

索普雷夫妇依旧很迷茫：维基到底去了哪儿？他们还一直等着它回来，毕竟他们认为，它那么聪明，怎么可能迷路呢？

不过，从维基待的地方看来，任何人都回不来了。

理发师的剃刀下

“那天晚上你去竞技场了吗?”理发师俯下身子，靠近我的耳边对我低语道。

“当然，”我说，“我去了。”

他看出我还能说话，便又拿了一条又厚又湿的毛巾盖在我的脸上，接着又说了下去。

“你觉得那场比赛怎么样?”他问。

不过他的估计有误了，我依然可以从那条湿毛巾下发出微弱的声音。他又拿了三四条厚毛巾蒙在我的脸上，还用五个手指按着我的脸，以防摔倒。周围升起了一阵浓厚的水蒸气，隔着这些东西，我依稀可以听到理发师的声音，以及剃刀跟皮带之间来回打磨的啪嗒声。

“是啊，先生，”他继续说道，依旧是他那专业沉稳的声音，还时不时地被剃头刀的噪音给打断，“我从一开始就知道，这些小伙子们准赢。（啪嗒—啪嗒—啪嗒—啪嗒）那天晚上我一看见冰场和刚刚起跑的小伙子们我就知道，他们准会赢的。（啪嗒—啪嗒）而且，就在吉米一板击中冰球的时候……”

说到这里的时候，帮另外一个椅子上顾客剪头发的那个理发师已经忍无可忍了。

“他一下子就击中啦!”他大声嚷道，然后愤怒地将满满一刷子的肥皂泡劈头盖脸地倒在坐在那边的顾客脸上，“他也能击中——就那个笨家伙——哪，伙计们!”说着，他就转身朝另外八个理发师看过去，好像是在向他们求援似的。那八个理发师正一边听着他们之间愈演愈激烈的争论，一边用手肘撑在顾客的脸上偷空休息。就连那个修指甲的女孩儿也全神贯注，兴奋地忘记了手上的活儿，下意识地用她那白皙的手指紧紧扣住顾客那粗笨的手。“喏，伙计们，那个笨家伙打冰球的技术还不如……”

“喂，搞清楚，”我的理发师瞬间大发雷霆了，攥紧了拳头使劲敲在我那蒙着毛巾的脸上，“我跟你打赌，五比一押吉米能打败队里的另外两个家伙。”

“他还溜冰?”另一个理发师冷笑了一个，顺手胡乱地朝他的顾客脸上喷了一罐子让人睁不开眼的蒸气，“就他那点技术，这块抹布都比他强多了!”说着又将一块湿毛巾横搁在顾客的脸上。

所有的理发师都兴奋了起来，八把椅子后面都传出了一阵喧哗声，“他根本不会溜冰!”“他就是会溜冰!”“我跟你赌，我押十块钱!”

他们都大发雷霆，用湿毛巾狂扇顾客的脸，还把一刷子一刷子的肥皂倒进顾客的嘴里。我的理发师把整个重心都压在了我的脸上，过一会儿，说不定其他什么理发师还会一个激动就给顾客一个脑刮子。

忽然，一阵静谧。

“老板来了。”一个人说。

过了一分钟，尽管我什么都看不见，但能感受到，一个身穿白色外套、极富威严的人形正沿着这一排椅子踱了过来。屋子里十分安静，只能听到洗发刷子机械的嗡嗡声和自来水柔和的汩汩声。

理发师开始把我脸上的毛巾一条接着一条拿了下来，就像埃及考古学家解开木乃伊身上的绷带那样，专业地、轻柔地将它们一一剥开。揭开最后一层的时候，他似有点探究意味地盯着我的脸看，眼神里还带着点儿疑惑。

“出城来的吗？”他问。

“是的。”我承认。

“那是谁帮你做的？”他问。一般而言，理发师问这种问题的时候，都不会涉及顾客的日常工作，这个问题的具体意思是：“一直以来，是谁替你刮脸？”

我明白坦白是最好的选择——我既然已经做错了，就应该承认错误，并且毫不保留，彻底坦白。

“我都是自己刮脸来着。”我说。

我的理发师退后一步，似乎带着点儿轻蔑的意味，而显然，那一整排的理发师也都觉着有点儿震惊了——为了表示他们的嫌弃，其中一个理发师啪地一声将一块湿抹布扔在了角落里，另外一个理发师忽然拿起一瓶喷雾器猛喷顾客的眼睛。

我的理发师继续用勉强的眼神仔细地打量我。

“你用的是什么剃刀？”他说。

“一种安全防护的剃刀。”我回答。

理发师正开始往我脸上猛泼肥皂水，听到我说的话后，他惊骇地呆立在那边，手上的活儿也停了下来。

安全防护的剃刀对于理发师的作用，就像红布对公牛产生的效果。

“要是我的话，”他一边继续说道，一边激动地将肥皂泡扔在我的脸上，“我绝不会让任何一个这样的东西接近我的脸。先生，绝对不会！它们根本就不安全，它会悄悄儿地把你的皮一块儿剃下去，还会把你的毛发从你皮囊里连根拔起。（他一边说，一边用手上的剃刀挥来挥去地做演示）这些鬼东西就是要把人脸切成一块儿一块儿的。（他用一块明矾戳了戳他在我脸上划出来的伤口）为了干净，为了卫生，为了健康，为了防止细菌感染，就算给我一大笔钱，我也不干。”

我什么都没说，我知道这些都是我应得的，所以我保持沉默。

理发师渐渐平静下来了，要是在其他情况下，他可能会告诉我棒球俱乐部的春季特训情况，或者杰克逊维尔轨道最新几个项目的近况，以及有教养的绅士们吃完早餐和工作之前喜爱探讨的某些话题，但是我不配。直到刮脸快要结束的时候，他终于又开口了，这一次，他的口吻是一种希望取得信赖的，甚至近乎是渴求的。

“要按摩吗？”他说。

“不用了，谢谢。”

“要洗洗头皮吗？”他轻言慢语地说。

“不用，谢谢。”

“烫烫头发吗?”他诱哄道。

“不用，谢谢。”

理发师更加卖力了。

“喏，”他贴在我的耳边说，仿佛在谈论一件只涉及我们之间的私事，“你的头发已经快要掉光啦，你最好让我给你洗洗头皮，省得让它们都掉出毛囊，不然的话，你很快就没……”

“不用了，谢谢，”我说，“今天就不用了。”

这一次，理发师终于忍不住了，他看出来了，我就是那种身无分文的人——来这边除了刮脸什么都不做，还把头皮、毛囊以及理发师的所有小费一股脑儿都带走，还自认为都属于自己似的。

瞬间，他把我一把拽出了椅子。

“下一个!”他大声吼道。

当我经过那一排理发师的时候，我看到了他们眼神里的鄙视。为了表示愤怒，他们铆足了劲儿，打开电动洗发刷，开到最大挡，我便在这咔哒咔哒的旋转的机械噪音中灰溜溜地走了出来。

公众阅读：书店探究

“想进店里看看吗？哦，随时欢迎，先生。”他说。

随后，他彬彬有礼地搓了搓双手，透过眼镜，用犀利的眼神扫了我一眼。

“在店内后排靠左边的书架上，”他说，“您会找到让您感兴趣的东西的。我们现在有一套再版的《知识大全——从亚里士多德到亚瑟·贝尔福[①]》，只要十七美分；或许您也想看看《已故名流作家记》，只要十美分。斯派若先生，”他大声喊道，“给这位先生瞧瞧我们的经典再版书——十美分系列。”

他一边说，一边朝助手挥挥手，似乎完全没有意识到我的存在。

换个角度来看，其实啊，他一眼就把我瞧透了。看来，就算我戴着一顶刚从百老汇买来的灰白色软呢帽，系着一条上面印有五美分硬币那么大个儿圆点的十字形运动领带，也没能把他糊弄过去。哎，这些小小的装饰永远也无法掩饰内心真实的灵魂啊。他猜得没错，也可以说，作为他的分内之职，他能一

① 亚瑟·贝尔福（Arthur Balfour，1848—1930），英国首相中哲学家，索尔兹伯里侯爵首相的外甥和政治继承人。

眼辨识出来，我就是一个教授。

作为附近十个街区内最大的书店的销售经理，这点眼力可不能叫顾客们失望。他当然知道，一个教授的手头不可能那么宽松。正如所有教授都爱去书店里转转，我也不例外，我来店里就像是黄蜂钻进了开了口的果酱罐子里。他很清楚，我会在店里晃晃悠悠至少两个钟头，碍手碍脚，而且最终只会买几本便宜的再版书，诸如《柏拉图对话集》，或者《弥尔顿散文集》，抑或《洛克之人类理解论》之类没多大用处的书。

说到真正的文学鉴赏能力——懂得欣赏上个月卖上一块五毛钱一本的小说（春意盎然的书壳儿上还有一幅跳探戈舞的插图）的能力——我是不具备的。当然了，他清楚这一点，自然也瞧不上我。不过话又说回来了，对于一家书店来说，有一个教授站在店铺的一角，埋在书堆里看得津津有味，这样一个场景可是各大书店都渴望的——充充门面，况且，真正的顾客们也确实喜欢这样的氛围。

所以，这也是为什么连赛莱尔先生这样的大型书店的经理人都能容忍我赖在书店后边的角落里不走的原因了；当然了，这同时也让我有机会搞清楚，他到底是用了什么方法，总能顺利搞定真正的书店顾客了。我不得不说一句，他的确堪称美国文学界的翘楚，也值得出版界所有同行的顶礼膜拜。

我并非刻意要站在那里像密探似的偷听，老实说，我一看到那本新译的《爱比克泰德之道德语录》，就立刻产生了兴趣。这本书印刷得干净整洁，装订得也很精美，而且只卖八毛钱，所以，我当即就有买下它的冲动，不过，即便想要买下，也得先浏览一下才行。

我读了还不到三章的时候，思绪就被前头收银台边的一段对话给搅乱了。

“你确定这是最新的?”一个穿着十分入时的太太对赛莱尔先生说。

“噢，是的，拉斯莱尔太太，”经理回答道，“我向您保证，这绝对是最新的。而且，这批书还是昨天刚刚到的货呢!”

他一边说着，一边指了指握在手上的一大摞蓝白相间、豪华精装的书，我依稀能辨认出那烫金的标题——《金色的梦》。

“哦，是的，”赛莱尔先生又重复了一遍，“这是斯拉希先生最新出版的书，卖的可火了呢!”

“那就好，哎，”那位太太说，“你看吧，人呢，经常就这么容易地上了当，上个星期我来这里买了两本看起来挺不错的书，但是直到回家时才发现，那两本都是旧书……我想想……大概是六个月前出版的吧。”

“噢，天哪，拉斯莱尔太太，”经理非常抱歉地说，“我真的是太、太、太对不起您了，请您允许我派人给您换本新的过去吧。”

“噢，没关系，没关系了，”那位太太说，“我压根儿就没去读它们，直接送给了我的仆人，反正她也不会晓得有什么不对劲的。”

“我也觉得不会，”赛莱尔先生边说边露出谦逊的微笑，“但是啊，太太，”他不禁开始用时下书商们惯用的那种随意、轻松的口吻东拉西扯起来，“这种错误啊，肯定是会时不时出现的，就像昨天，我们就遇到一个挺糟糕的事儿：我们最资深的一个顾客匆匆忙忙地赶了进来，准备买几本书带到船上去看。但是我们还没来得及搞清怎么回事，他已经买了两本去年出版的书（我猜想，他可能就跟某些绅士的习惯做法一样，都是就根据标题挑选书籍的）。我们一发现这个错误就立刻给船上发电报，但是恐怕已经晚了。”

“哦，我们谈谈这本书吧，”那位太太一边说，一边慵懒地随手翻了翻几页书，“这本书不错吧？讲了什么内容呢？”

“这是一本非常震撼人心的书，”赛莱尔先生说，“老实说，文笔精湛极了，评论家们都是这么点评的，说它是堪称本季度最震撼人心的一本书。它有一种……”说到这里，赛莱尔先生停顿了一下——从某种意义上来说，他的行为竟然让我想起我在大学课堂上向同学们解释连我自己都搞不清楚的东西时的感觉——“它有一种……一种震撼点，可以说是一种超乎寻常的震撼点。说句实在话，我们可以毫不夸张地说，它是本月最震撼人心的书。而且确实如此。”他又加了一句，语气轻松多了，“这本书可畅销了。”

“这书，你们这儿好像还有不少本啊。”那位太太说道。

“我们不得不这样啊，”经理回答说，“不断有人来这儿抢购，就是冲着这本书来的。说句实在话，这本书是注定要引起轰动的。有人还说，这本书不应该在某些地区……”说到这里的时候，赛莱尔先生的嗓音变得更低更谦逊了，以至于我都没听到最后那段话。

“噢，真的吗？”拉斯莱尔太太嚷道，“好吧，我觉得我一定得买下它，不管怎样，人们总该搞清楚大家都在讨论些什么吧。”

她已经扣起手套上的纽扣、整理起脖子上的皮毛围巾了，可一不小心，围巾正好把收银台上的复活节卡片带了下来，就在这时候，她猛然想起了什么事情。

“哦，我忘记了一件事，”她说，“你送书到我家的时候，能不能也顺道儿带几本书给拉斯莱尔先生？他正准备去弗吉尼亚度假呢。你是知道他的喜好的，是吧？”

“哦，这个真是太清楚不过了，太太，”经理说，“拉斯莱尔先生一般都爱读些……呃……我记得，他最常买的书是关于……呃……”

“哦，关于旅游吧，差不多那类书。”那位太太说。

“确切一点儿的话，我认为，我们可能会在这儿找到拉斯莱尔先生喜欢的东西，”说着，他指了指左边柜台上的一排包装精美的书，“《撒哈拉七周记》，七块钱一本；《大篷车上的六个月》，实打实六块五毛钱；《牛车上的午后》，一共两卷，四块三毛钱，便宜二毛钱。”

“我想，这些书他都读过啦，”拉斯莱尔太太说，“至少说，我都在家里好像看到过其中几本书。”

“哦，极有可能。不过这边书，喏，《与科夫斯的食人族一起生活的日子》，哦……我想，他已经读过《与……》；哦，这个他好像也读过了；不过这一本嘛，我敢肯定，他绝对会喜欢，这是今天早上刚刚到货的，《与新几内亚的猴族一起生活的日子》，实打实，十块钱。”

赛莱尔先生一边说，一边把手搁在那一摞新书上，显然，这本书跟《金色的梦》一样积压了厚厚一大摞。

“《与新几内亚的猴族一起生活的日子》!”他重复道，音调几乎像是爱抚似的柔和。

“这本书价格不菲啊。”那位太太说。

“噢，价格是不低——就数这本书最贵了，”经理又用充满热情的嗓音说，“您看啊，拉斯莱尔太太，这些插图可都是实地取景的（他用手指迅速翻了几页书），这些都是真实的猴子啊，而且都是用照相机一张一张拍摄下来的。您留意到了没，看看这纸张吧，老实说，太太，这本书光是成本价就有九块九了，我们根本赚不到什么利润，但是我们就是喜欢卖这样的书。”

人人都喜欢听到生意背后的细节，当然了，人人更喜欢听说书商正在亏本甩卖。这正是赛莱尔先生让我领悟到的两条生意经。

所以，拉斯莱尔太太自然会买下那本《与新几内亚的猴族一起生活的日子》。随后，赛莱尔先生便指挥收银员记下一个第五大道的住址，然后将那位太太一直送到门口，并向她深深地鞠了一躬。

回到柜台边的时候，他的举止行为完全变了个样儿。

“那本猴子书，”我听见他对助手嘀咕道，“都快成店里的老大难了。”

不过他还没来得及做进一步评估呢。

又进来了一位太太。

这一回，就连眼力不如赛莱尔先生那般锐利的人，也能从太太身上那件深沉、昂贵的丧服和满面的愁容看出，她正处于悲痛欲绝的哀伤之中。

“您需要一本最新出版的小说吗?”经理重复了一边，“您看，太太，这儿有本非常有趣的书，叫《金色的梦》(他说这几个字的时候显得格外亲切)，这本书讲了一个非常甜蜜的故事，不可思议地甜蜜。说句实在话，太太，评论家们都认为，这本书堪称斯拉希先生写过的最出色的一本书。”

“这本书写得很好吗?”那位太太问道。

我逐渐意识到，原来所有的顾客都会询问这个问题。

“非常有趣的一本书，”经理说道，“讲述了一个爱情故事——非常纯真、甜蜜，同时还特别地有趣。确实是这样，评论上都说这是本月最有趣的一本书，就在昨天晚上，我太太还在大声朗读这本书呢，她哭得几乎都读不下去了。”

“我想，买这本书应该非常保险吧?”那位遗孀问道，“我是要买给女儿读的。”

“哦，非常保险，”赛莱尔先生几乎是用为人父母的语调回答道，“实际上，这本书从头到尾都是用传统的手法写的，就像是那些古代流传下来的经典老书似的，就像(说到这里，塞拉尔先生停了下来，眼神里露出一些轻微的疑惑)，就像狄更斯、菲尔丁和斯特恩那样的风格。有不少神职人员都从我们这儿买了这本书呢，太太。”

那位太太买下了那本《金色的梦》，接过店员用绿色亮彩纸包装好的书之后，便离开了。

“你们这儿有什么可供度假时打发时间的书?”另一位顾客

轻松愉快地大声嚷嚷着，一副准备度假的股票经理人的派头。

“有啊，”赛莱尔先生说着，回答的时候，脸上的笑容都快收不住了，“这儿有本非常精彩的书——《金色的梦》，堪称本季度最幽默的书了——简直是让人捧腹大笑啊——我太太昨天晚上还大声念它来着，她笑得几乎都发不出声儿了。”

“多少钱？一块钱？一块五？好的，帮我包起来吧。”

柜台上传来一阵叮当声，然后那位顾客便不见踪影了。终于，我开始清楚地了解到，我们这些就来买几本一毛八一本的爱比克泰德和几部一毛二一部的《世界文学》再版的教授和大学职员在这个书店业务里所处的地位了。

“哦，法官，”经理对另一个顾客说道，这位顾客身材十分魁梧，头上戴着一顶宽边帽，看上去极有威严，“是海洋类的故事吗？当然了，对于像您这样大脑总是充满负荷的先生来说，毋庸置疑，这本书肯定是最好的读物了——这是最新出版的，叫《与新几内亚的猴族一起生活的日子》，原价十块钱，跟您就便宜四块五吧，这本书单成本价就要六块八了，我们都快售罄啦。非常感谢您，法官大人。要送到您的府上吗？好的，早安啊！”

此后，顾客依旧是络绎不绝，不过我发现，尽管店里到处都是书——据我估计，大概要有上万本——但是，赛莱尔先生显然十分钟爱那两本书。每个进来的女人都会带走一本《金色的梦》，而介绍给每个男人的书则是《与新几内亚的猴族一起生活的日子》。《金色的梦》对于这个女人来说是度假的绝佳读物，对于那个女人来说最适合假期结束后阅读；这个女人买走这本书是用来雨天阅读，那个女人买走又是因为它最适合在阳光灿烂的日子里翻阅。而那本猴子书则被作为“一个海洋故事”、“一个陆地故事”、“一个森林故事”，抑或“一个山地故事”被售出，而且，书的价格也根据赛莱尔先生对顾客的资产评估而相应定价。

忙活了至少两个小时后，店铺终于闲了一阵子。

“威尔弗雷德，”赛莱尔先生把脸转向他的领班助手，“我出去吃个午饭，这两本书你能卖多少就卖多少，我们加把劲儿再卖上一天后，就全部大削价清空掉。我还要上道肯和迪斯肯特那边坐坐，跟他们发发牢骚，看看他们准备怎么办。”

我觉得我在这边也消磨得够久了，就拿了本爱比克泰德的书向柜台那边走过去。

“哦，先生，”赛莱尔先生又立刻摆出一副十分专业的样子，“爱比克泰德的书？非常有趣的书，一毛八，谢谢您。或许你还会对我们店里的其他书感兴趣，比如说，我们有一些二手书，就放在那边的壁龛里面，您感兴趣的话，可以过去看看；那儿有一套亚里士多德的书，一共两卷，都是很考究的东西，字迹非常潦草，您可能也会喜欢；那边还有一本西塞罗①的书，是昨天刚进的货，非常精美，不过因为潮湿有点儿破损；我想想，哦，我们还有一本马基雅弗利②的书，非常特别，不过都快撕扯成碎片了，封面也不见了。这些都是些古董书，先生，您是内

① 西塞罗（Cicero），古罗马政治家、雄辩家、著作家。

② 马基雅弗利（Machiavelli），意大利新兴资产阶级思想政治家，历史学家。

行人，肯定十分了解。”

“不，不用了，谢谢。”我说。我终于按捺不住内心持续膨胀的好奇心了。“那本书——《金色的梦》，”我说，“您似乎认为它是本非常出色的书?”

赛莱尔先生又用他那犀利的眼神朝我扫了过来，他很清楚，我不会买那本书的，不过，或许就像少数人那样，他也会有那么些敞开心扉的时候。

他摇了摇头。

“糟糕的交易而已，”他说，“出版商们把货撂给了我们，我们只能尽力而为了，我理解，他们也在为这个发愁，所以指望我们帮帮他们。他们现在正在花大力气宣传这本书，或许能脱手一部分。当然了，就那么点儿希望，谁也说不准。只能寄希望于那帮子教会的人会做点儿祷告了，真是这样的话，就一切好办，否则我们永远也没法成功啊。我早就预料到这本书的销量会很糟糕了。”

“您没读过这本书?”我问。

“饶了我吧，我当然没读过!”经理说，他那副架势就像是一个挤奶工人被人提供了一杯他自己挤出的奶似的，“我要是把所有的新书都读一遍，那得花费多少时间啊！且不说读这些书了，就是记住这些书的前因后果就把我累得够呛了。”

“但是那些人，”我困惑道，“那些买书的人不会觉得失望吗?”

赛莱尔先生摇了摇头。“噢，不会，”他说，“你知道的，他们根本就不会去读书，永远都不会。”

“但是，不管怎么说，”我坚持道，“你太太也觉得这本书的故事非常有趣。”

赛莱尔先生咧嘴大笑了起来。

“先生，我还没结婚哪!”他说。

超人瑟吉

——一篇俄国小说

（摘自俄国原文，用手压泵而成的译文）

温馨提示，小编特意向各位读者介绍，阅读这样一类故事时，应该怎样做一些配合性的抽搐。

我们无需因为推荐一部俄国小说而向读者们道歉。毋庸置疑，文学的未来就依赖俄国了。托尔斯某、屠格涅某以及妥思妥某们的大名，在美国已经家喻户晓。我们可以十分肯定地宣布，《超人瑟吉》是近年来俄国出版界最具特色的作品。俄国人的人生观悲观苍凉且听天由命，而伏尔加河畔广袤森林里黑暗和西伯利亚无尽荒野的静谧更是加深了他们的阴郁和悲凉。因此，俄国人说话的时候，就像他们的思维一样，带有直率、简洁、淳朴、自然的魅力。所有的这些特点都在《超人瑟吉》这本书里得到充分地体现，这本书也是我读过的最直率、最简洁、最淳朴的书。我有一个评论家朋友，在当前纽约的语言批评界里，大概没有人能跟他平起平坐。当我把这份手稿拿给我这位朋友看时，他丝毫没有迟疑地说：“这本书太伟大了，这个伟大的作品，必然出自一个伟人之手，这个人有伟大的思想，并用双手记载下了最伟大的故事。整个作品中最伟大的东西就是，是……”他说到这里停了一停，思索了一会儿，补上了一句，“就是伟大。”说完以后，他又坐回了椅子上，不停嘀咕道：“伟大，伟大，伟大……”一直念到我离开的时候。接着，我们又把这本书拿给一位英国评论家看，他毫不迟疑（或者说没怎么迟疑）地说：“这本书真不错。”最后，我们自己又重温了一遍，精读之后——读完这本书真不是件容易的事儿——我们站了起来，说道：“精彩而又可怕！”那顿午饭（免费），我们从头到尾都在不停地颤抖。

第一章

还是个孩子的时候，瑟吉和父亲——伊凡·伊凡诺维奇——以及母亲——卡特瑞娜·卡特瑞娜维奇——生活在一起。家里有一个女仆尼斯卡，一个男仆伊奇，以及男仆的厨师妻子尤姆普。

房子坐落在一个俄国乡镇的边缘，处于俄国的心脏部位。房子周围是一片辽阔的平原，浅浅的堤岸间淌着一条潺潺的河流，河流上方便是死气沉沉的天空。

光秃秃的平原荒芜苍凉，一条驿道纵贯其间，一览无遗。遥望远方，你可以看见一个农民赶着一辆三匹马的马车，抑或猪倌斯维尔正放牧猪群。驿道向远方无尽延伸，消失在天际尽头。

“这条路到底通往何处呢?”瑟吉问道，但是没人能够回答。

冬季来临的时候，下了一场大雪，河面冻成了冰面，厚到瑟吉能够自如地在上面行走。

在这样的日子里，邮差约布就会来到门口，一边跺着脚试图驱走寒冷，一边将信件递给伊奇。

“今天真冷啊。”约布会这么说。

“这是上帝的意愿。”伊奇说着便走进厨房，从立在一边的木制火炉里端出一杯热气腾腾的克瓦斯啤酒来。

“喝吧，小伙子。”他对约布说，约布便会拿着酒杯回敬道：“小叔叔，为您的健康干杯!”喝完酒，约布继续赶路，边走边跺脚。

随后，春天来临了，整个平原都湮没在盛开的鲜花里，瑟吉便会在这样的季节里，随手摘上几朵花儿。下雨的时候，瑟吉还会拿一个杯子去接雨。夏天来临的时候，酷热和暴风雨也会随之而来，瑟吉便会呆在一旁观看闪电。

“闪电有什么用?”他问厨娘尤姆普。此时的尤姆普正在为第二天的饭菜做准备，她捏着玛施（即玉米面），准备做一份斯拉布（即薄煎饼）。尤姆普摇了摇她的诺布（即脑袋），玛格（即脸）上露出复杂疑惑的神情。

“这是上帝的意愿。”她说。

就这样，瑟吉慢慢成长为一个热爱思考的孩子。

有时候，他会问他的母亲：“马特林斯卡（即小妈妈），天空为什么是蓝色的?”但是，她不知道该怎么回答。

有时候，他也会问父亲:“布波（俄文中父亲的意思），三乘以六是多少?”但是他的父亲也不知道答案是什么。

瑟吉一年又一年地长大了。

生活给了这个男孩儿太多的困惑，让他难以理解，也没人能帮他解惑。

有时候，他会和男仆伊奇聊天。

“伊奇，”他问道，“道德是什么?”但是，伊奇不知道，在他那简单淳朴的生活里，他从未听说过道德这个词儿。

有时候，不少人会到他家里，比如能读会写的斯尼普啦，制作马具的辛琪啦。

有一回，警察局的检察官珀珀夫来到他家。那天，他穿了一件蓝色的皮毛外套。他站在火炉前，记下全家人的姓名。当他走近伊奇的时候，瑟吉注意到伊奇在珀珀夫面前胆怯地直发抖。伊奇颤颤巍巍地为珀珀夫拿了一条三条腿的椅子，说道:“请靠着火炉坐吧，小老爷，天太冷了!”珀珀夫大笑道:“有西伯利亚那么冷吗?小伙子?”接着，他又说道:“把胳膊肘以下的袖子都撸上去，裸出来让我看看印记还在不在。”伊奇把袖筒一直撸到胳膊肘，瑟吉看到他手臂上有一块又深又黑的烧焦了的印记。

“我料想地没错啊!”珀珀夫说着，哈哈大笑起来。但是厨娘尤姆普正用一根棍子戳着火炉，火星恰好溅到了珀珀夫的脸上。“您靠火炉太近了，小检察官，”她说，“会被烫伤的。”

那一整个晚上，伊奇都呆在厨房的角落里，瑟吉看到，他的脸上落满了泪痕。

“他为什么要哭呢?”瑟吉问。

“他曾去过西伯利亚。”尤姆普一边说，一边将水倒进铁锅里，以备下下周做汤时用。

一年又一年地过去了，瑟吉更加勤于思索了。

日常生活中发生的各种各样的事情都会让他陷入思考。一天，他看见几个农民把一个收税员扔进河里淹死了，这件事给他留下了很深的印象。他没法理解这是为什么，而且这件事似乎总有什么地方不太对劲儿。

“你们为什么要把他淹死?”他问厨娘尤姆普。

“因为他是个收税员。”尤姆普说着，顺手将几个杯子扔进了碗柜。

之后有一天，镇子上一下子沸腾了起来，几个穿着制服的人走来走去，镇子里的所有人都站在门口聊天。

“发生什么事了?”瑟吉问。

“是珀珀夫，就是那个检察官，”伊奇回答道，“他们在河边发现了他。”

“他死了吗?”瑟吉又问。

伊奇恭恭敬敬地指了指地上，说:“他在那儿。”

那天，瑟吉从早到晚都在问东问西，不过，没人给他解答。“珀珀夫死了，”他们说，“人们在河边发现了他，肋骨戳进了心脏。”

“那些人为什么要杀他?”瑟吉问。

没人愿意回答。

就此以后，瑟吉发现让他觉得困惑的事情越来越多了。

所有人都注意到瑟吉的心思有多重了。

“他是个聪明的孩子，”他们说，“总有一天，他会成为一个博学多才的人的，那时候，他就既会写字又会读书了。”

“上帝保佑!”伊奇大声嚷道，“那事儿可太危险啦!”

有一天，牧师利多夫手里拿了一大卷纸来到他们家。

“这是什么?”瑟吉问。

“这是字母。”利多夫说。

“给我吧。”瑟吉热切地说。

“不能全都给你，”利多夫温和地说，“这部分给你。”他说着便撕了一张纸给那孩子。

“上帝保佑!”厨娘尤姆普说，“这么做太不明智了。”她一边摇摇头，一边把一块新的泥块放进了木制火炉里，好让火烧得更旺一些。

不久，人人都知道瑟吉正在学习字母这回事儿了，而且学会之后，他还要去莫斯科，进个技校，学点其他的什么知识。

时间就这样一天一天、一月一月地过去了。这时候，伊凡·伊凡诺维奇说:“喏，他现在已经准备好啦。”他从厨房里木制火炉旁边的架子上拿下一包收藏起来的卢布，然后以俄国人特有的方式点了点钱:“一十，一十，再一个一十，还有个一十，一十。”他点来点去，一直点到没钱再点才停下来。

“上帝保佑!”尤姆普说，“他现在出手可大方了。”她把混了沙子的油和脂肪倒进了面包，然后用棍子使劲敲打。

“他肯定都准备好啦!”他们说，“他得买点儿衣服了。他很快就要去莫斯科，上个技校了，他就要成为一个聪明的人了!”

恰好有一天，一辆敞篷四轮马车（也就是单匹马的马车）来到了他家门口，一个男人坐在里边，身边坐着个女孩儿。男人停下来向伊奇问路，伊奇指了指穿越平原的那条驿道。但是，他指路的时候，手、腿都在不由自主地颤抖着，因为问路者的眼神因仇恨而变得黑暗，因权力而变得残忍。他穿着一身制服，帽子上还有一块黄铜徽章。不过，瑟吉只顾盯着那个女孩儿看了，那个女孩儿的眼睛里没有任何仇恨，有的只是熊熊燃烧的火焰，以及抛向远在平原之外某个地方的迷茫。瑟吉不知道那是什么地方。正当瑟吉这么凝视着女孩的时候，她转过了脸，眼神与他接触的那一瞬间，他明白，他永远也不会忘记她了。他从她的神情可以看出，她也永远不会忘记他的。因为，那就是爱情。

“那是谁啊?”当他跟伊奇一起回屋的时候，他问。

“是科瓦茨，警察局局长。”伊奇说着的同时，膝盖还在不听使唤地颤抖。

“他要带她去哪儿?”瑟吉说。

“带去莫斯科的监狱，”伊奇回答道，“他们会给她上绞刑，她就死在那儿了。”

“她是谁?”瑟吉问，“她到底做错了什么?”问的时候，他的脑子里又浮现出了她的脸，以及脸上的神色，他的血管里好像有一把大火在熊熊燃烧。

“她叫奥尔加·伊利伊奇，”伊奇回答道，“就是她制造了那颗炸弹，炸死了珀珀夫，现在他们给她判了绞刑，她就要死啦!”

“上帝保佑!”尤姆普嘀咕着，又把不少泥土铲进了火炉。

第二章

瑟吉去了莫斯科，还进了技校，他成了一名学生。斯托吉教授教他地理，助理福德吉教他天文学以及地球构造学、人体器官学等其他俄国本土研究学科。

他整天都在用功学习，兢兢业业。老师们都对他充满期待。“他如果能够一直这么坚持下去，”他们说，“迟早有一天，他会有所作为的。”

“真让人刮目相看，”其中一个老师说，“倘若他继续保持，他肯定可以成为一名教授。”

“他太年轻了，”斯托吉摇了摇头说，“他的毛发过于旺盛。”

“他的视力太好了，”福德吉说，“等他视力下降点儿的时候再说吧。”

但是，瑟吉用功的时候总是心事重重，而且他的心事都和那个叫奥尔加·伊利伊奇的女孩儿——那个跟警察局局长坐在一块儿的女孩儿——有关。他想知道，她为什么要炸死检察官珀珀夫；他还想知道，她到底有没有死。这里好像没什么公正可言。

有一天，他去问教授。

“法律公正吗?”他问，“杀人合理吗?”

但是，斯托吉摇了摇头，什么都没说。

“我们继续学习人体器官学吧。”他说道，但是却浑身颤抖得连粉笔都握不住了。

于是，瑟吉打住不再追问了。不过，他思考的问题更加高深了。从技校回到出租屋的那一路上，他都在拼命思索；爬上楼梯回到阁楼房间的时候，他也在不停地思索。

瑟吉租的是瓦塞里奇太太的房子，这个房子又高又黑，坐落在一条昏暗的街道边上。街道光秃秃的，一棵树都没有，也从来没有孩子愿意在那儿玩耍。瓦塞里奇太太的房子对面有一栋石头砌成的楼，那栋楼从来都是静悄悄的，而且所有的窗户都钉上了防护栏。那幢楼里没有灯光，更没人出入。

“那是什么地方?”瑟吉问道。

“那是一座死宅。”瓦塞里奇太太回答道，然后摇了摇头，不愿再提。

瓦塞里奇太太的丈夫已经过世了，谁都不愿意提到他。楼里面住的都是学生，大多数是爱疯玩的孩子，学生们都是这样。晚上，他们会聚在大房间里，围坐在桌边，喝着克瓦斯啤酒（是将木屑泡在糖浆里发酵酿造而成）或者俄国苦艾酒格尔格尔（是将醋栗浸在一桶苏打水里酿造而成）。喝完酒后，他们就开始打牌，还会把火柴棒放在桌子上打赌:“十根，十根，还是十根。”一直玩到火柴一根根不见了为止。这时候，他们就会说:“没火柴了，我们跳舞吧。”于是，他们便在地板上跳起舞来，一直跳到瓦塞里奇太太捧着一根蜡烛进来，说:“小伙子们，都十点钟啦，上床睡觉去吧。”他们这才爬上床去。他们都是爱疯玩的家伙，学生时代都这样。

不过，瓦塞里奇太太的房子里还住着两个不爱疯玩的学生——他们是一对亲兄弟，住在地下室里的一件长筒子房间里。

那个房间地势太低了，比街面还要矮上一截。

那对兄弟脸色都很苍白，留着长头发，双眼凹陷下去。他们俩身上没什么钱，瓦塞里奇太太给他们提供日常饮食。“吃吧，小儿子们，”她会这么说，“你们可不能死啊。”

那对兄弟整日整日地用功学习，他们才是真正的学生。哥俩相比起来，那个叫哈尔佛夫的长得比较高壮，另一个叫科威托夫的就没哈尔佛夫那么高壮了。

有一天，瑟吉跑去那对兄弟的屋里，当时，他们正在用功学习，哈尔佛夫坐在一张桌子边上，面前放着一本书。

“你在看什么书?”瑟吉问。

“在看立体几何。”哈尔佛夫说着，眼睛里隐约闪过一阵微光。

“你为什么要研究这个?”瑟吉问。

“想要解放俄国。”哈尔佛夫说。

“那你看的是什么书?”瑟吉又问科威托夫。

“汉布林·史密斯的《三角函数入门》。”科威托夫说着，颤抖地像一小片树叶。

“它能教会你什么?”瑟吉问。

“自由!”科威托夫说。

兄弟两个互相看着对方。

“要不，我们把所有的事情都讲给他听吧?”哈尔佛夫说。

“还不到时候，”科威托夫说，“他得再学习一段时间，以后他会明白的。”

自那以后，瑟吉经常往那对兄弟的房间里跑。

那对兄弟给了他几本书。“拿去读吧。”他们说。

“这是什么书?”瑟吉问。

“这些都是英文书，”科威托夫说，“都是禁书。在俄国，这些书都是被禁止的。不过，里面讲的都是真理和自由。”

“给我一本吧。”瑟吉说。

“这本拿去，”科威托夫说，“把它塞在腋下，别让别人看见。”

“这是什么书啊?”瑟吉问道，不由自主地颤抖了起来。

“这是卡尔德威尔的《实用主义》。”兄弟俩说。

“这也是禁书吗?”瑟吉问。

哥俩一起凝视着他。

“读它就犯了死罪。”他们说。

自那以后，瑟吉每天都从哈尔佛夫和科威托夫那儿拿书过来，到了晚上便开始阅读。这些书燃烧了他的思想。这些全部都是禁书，在俄国，谁都不允许读。瑟吉读了汉布林·史密斯的《代数学》，他如饥似渴的从头到尾、一页一页仔细翻阅。他读了穆瑞的《微积分》，这本书的内容在他的脑海里不停地沸腾。“这难道是真的吗?”他问。

这些书为瑟吉打开了一扇通往崭新的世界的大门。

在他读书的时候，兄弟俩常常会认真地观察他。

“要不，我们把所有的事情都告诉他?”哈尔佛夫说。

“还不到时候，”科威托夫说，“他还没准备好。”

一天晚上，瑟吉又去兄弟俩的房间了，不过，他们当时没在看书。工匠们用的工具、电缆以及铁皮撒得屋子里到处都是。

地上还放着一个坩埚，坩埚下面燃着的火焰发出耀眼的蓝光。而兄弟俩则蹲在旁边干活。在火焰发出的光线下，瑟吉依稀能够看到他们的脸。

“要不，我们现在就把所有的事情都告诉他吧？”科威托夫说，他的兄弟点了点头。

“现在就告诉他吧。”他说。

“小兄弟，”科威托夫一边说，一边从火焰旁边直起身来，他的个子挺高的，“你愿意牺牲生命吗？”

“为了什么？”瑟吉问。

兄弟俩摇了摇头。

“我们不能告诉你为什么，”他们说，“那牵涉的事情太多了。你愿意加入我们吗？”

“加入什么？”瑟吉问。

“我们不能说，”兄弟俩说，“我们只能问你，你愿不愿意竭尽全力协助我们完成我们的事业？如果有必要的话，还需要牺牲生命？”

“你们事业是什么？”瑟吉问。

“这个我们不能向你透露，”他们说，“我们只能问你：你愿意牺牲生命去挽救另一个生命——挽救俄国吗？”

瑟吉愣了一下，他想起了奥尔加·伊利伊奇，除非是为了拯救她的生命，他才愿意牺牲自己的生命。

“我不能。”他回答说。

“晚安，小兄弟，”科威托夫轻声说，然后又转过头去继续工作了。

就这样，又过了一个月。

瑟吉一如既往地刻苦学习。“如果真理真的存在，”他想，“我一定要找到它。”他一刻不停地想念着奥尔加·伊利伊奇。他的脸色越发苍白了。“公正，公正，”他思索道，“公正和真理，到底是什么？”

第三章

瑟吉在瓦塞里奇太太家住了六个月左右的时候，他的父亲伊凡·伊凡诺维奇打发了家仆伊奇和他的妻子厨娘尤姆普到莫斯科来探望他，瞧瞧他生活得怎么样。伊凡先是一个一个点着放进袋子里的卢布：“一十，一十，还是一十。”直到伊奇说：“够啦，够啦，我肯定会都给他带过去的。”

他们打点好了行李就上路了。伊奇在池塘里逮了只鸭子，往口袋里塞了一条鱼，此外，他还随身带了些香喷喷的奶酪和一大捆可口的蒜蓉。尤姆普把掺了焦糖的油倒到生面团里后，用铁棒使劲儿敲打成布丁的形状，随身带着。

就这样，他们便动身去莫斯科了，一路上，他们都是步行过去的。

“这地方真大啊！”伊奇说着，四处打量灯光和行人。

“上帝保佑，”尤姆普说，“这个地方不大适合女人。”

“别怕。”伊奇望着她说。

于是，他们又继续往前走，四下里寻找瓦塞里奇太太的房子。

“你看这些灯，多亮堂啊！”伊奇说着驻了足，到处东张西望，随后他又指着一座布尔莱斯基（即大剧院）说："我们去那儿歇会儿吧。"

"不去，"尤姆普说，"我们还是继续赶路吧。"

"你太累了，"伊奇说，"把布丁给我，你继续赶路，也好早点儿睡个好觉。我待会儿就带着布丁和鱼去找你。"

"我不累。"尤姆普说。

就这样，他们终于赶到了瓦塞里奇太太的家里。他们一看到瑟吉就说："他现在长得多高，多壮啊！"但是心里却在思量："他太苍白了，一定得让伊凡·伊凡诺维奇知道。"

于是伊奇说："这些是伊凡·伊凡诺维奇让我们捎给你的卢布。清点一下吧，小少爷，看看数目对不对得上。"

"应该是多少啊？"瑟吉问。

"我也不知道，"伊奇说，"你最好还是数数看。"

随后，尤姆普说："这是布丁，小少爷，还有一条鱼、一只鸭子、一块奶酪以及一捆蒜蓉。"

就这样，那天晚上，伊奇和尤姆普留在瓦塞里奇太太家过了一夜。

"你累啦，"伊奇说，"你得好好睡一觉。"

"我不累，"尤姆普说，"就是头有点疼，脸上也有点烧，都是给风吹的，太阳晒的。"

"我出去一趟，"伊奇说，"去找家费斯基（即药铺），给你买点敷脸的东西。"

"你就呆在那边吧。"尤姆普说，于是，伊奇就呆在那儿了。

这会儿，瑟吉拿着鱼、鸭子、奶酪和布丁上楼去了。他一边爬楼一边想:“一个人独食未免太自私了，我得分点儿鱼给其他人。”他又爬了几层楼，然后想道:“我要把整条鱼都分给别人吃。”接着，他又上了几层，这时候他又思忖道:“我还是都给他们得了吧。”

当他开门走进大房间的时候，那些学生们都在桌边玩着火柴棒的游戏，大杯大杯地喝着格尔格尔酒。“兄弟们，这里有吃的，”他说，“都拿去吧，不用给我留了。”

那些学生们拿起食物，大声呼喊道:“啦！啦!”随后，他们又用鱼敲打桌子，不过，他们都不愿意拿布丁。“我们都没斧子啊，”他们说，“你自己留着吃吧。”

然后他们还给瑟吉倒了一杯格尔格尔酒，说:“喝吧!”

但是，瑟吉不想喝。

“我得学习去了，”他说，所有的学生都哈哈大笑了起来。“他要去学习了!”他们大声嚷嚷道，“啦！啦!”

然而，瑟吉还是上了楼，走进了自己的房间，点燃了将灯芯浸在油脂里做成的蜡烛，然后便开始学习了起来。

“我得学习了。”他重复了一遍。

于是，瑟吉坐在那儿钻研起书本来，夜越来越深，房子也渐渐静了下来，楼下学生们的喧闹声终于停止了，一切都变得静谧起来。

瑟吉秉烛夜读了一整宿，紧接着，黎明骤然来临，黑夜被晨光代替。瑟吉望向窗外，马路对面那栋窗户上钉满隔栏的巨大建筑在灰暗朦胧的清晨里稳稳矗立。

瑟吉经常这样读上一夜书，天亮了的时候，他常常会说:

“早上了。”然后便会下楼帮瓦塞里奇太太拉开铁制的百叶窗，打开门上的锁链，并移除窗闩上的锁头。

不过这天早上，瑟吉向窗外望去的时候，他看见对面窗户铁栏后面出现了一个身影。这是一个少女的身影，她似乎正跪在地上祈祷，因为瑟吉看见她的双手放在面前。尽管他看不见女孩儿的脸，但是依旧感觉血液在身体里沸腾，直冲大脑，双手双脚也不由自主地颤抖了起来。女孩儿站了起来，把脸转向窗格，瑟吉认出来了，那正是奥尔加·伊利伊奇，他知道，她也认出了他。

于是，他走下楼梯，瓦塞里奇太太正在拉百叶窗，并从窗闩上卸下插销。

“小儿子，你看见什么了？”她问道，声音非常温柔，因为她发现，瑟吉的脸色极其苍白，一双眼睛也瞪地老大。

但是，瑟吉并没有回答她。

“那是一座什么房子啊？”他说，“就是那座窗户上都钉满了铁格的大楼，您为什么叫它死宅？”

“我还是告诉你吧，小儿子。”瓦塞里奇太太说，她凝视着他，陷入思索。“是的，”她说，“他应该知道了。”

“那是关押死刑犯的大牢，那里的人们，等着他们的只有死亡。听着，小儿子，”她死死地勒住瑟吉的手腕，继续说着，瑟吉都能感觉到她手指上的骨头似乎已经触及他的肉了，“我的丈夫梵高罗德·瓦塞里奇曾经就被关在那儿，等待死亡。他在铁格子后面呆了好几个月，没人看得见他，也没人知道他什么时候会被处死。我买下这栋高楼，是因为呆在这里面，我至少可以在他生命的最后阶段，离他近一点儿。但是对那些呆在那里等死的人来说，他们能够做的，也只是朝外面的世界看上一眼，仅仅一眼而已。所以我买下了这栋房子，等待着。每天黎明，我都会隔着街道，看向对面，但是，他从未出现。终于有一天，他出现了，我看见他站在窗口，脸色苍白，表情镇定，当他用双手扶住铁格子的时候，我可以看见他手臂上用铁烙上的印记。但是我也看得出来，他的精神并没有垮掉，没有任何力量能够将他摧毁。随后，他看见我站在窗前，于是便隔着那道狭窄的街道，向我道了声‘再见’。不过，这只是一刹那的事情，他刚说‘索尼娅·瓦塞里奇，别忘记……’可是还没说完就不见了踪影，我永远也忘不了那个场景。我在这栋昏暗的房子里住了下来，我永远也无法忘记。我的孩子——是的，小兄弟，我想说，我的孩子——我并没有忘记。现在告诉我吧，瑟吉斯·伊凡诺维奇，你究竟看到了什么？”

“我看见了一个我爱着的女人，”瑟吉说，“跪在铁格子后面祈祷，我看见了奥尔加·伊利伊奇。”

“她的名字，”瓦塞里奇太太眼里的泪水早已烧干，声音也平静了下来，她说，“她的名字叫做奥尔加·伊利伊奇。她是我的女儿，而且，明天，就在明天，她就要被处以死刑了。”

第四章

瓦塞里奇太太抓紧了瑟吉的手。

“过来，”她说，“你该跟我的儿子们说说话了。”说着，她便领着瑟吉走下楼梯，向哈尔佛夫和科威托夫的房间走去。

“他们就是我的儿子，”她说，“奥尔加是他们的妹妹，他们正设法救她。”

接着，她打开了房门，就像瑟吉以前看到的一样，哈尔佛夫和科威托夫依旧围着坩埚忙碌着，蓝色的火焰照映在他们的脸上。

他们忙碌了一整夜，还没有休息。

瓦塞里奇太太说话了。

“他看见奥尔加了，”她说，“就是今天。”

“我们太迟了。”哈尔佛夫痛苦地抱怨道。

“振作起来，兄弟，”科威托夫说，“太阳升起之前她还不会被处死，现在才有点曙光而已，我们还有一个钟头，继续干活吧！”

瑟吉注视着那对兄弟。

“告诉我吧，”他说，“我不明白。”

哈尔佛夫手里的活儿停了一会儿，看了看瑟吉。

“兄弟，”他说，“你愿意牺牲生命吗？”

“是为了奥尔加吗？”瑟吉问。

“就是为了她。”

“我愿意奉上我的生命。”瑟吉说。

“那好，听着，”哈尔佛夫说，“我们的妹妹是因为杀害了检察官珀珀夫，所以被判了死刑，现在正被关在死刑犯的监狱里，就是街道对面的那栋死宅。她的牢房就在我们旁边，中间只隔着一堵墙。你看……”

哈尔佛夫说着，一把掀开悬挂在房间尽头的那块幕帘。瑟吉朝黑暗里望了过去。原来，那是一条隧道。

“这条隧道通往她的牢房，”哈尔佛夫说，“我们虽然已经紧贴着墙了，但就是没法敲碎它。我们正在研制炸弹，但是至今都没能造出一颗火力够猛的炸弹。我们只有一次机会，如果失败了，那声音就会将我们暴露。我们不可能有第二次机会。我们在坩埚里试验炸弹，但是都搞砸了，它们一点威力都没有。我们太无知了，只能继续学习。这些都是从书本里学来的，就是那些禁书。我们大概花了一个月才学会把导火索接到炸弹上面去。隧道是现成的，我们无需再挖，这是之前给我们的父亲梵高罗德·瓦塞里奇挖的，他不让我们用它，他在墙上轻轻敲打，向我们传递信息：‘留着它，以后会派上更大的用处。’如今，他的女儿也被关在那儿了。”

哈尔佛夫说不下去了，他喘着粗气，胸口不停地起伏，脸上淌满了汗水，连黑色的头发都已经湿漉漉的了。

“振作起来，小兄弟，”科威托夫说，“她不会死的。”

“听着，”哈尔佛夫继续说道，“炸弹已经做好了，就放在那个坩埚旁边，它的能量足够炸毁那个监狱，但是导火索还存在着点儿问题，它们怎么也不起作用，电流总也通不上去，一定是什么地方出了错儿。现在我们没法引爆。”

“振作，振作，”科威托夫说着，双手依旧在身前的一堆电线里忙碌着，“我在忙着呢。”

瑟吉看着这对兄弟。

“那就是炸弹吗？”他指着躺在坩埚旁边的那一大块金属球问。

"是的。"哈尔佛夫说。

"那边上的那根导火线会引爆炸弹吧？而电线通过来的电流会点燃导火线吧？"

"是的。"哈尔佛夫说。

兄弟俩望了望瑟吉，因为他的语调里隐约有着某种含义，脸上也露出一种奇怪的神情。

"如果炸弹贴着墙放，然后点燃引信，它就会爆炸了。"

"是这么回事，"哈尔佛夫绝望地说，"但是现在该怎么办呢？引信一会儿就烧完了，没有电线做导火索，我们根本没法引燃它，会死人的。"

瑟吉将炸弹捧在手里，他的脸显得十分苍白。

"就这样引燃吧，"他说，"用我的生命来换取她的生命。"

他将炸弹提在手里。"我来穿过隧道，把炸弹抵在墙上，然后点燃它，"他说，"哈尔佛夫，用火焰给我点根蜡烛。墙塌下来的时候，你们都要做好准备。"

"别，别，"哈尔佛夫说着，抓住瑟吉的手臂，"你不能死。"

"我的兄弟，"科威托夫冷静地说，"就按他说的做吧，这是为了俄国！"

然而，正当哈尔佛夫转过身去将蜡烛伸向火焰的时候，楼上的大门外传来一阵重重的敲门声，街道上也热闹非凡。

所有人都静了下来。

瓦塞里奇太太用手捂住了嘴。

这时候，人行道上传来步枪放在地上的声音，接着是一阵尖锐的号令声。

“是士兵！”瓦塞里奇太太说。

科威托夫转向了他的兄弟。

“完蛋了，”他说，“就地引爆吧，我们一起死在这里好了。”

忽然，瓦塞里奇太太尖叫了起来。

“是奥尔加的声音！”她说。

她冲向了门口，打开门，门外传来一阵喜悦的喊叫声。

“是我，奥尔加，我自由啦！”

“自由啦！”哥俩也大声嚷道。

所有人都冲上了楼梯。

大厅里，奥尔加站在众人的面前，她身后站着几名警官，街道上则都是士兵。楼上的学生们也都挤挤攘攘地冲下楼梯，家仆伊奇和厨娘尤姆普也混在其中。

“我自由啦！”奥尔加大声叫道，“承蒙沙皇的恩典，我自由啦！为了整个世界的自由，俄国宣战了，所有的政治犯都被释放了！”

“啦，啦！”学生们大声喧闹了起来，“战争，战争，战争！”

“她被释放了！”站在奥尔加身边的警官说道，“杀害珀珀夫的罪状撤诉了，现在没人再会为此受惩罚啦！”

“我根本没杀他，”奥尔加说，“我发誓！”她举起了一只手起誓。

“你没杀他！”瑟吉满心喜悦，尖嚷道，“你没杀珀珀夫？那是谁杀的呢？”

“上帝保佑，”厨娘尤姆普说，“既然没人再会因此受惩罚了，我承认，是我亲手杀了他。”

“你！”众人大声道。

“确实是我，”厨娘尤姆普说，“我在河边杀了他，为了保护我的贞洁。”

“为了维护她的贞洁！”兄弟俩说，“干得好！”

他们紧紧地握住了她的手。

“你是用炸弹炸死他的吗？”他们问。

“不是，”尤姆普说，“我一屁股坐在他的身上。”

“啦，啦，啦！”学生们起哄道。

众人沉默了一阵，然后科威托夫开口了。

“朋友们，”他说，“黎明就要到来，新的一天也即将开始啦！明月就要升起，星辰就要沉落，自由就要诞生啦！你们看，我们不再需要它啦！”他说着，一把抓过仍未引燃的炸弹，“俄国已经自由啦！我们都是亲兄弟啦！让我们将它扔向我们的敌人！前进！去前线吧！沙皇万岁！”

史密斯先生的旅馆

我不知道你们有没有听说过马里泊萨，要是没听说过的话也没什么关系，因为只要你对加拿大稍微有点儿了解，你就肯定会了解不少跟马里泊萨差不多的镇子。

镇子沿着山坡，从山脚下的那一汪延展开来的湖泊向上一直建到半山腰处，沐浴在明亮的阳光里。湖边有座码头，一艘轮船停泊在码头边上，上面系着两根缆绳，跟“路斯坦尼亚号”所使用的缆绳差不多粗细。这艘轮船没什么特殊的航线：由于湖泊被陆地死死地包围了起来，因此，除了每年七月一日和女王生辰日的“巡回游览”，以及接送皮提亚骑士团和节制之子团体往返于地方专卖酒类的镇子之间，“马里泊萨贝利号”基本没有什么航行任务。

就地理而言，这个湖泊叫做韦萨诺提湖，从这个湖泊分支出去的河流叫做欧萨维匹河。正如马里泊萨的主干大道叫做密斯那巴大道一样，这个县城就叫做密斯那巴县。不过，叫什么名字都无所谓，因为没人会那么叫。通常，人们就把它们称为那个“湖”，那个“河”，那个“主干道”，就跟人们常常把大陆酒店叫做“彼得·罗宾逊那家”，或者将大药房叫做“伊丽埃特家的药店”一样。不过我觉得，在这一点上，这个镇子应该跟其他镇子差不多，所以，我也没有必要对此再多做解释了。

话说这个镇子上有一条大路一直通往那个湖泊，人们通常把它叫做大街。完全不用质疑它的宽度，马里泊萨在城市设计的时候，就已经注意到了长远的规划，完全不像现在的华尔街和皮卡迪利大街那么拥挤。密斯那巴大道非常宽敞，就算是杰弗森·索尔普的理发店从前到后的宽度，也不及马路的一半呢。整条大街的两旁都矗立着巨大粗壮的雪松木电线杆，这些电线杆歪歪扭扭地站在路边，上面承载的电线比我们平常看到的，与大洋彼岸相互传送电报的电缆站的电线还要多。

大街上有好几栋极其重要的建筑——史密斯旅馆、大陆酒店、马里泊萨大饭店以及两家银行（商业银行和外汇银行），更别说还有麦卡锡大楼（建于 1878 年）、格拉威尔五金商店及其楼上的共济会本部大厅了。横贯密斯那巴大道，并与之形成十字路口的那个重要的拐角处，则是警察局、消防站、基督教青年会以及《马里泊萨新闻报》报社——实际上，明眼人立马就能看出，像这种众多公共机构热闹拥挤而又不显促狭拘谨的完美布局，能与之媲美的，怕也只有针线街[①]和百老汇下城区了。所有的小街小道上都种满了枫树，街道两边也都配有宽阔的人行道。修剪得整整齐齐的花园里种满了笔直挺拔的马蹄莲，而那些带有走廊的屋子，如今正被一幢幢配有广场的宅子所取代。

① 针线街（Threadneedle Street）：位于英国伦敦，伦敦为世界的几个主要的金融中心之一，而针线街则被称为“中心的中心”，这里有许多英国著名的金融机构。

炎炎夏日的午后，漫不经心地一眼望去，大街呈现的是一片酣睡平和的宁静。空荡荡的街道在阳光的照耀下沉睡，一辆双轮单马马车拴在格拉威尔五金店门口的电线杆上。通常，史密斯先生（即史密斯旅馆的老板）那穿着花格子背心、魁梧健壮的身形便会出现在旅馆门口的台阶上。或者，再向前走几步，你便会发现马卡尼律师正前去领取当日下午的邮件。又或者，牧师德容先生（英国教会的乡村教会主教）在结束了母亲辅导会议之后，正准备回家取他的鱼竿钓鱼去呢。

不过，这种宁静只是一种表面现象。事实上，对于那些真正了解内情的人来说，这个镇子简直就是忙得不可开交。你看，奈特利肉店（建于1882年）的地下室里，不下于四个人正忙着操作灌香肠的机器；报社的办公室里，更多的人正赶着打印的活儿；长途电话亭里，四个东张西望的女孩儿坐在高脚凳上，头上戴着钢盔小帽，嘴巴说个不停；麦卡锡大楼里，牙医们和律师们脱掉了外套，随时待命；还有就是，你可以连续好几个小时，一直听到湖畔铁道岔路上的那家锯木工厂传出来的锯木声，就像夏日午后拖长音调的乐曲。

忙得不可开交啊——你看，确实就是这样！你随便找一个当地居民，问问他们：马里泊萨是不是一个总是忙忙碌碌、熙熙攘攘、欣欣向荣的镇子？去问问外汇银行的经理穆林斯吧，他可是每天早上10：30就从马里泊萨酒家急急忙忙地赶到办公室了，而一早上都忙得连跟商业银行的经理喝上一杯酒的时间都没有；或者，你还可以去问问——好吧，既然说到这里了，你就随便找个人去问问：你们可知道，有哪个镇子会比马里泊萨更忙于发展经济的吗？

当然啦，要是你是刚刚从纽约过来的，那你就会被搞迷糊啦——你必然会被这个镇子的外表给欺骗了！你会觉得，这可真是个幽静的地方！你会仅仅因为看见史密斯先生闭着眼睛站在那里，就真的觉得他已经睡着啦！但是，你只有在马里泊萨住上个一年半载，才会真正开始对它有更加深刻的了解。你会渐渐感觉到，这里的建筑越看越高耸，马里泊萨酒家也越瞧越富丽堂皇；麦卡锡大楼简直高得直插云霄，公交汽车一路呼啸着驶往车站，火车的汽笛声尖锐地轰鸣；交通日益繁忙，人们也越走越快，密集的人群鱼贯般的出入于邮局和五分一角店。至于娱乐消遣嘛！喏，你看！有长曲棍球、棒球、旅游、跳舞、一年一度的消防队员冬季舞会，以及天主教的夏季野餐会；至于音乐嘛——每周三晚，镇上的乐队都会在公园里演奏；每隔一周的星期五，共济会的电吉他乐队都会在街上表演；此外，还有马里泊萨的四重奏，救世军①——哎，反正啊，你只要在这儿住上几个月，就会逐渐意识到，这个地方简直是充满了幸福和愉悦。

说到人口问题，若硬要详尽到数字的话，那加拿大每次人口普查的结果都是五千左右。但是，马里泊萨镇子上的人们，内心都清楚得很：很大程度上来说，这个人口普查就是恶意攀比和嫉妒的结果。《马里泊萨新闻报》报社的主编往往会在人口

---

① 救世军（Salvation Army）：成立于1865年，是以军队形式作为其架构和行政方针，并以基督教作为信仰基本的国际性宗教及慈善公益组织，以街头布道和慈善活动、社会服务著称。

普查结果出来以后，重新进行一次更加详尽地评估（根据拒付订阅报纸费用的用户所得出的相关数据），据此，马里泊萨人口数量便增加到了六千。随后，《马里泊萨时代先锋报》也会据此做出进一步评估，人口数量便又增加到了六千五百人。接着，为地方政府收集重要数据的殡仪业者金汉姆先生，又将他所谓的“已故者”的人数与他不大感兴趣的在世者的人数相比较，据此估算人口，并将人口数据又增加到了七千人。此后，其他什么人又得出一个七千五百人的数据；然后，马里泊萨酒馆吧台后面的那个老板，又向在场的所有酒客打赌，马里泊萨绝对有九千人。就这样一来，当下一次联邦人口普查突然来临的时候，马里泊萨的人口已经一路飙升到了一万，镇子也只得重新做一次人口调查了。

不过，不管怎么说，马里泊萨是座欣欣向荣的镇子，这点是毋庸置疑的。镇子上的任何一个人都会告诉你，就连横贯大陆中西部，并连通太平洋海岸的那条铁路，都途径马里泊萨。说句老实话，火车经过镇子的时间大多是在深夜，而且仅仅途径，从不靠站。不过，在那夏日幽静的不眠夜里，你可以听见一路向西的火车途径马里泊萨时发出的悠长的汽笛声，经过枢纽岔道时发出的咔嚓咔嚓声，掠过一盏盏信号灯，最终跨越欧萨维匹河上的高架桥时发出的沉闷绵长的怒吼声。抑或更好的时节——八点左右的冬日夜晚，你可以看见，夜班高速列车那一长排的卧铺车厢和餐厅车厢一路向北，呼啸着驶向矿区。车窗闪烁，并反射着明亮的光辉，车内呈现出一幅温馨美好的画面：精致的雕花玻璃餐具，雪白的亚麻桌布，笑容可掬的黑人侍者，以及领口上掖着餐巾的百万富翁。火车飞驰而过，带着所有的美好驶进了飞旋着的暴风雪中。

尽管火车并不在马里泊萨靠站，但是，我不妨告诉你们，当地人对火车经过此地所感受到的荣耀！让马里泊萨人备感欣喜的是，自己的镇子坐落在铁路主干道上这件事，让他们的身份因此提升了很多，而且直接高过了邻镇特库赛和尼克斯角：马里泊萨简直就是一个交通发达、生活丰富多彩、具备国际视野的世界化大都市。当然了，他们也有自己的火车——马里泊萨本地专线，线路就从车站开始，一路向南，通向一百英里开外的一座城市。那当然是一辆真正的列车了，乘客车厢的尽头放着一架箱式火炉，里面填满了东倒西歪的薪材；此外，乘客车厢和火车头之间还载着十七个装着松木的平式货车，这样一来，等到火车转轨的时候，就可以充分发挥它们的冲击力道啦！

马里泊萨的外围有不少农场，离镇子较近的农场打理得还算不错，但是，离镇子越远，土地就越显贫瘠荒芜，到了最后，就只剩下灌木、沼泽和北方农村的山岩了。再往远处眺望，尽管确实很远，但是你依旧能够或多或少看得出，那边是一片广阔的松木林区，且延伸至遥不可及的北方。

不过，小镇也并非总是洋溢着喜悦或沐浴在阳光里了，从来没有一个地方像这里一般：小镇的特色随着四季更替而不停轮换。冬季的夜晚，小镇显得十分阴暗无趣，木制的人行道上结了一层厚厚的冰霜，走在上面，嘎吱嘎吱作响。商店橱窗后的灯光显得昏暗模糊，以往人们点的都是煤油灯，但是现在，他们当然点的都是……应该都是电灯。电是从十九英里以外的欧萨维匹河下游的发电站输送过来的。可是，不知道怎么一回事，从欧萨维匹下游湍急的河流里输送出来的时候还是电，但是到了马里泊萨，经过冻满冰霜的橱窗后面那几盏小灯泡的过滤后，电灯又重新变回煤油灯了，发出如往昔一般昏黄模糊的光。

冬季过去以后，积雪融化了，湖面上的冰块也解冻了，太阳高高地照着大地，林区的伐木工人从山上走下来，喝醉了倒在史密斯旅馆门外的人行道上——春天到了。这时候的马里泊萨便成了一个暴躁危险的小镇，准能把那些不了解马里泊萨的新来者吓得魂儿都丢了。其实，他们是不晓得这一切只是小镇的表象而已，那些看上去粗陋威猛的伐木工人也会变装回去，重新做回他们的农夫去的。

随后，太阳愈渐温热，枫树日益茂密，马卡尼律师穿上了他的网球裤——夏天来了。小镇摇身变为一处避暑胜地，城里的游客们蜂拥而来，湖畔的七个小别墅一个不落，住得满满的。“马里泊萨贝利号”扬起旗帜，从码头离港时，将韦萨诺提湖湖水搅起一层层泡沫。乐队尽情演奏，皮提亚骑士团的女儿及姐妹们也跟着音乐在甲板上纵情欢舞。

这一切也悄悄地改变了，白天日益变短，游客们数量也日渐减少。牧场边那金黄色的秋麒麟草逐渐枯萎，最终残败到根茎。枫树叶子如燃烧一般火红耀眼，紧接着又开始衰败，直至凋谢。夜幕降临，马里泊萨更显昏暗凄冷，在大街那一隅朦朦胧胧的拐角处，救世军们围着一盏暗淡的石脑油灯，高声忏悔着自己的罪行——秋天到了。就这样，和其他地方如出一辙，马里泊萨也年复一年，周而复始地前进，并改变着周遭的一切。

那么，你要是觉得自己对这个镇子已经足够熟悉了，甚至可以步入它的内部生活，参与它的内部活动了，那就请你于六月的午后前来，在密斯那巴大道上走上半条大街。抑或如你所爱，从码头向上游步行半条街，你便可看见史密斯先生正站在他的旅馆门口。你会发觉，你正在靠近的并不是一个普通人。这不仅仅是缘于他那巨大的块头（根据奈特利家的体重秤的测量结果，史密斯先生足足有两百八十磅），不仅仅是他的装束（尽管他穿着一件深蓝色花格子式样的背心，下面配着一条格子纹路的针织长裤，脚蹬一双配有深灰色鞋罩的漆皮长靴，整体色系搭配别具一格），也不仅仅因为他那张恰到好处地散落着些许斑点的脸（毋庸置疑，这是一张与生俱来的旅馆经营者的脸，一张引人注目、严肃庄重、难以用言语形容、不易令人轻易读懂的脸）。不仅如此，这个人还浑身上下散发出一种能够调动支配他人的领导魅力，你一看到他，在某种程度上，便会被他虏获。在我看来，除了拿破仑与御林军的关系以外，我不知道历史上还有什么其他人能与史密斯先生在那些酒吧里的酒客们心目中的地位相比的了。

当你见史密斯先生第一面的时候，你会觉得，他看上去就像一个打扮得过于讲究的海盗。但是没多久，你就会觉得，他确实是个人物——你会诧异于他那庞大健硕的身材。接着，你还会觉得，仅从面部表情，就想了解史密斯先生的脑子里正在思考什么问题，那简直就是妄想。与史密斯先生相比，蒙娜丽莎就像一本打开了的书似的一览无遗，寻常人的表情更是肤浅得就像阳光直射下的水池那么清澈见底。当你走进史密斯先生的酒吧，喝上这么一小杯酒，他用你的教名来称呼你的时候，你便会开始意识到，这会儿跟你打交道的就是酒店业里最有思想、最伟大的人物！

史密斯先生站在马路边上。就拿那个矗立在他头部上方的醒目标志来说吧，标志上写的是什么玩意儿呢？很简单："乔斯·史密斯，店主。"除此以外，别无其他，这真不愧为一种不可多得的创意。在史密斯先生之前，这家旅店的曾经拥有者们给它起的名字，与之相比，简直就是平淡无奇、暗淡无光，诸如"皇家酒店"、"女王大酒店"、"亚历山大酒店"等等，显然，无一例外，这些酒店都以失败而告终。史密斯先生接手这个旅馆的时候，一不做二不休，直接挂上了一块招牌："乔斯·史密斯，店主。"随后，便站在招牌下面，沐浴在阳光里，用自己这个活人向大家证明，正是这个将近三百磅体重的人，才配得上是旅馆业的王者。

然而，就在这样一个特殊的午后，尽管阳光依旧灿烂，环境依旧静谧，但是，史密斯先生的脸上却露出一副从未出现过的近乎担忧、焦虑的神情。

这确实是一个令人焦虑的时刻。史密斯先生正在等待一份来自法律顾问的电报——当天，法律顾问前往县城，代表雇主的利益，与营业执照管理处的官员们见面。如果你对旅馆业的行情稍微有点了解，你就会明白，跟密斯那巴县的执照官员们做出的决议相比，枢密院议员们的决议简直就是一个鸡毛蒜皮、不值一提的小事。

这次涉及的事件比较棘手。因为这次事件涉及到，再度在规定时间之后，继续贩售酒精类饮料。不久前，马里泊萨法庭第二次就此事对史密斯先生进行罚款，管理执照的官员们也因此有权吊销该酒店的营业执照了。

史密斯先生很清楚，自己确实犯了错，而且对此供认不讳。他犯了法，但是到底是如何犯法的，他想破了脑子也回忆不起来。人们在事后回忆犯罪过程的时候，往往会觉得不可思议。到底是什么时候、哪根筋抽了才导致那天晚上居然就打了烊，还居然把密斯那巴县的地区法官裴泼利关在门外，让他白跑一趟？而且，平时酒吧打烊的时间，都是严格按照该省的执照法所规定的时间来办的，况且，这么严重的事情，史密斯先生除了自己，从不会假手他人，委托别人来代关门的。每天晚上十一点整，史密斯先生便会准时从圆形大厅随意晃悠到酒吧门口，要是店里看上去差不多满员了，大家也都高高兴兴地交谈畅饮的话，他就会关门打烊；要是没满的话，他就会把门再敞上个几分钟，等里面的酒客足够满时再关门。但是，他绝对不会在裴泼利法官和马卡尼检察官还没来的时候就打烊的！通常情况下，老板都会确保他们两个已经稳稳当当地坐在吧台上或雅座里时，才敢去关门。可是，就是某个致命的晚上，裴泼利和马卡尼居然就吃了个闭门羹——他们居然连一杯酒都还没喝到，就被遗忘在了大街上了！他们只得在酒吧门口对着大门敲啊，捶啊，折腾了好半天才得以进入。

这件事实在是让人无法忍受，既然开家旅馆，你要么就开得像点样子，要么就别开。第二天，消息便传到了法庭，不超过四分钟，史密斯先生便被定为有罪，他的辩护律师也索性拒绝替他申诉了。因为马里泊萨法庭的大法官清醒的时候冷面无私，再加上在公众的心目中，这个法庭从来都是个公正无私、惩恶扬善的可怕机构。

这也难怪史密斯先生在等他那法律顾问的消息时，会时不时地露出点焦虑的神色了。

他一会儿朝街头望望，一会儿又朝街尾瞅瞅，然后又从绣着花的口袋里掏出怀表，皱着眉头，把怀表的时针、分针、秒针一一反复检查了好几遍。

折腾到疲惫不堪的时候，他忽然意识到，作为旅馆界的从业者，他应该不论何时、不论何地都是人民的公仆，因此，他立刻转身回了店里。

“比利，”他对柜台伙计说，“要是有电报来的话，就把它送到酒吧雅座那边去吧!”

史密斯先生用的是一种从喉咙里发出来的沙哑深沉的声音，要是普兰肯[①]或爱德华·德·瑞斯克[②]跟史密斯先生一样拥有这块旅馆产业的话，兴许也只有他们才能掌握这种发音的技巧吧。平时空闲的时候，史密斯先生就已经习惯用这个腔调跟坐在吧台边或雅座里的酒客们谈天说地了。老实说，这天晚上，或许是史密斯先生最有可能对特许售酒事件做出漂亮果敢的一击，并因此产生具有历史性影响的前夕了。我之所以会这么说，完

---

① 普兰肯（Plancon）：法国男低音歌唱家。

② 爱德华·德·瑞斯克（Edouard de Reske）：波兰男低音歌唱家。

全是根据史密斯酒吧里的绅士、淑女简餐咖啡厅里所萦绕的不安氛围推断的——只要是了解马里泊萨的人，心里都很清楚这个时刻有多么的重要，其影响将会有多么的重大！

于是，史密斯先生慢慢腾腾地从旅馆的门厅穿过圆形大厅——说得通俗点，圆形大厅就是一个放有一张桌子和雪茄烟盒的房间——经过酒吧间，走进了后面的一个小房间抑或一个小雅间里。正如我之前所提到的，在这样的一个房间里，在这样的一个静谧的夏日午后，马里泊萨往往会涌现出很多杰出优秀的有识之士。这天下午就有四个人聚在一起，当史密斯先生进来的时候，他们集体抬起头，面露同情之色，很显然，他们早已意识到这一时刻将会面临的复杂、困窘和尴尬之情了。

亨利·穆林斯和乔治·达夫这两个银行经理也都在场。穆林斯是一个矮矮胖胖、胡子刮得一丝不苟、年纪不到四十的男人。他穿着一件银行家们经常会穿的圆鼓鼓的、黑白相间的套装，头上戴着一顶银行家们常戴的那种圆鼓鼓的、硬质草帽。此外，为了在处理外汇事宜时更能激发自信、散发魅力，他还佩戴了他们那类人常戴的金色领带别针、沉重的手表链带和图章。达夫也长得又矮又圆，胡子也一样刮得干干净净，此外，他随身携带的图章和草帽也刻意想要证明商业银行跟外汇银行一样值得信赖。为特显银行的专业起见，只要有人在场，他们都不会反对在史密斯先生的旅馆里呆上一阵，顺道儿喝上几杯的。当然了，这也是马里泊萨银行业内，大家共同遵守的基本原则之一。

除了他们以外，另外一位便是当地的一名中学老师迪斯顿先生，他以“那个醉鬼”闻名于整个镇子。其他老师们，除非是在太太的陪同下或孩子的保护下，绝不敢轻易踏入酒吧半步，但是，人人都知道迪斯顿先生时不时地就要喝些啤酒，还经常出入马里泊萨酒吧和史密斯旅馆，在人们的心目中，他的生活就是一塌糊涂。每当学校董事会要给其他老师加薪（一年提个五六十美元）时，人们都能理解学校不给他加薪的原因——公共道德不允许给迪斯顿先生加薪。除此以外，或许更加引人注目的就是旁边那个沉默寡言、看起来气色暗沉灰黄的男人了，他穿一身黑色套装，戴着一副黑色手套和一顶黑色丝绸礼帽，他把那顶缠着一层厚厚黑纱的帽子倒着放在旁边的椅子上。这位就是高尔戈沙·金汉姆先生，他是马里泊萨殡仪馆的承办人，从他的衣着就可以看出，他肯定是刚刚从他所谓的“殡仪典礼”上归来。金汉姆先生绝对是真正传承了这个职业的精神，像“送葬”、“棺材”以及“棺架”之类的字眼儿从来不可能从他的嘴里蹦出来，他向来只说“殡仪”、“入殓”和“灵车”这类的专业术语，以便进一步凸显死亡的庄严和崇高，而非恐怖和惧怕。

根据金汉姆先生对他的行当基本宗旨及业务范畴的了解，在旅馆里呆着，完全符合且不违背任何职业准则。没人能像金汉姆先生能那么透彻地领会殡仪业的真正宗旨了。我以前经常听他解释：虽然与活人友好相处是一件无趣而枯燥的事情，但是，这却是保证死者得以心宽的唯一途径。

“趁人们还活着的时候，好好儿地、认认真真地去了解他们，”金汉姆先生说，“与他们成为朋友，成为好友，那么，当他们去世的时候，你就不必担忧了：他们每走一个，你就会拿到一笔单子。”

所以，这很自然，每当出现需要表现悲切同情的场合，金汉姆先生率先表态则成为理所应当。

“你准备怎么办，约瑟，”他说，“要是那些执照官员们硬是跟你过不去，你打算怎么处理？”

“伙计们，”史密斯先生说，“我现在也不太清楚到底该怎么办才好。要是我非得离开的话，那我下一步应该是去城里。不过我估计，我也不至于沦落到非得离开的地步，我有这个预感，而且我的预感向来很灵。”

“你有把握能在城里也开家旅馆吗？”穆林斯问。

“能啊，”史密斯先生说，“告诉你们吧，当下旅馆业形势走俏得很，只要你走对道儿，保准大有赚头，而且，现在城里的旅馆开了一家又一家，生意旺得很。喏，单看餐厅这块，”史密斯先生向四个人环视了一番，然后继续说道，“就有几千几千的赚头了，过去的那一套都落伍啦，现在谁还愿意在那种天花板高得离谱、周围都是窗户的普通餐厅里吃饭啊！你得让他们去地下吃饭，去那种没有窗户，到处都落满锯木屑子，服务员不会讲英语的房间里吃。上回进城的时候，我还真见过不少人在那种地方吃饭呢，他们把它叫做‘老鼠纳凉间[①]’。要是想吃快餐的话，他们就去简餐厅，去那种真正的法式简餐厅。此外还

---

① 老鼠纳凉间（rats coolers）：与地下餐厅（rathskeller）音近，为文中史密斯先生的误解。

有一种地方是专门为深夜造访的人开设的，他们把它叫做‘闺房[①]’，一夜开到天亮。我要是进城的话，我就想开那样的店。高尔，你要点什么吗？今天我请客。”

就在史密斯说着话儿的当儿里，前台的伙计比利进了包间，手里还握了一份电报。

稍等片刻——你们要是不先了解一下史密斯先生在过去的三年里所取得的令人咋舌的成就，以及他在公众心目中所达到的无人能及的威望，那么，你就没法理解史密斯先生及其同伴们在等待执照专员消息时的那份焦躁忐忑之情。

史密斯先生来自于西班牙河的林区，那个林区是西班牙河的分水岭，分水岭另一面的河水自此朝向哈德逊湾注入大海，而这一面便是“背面的北部”——人们正是如此称呼马里泊萨。

据说，他曾经是伐木林区一个小酒馆的厨师。至今，他还能轻松自如地把鸡蛋的两面都煎得恰到好处，这点简直让他的“帮手”感到绝望透顶。

那之后，他经营过一家船员公寓。

然后，他跟一伙修建亚欧大陆铁路的工人签订了伙食承包协议。

此后很自然，整个世界都为他敞开了大门。

他一路来到了马里泊萨，一举买下了那幢曾经属于皇家酒店的“内部”所有产权。

---

① 闺房（girl room）：与烧烤简餐厅（grill room）音近，为文中史密斯先生的误解。

但凡是有点文化素养的人都明白，一个酒店的“内部”即意味着全部，四周的墙壁除外。那设备、家具、酒吧，那柜台伙计比利，那三个餐厅女侍就都属于史密斯先生啦。除此以外，最重要的便是，经爱德华七世授权，并再经乔治国王认可的贩卖酒精类饮料的营销执照。

一开张，史密斯旅馆便像一颗冉冉升起的新星一般闪闪发光，收获了前所未有的成功。直到那时候，人们才发现，与之相比，皇家大酒店简直形同草芥，不堪入目。

自旅馆开张时起，作为店主的史密斯先生自己也光环笼罩，获得了不同凡响的成就。

论起资历最深来，他当之无愧，也非他莫属。

他的体重达到了两百八十磅。

他能够毫不动怒、神态自若地一手一个抓起两个醉汉的后脖颈，直接扔出酒吧门外。

他的裤子口袋里总是塞满了足够开一家银行的钱，然后任意挥霍，恣意打赌，大把大把地往外撒钱。

他从来都不会喝醉，不过，鉴于礼貌待客起见，他也从来不会特别清醒。无论是谁，只要你喜欢，旅馆随时为你敞开大门，要是你不喜欢，你也可以随时离开。任何饮料价格一律统一，一杯五分钱，抑或六杯二毛五。饭菜、床铺免费提供，不过要是哪个人蠢到还跑去前台为此付费，那史密斯先生就会按照脸上的神情来收费。

刚开业的时候，无业游民和海员们常常会到这里落脚，还顺便冲把澡，但是，史密斯先生很清楚，这并不是他想要招揽的“交易”。他当然懂得赶走他们的方法：聘请一大批清洁女工，把旅馆从上到下使劲儿地擦洗一番；让在马里泊萨第一次出现的真空吸尘器在走廊里“嗞嗞”地不停尖叫；将四十架黄通架床从城里运输过来，这当然不是让客人们进来睡的，而是为了把他们赶出去用的；在吧台后面安排一个酒保，还让他穿着刚刚浆洗过了的外套，带着一对柳条编制的袖套干活儿。

无业游民们终于受不了这些玩意儿，离开了，这个地方对他们来说，实在是太“高档”了。

为了招揽一些“高层次”的生意，史密斯先生开始注意自己的衣着来了。

他穿了一件剪裁宽松、锁紧毛边、质地轻薄、薄如蛛丝的外套；一周七天每天都更换不同图案的格子背心；戴着一顶轻同落叶的男式软呢帽；系着一条打着活结、藏红暗绿相间的领带，上面还别着一枚镶有榛果大小的钻石别针。他手上戴的宝石之多足可以与一个印度土著亲王相媲美了；他的背心上挂着一根巨大的黄金方格表链，口袋里装着一块足有一磅半重的金表，上面还标有分针、秒针和四分之一针。每天晚上，至少有四个人被吸引到酒吧，仅为一睹史密斯先生那块怀表的尊容。

每天清晨，史密斯先生都要去对面街上，找杰弗森·索尔普给他刮脸。所有艺术化美容和所有弗罗里达香水所能产生效果的产品，都被慷慨大方地使用在了史密斯先生的身上。

史密斯先生成了当地的名人，马里泊萨也只能匍匐在他的脚边。有名望的商人们都上史密斯先生的酒吧喝酒，而且，不分时间段，只要你去酒吧后面的那个小小的雅间里看看，便总能发现一群镇上最有智慧的人聚集在那里。

但是，开始的时候并非没有人反对，就拿那个神职人员来说吧，本来他都已经接受了马里泊萨酒馆和大陆饭店了，因为在他看来，虽然这些都是邪恶的东西，但毕竟也是必要的抑或有用的，但是，他实在是看不惯史密斯先生酒吧大厅里闪烁的灯光以及嘈杂的人群了。他们在布教传道的时候也曾抗议过，牧师德容布道的时候，其开场白是:“主啊，请对这位酒店老板马修六世仁慈一点儿吧!”这句话听到人们的耳里，便是鼓动众人把史密斯先生揍死。同样，一个礼拜后，他在基督教长老会教堂布教道:“主啊，如今，那个亚伯拉姆在梅奇斯戴克国王八世和九世的领土上捣鼓什么呢?”非常清楚明了，他的意思就是:“主啊，约瑟·史密斯在马里泊萨捣鼓什么呢?”

但是，这种抗议却被他那聪慧睿智、到处行善的行为所征服。我认为，史密斯先生是在蒸汽式旋转木马首次引进马里泊萨的时候，第一次想到这个点子的。当时，旋转木马就在酒馆下面的那片空地上不停地旋转着，呼啸着，蒸汽声窜上了夏日夜晚的高空，百十个孩子挤挤攘攘地围在它的旁边。史密斯先生戴着一顶夜幕降临时才戴的软呢男帽，在大街上散着步。

“老板，骑一次多少钱?”史密斯先生问。

“五分钱骑两次。”那人回答。

“拿着，”史密斯先生从一沓钞票中抽出一张十块钱递给那人，说，“就让那些小孩儿们免费骑上一个晚上吧。”

那天晚上，旋转木马载着马里泊萨的孩子们，疯狂地旋转到大半夜。等到消息都传开以后，孩子的父母们、朋友们以及史密斯先生的仰慕者们都聚集在史密斯旅馆的门口，整整围了四圈，把酒吧堵了个水泄不通。那天晚上，单是陈贮啤酒一项，就卖出了不下四十块钱。要是这并非他之前就已料到的结果，那么他就又会学到一点：散小鱼，钓大鱼。

他在慈善事业上的贡献越来越大了。史密斯先生什么都赞助，什么都参加，也什么都捐助。他是共济会会员，是护林人，是皮提亚骑士团团员，也是一名工匠。他给马里泊萨医院和基督教青年会各捐助了一百块钱。

他赞助了舞会俱乐部、长曲棍球俱乐部、冰上滚球俱乐部，还有各种其他俱乐部。说句实在的，他赞助的大多都是那种需要找个地方坐下来预约时间，并且讨论的过程中还特容易口渴的俱乐部。

结果就是，共济会的年度宴会一般都会在史密斯旅馆举办，皮提亚骑士团的牡蛎欢庆会也开设在史密斯先生的餐厅里。

更有效的莫过于史密斯先生的秘密善行了：这种捐赠都是偷偷施行的，往往事情过了一个星期，镇上都还没人知晓。史密斯先生就是用这个方法，在牧师德容的教堂里放置了一个新的圣水器。此外，他还交给裴泼利大法官一百块钱，以供保守党随意支配。

这样做的结果就是，人们的敌意逐渐消减殆尽，史密斯旅馆也逐渐成为人们公认的马里泊萨的公共机构了。就连那些戒酒人士也视史密斯先生为不同凡响的大人物，认为他给该镇增添了不少光彩，并以他为荣。某些宁静的清晨，牧师德容绕了一大圈路，走进史密斯旅馆的“圆形大厅”，向他收一笔捐款；

至于救世军，他们经常在酒吧里跑进跑出，从未遭人指责。

遗留下来的疑难问题只有一个了：关于酒吧打烊的时间问题。史密斯先生压根儿就没想过什么时候打烊——这无关盈利，只涉及信誉问题。只要想到裴泼利大法官半夜被关在门外，站在马路边上口干舌燥，或者《时代先锋报》的负责人在周三晚上饥渴难耐，却不得不被迫回家，史密斯先生就觉得自己做得实在是太过分了。在这一点上，史密斯先生的道德准则简单直接——履行正确的事情，承担造成的后果。因此，酒吧依旧处于正常营业当中。

我想，任何一个镇子都会有一些卑鄙龌龊的小人。所有温暖宽阔的胸怀里都会捂着一条蛇，抑或，正如史密斯先生对高尔戈沙·金汉姆所说的："连这个镇子都会出现卑鄙到要去告密的人。"

起初，马里泊萨法庭驳回了所有的控诉。面前放着一摞书、戴着一副眼镜的主审法官威胁那个告密者，要给他处以监禁罪。整个马里泊萨法庭都站在史密斯先生的一边，但是，告密者却靠着坚持不懈、多次控告而成功起诉。当裴泼利大法官听说史密斯先生也捐了一百块钱给自由党，便立即以超时营业罪惩罚了他。那是他第一次被定罪，而这篇文章开头所提到的那个倒霉事情跟这一件事情，正好凑成了史密斯先生的两次犯罪。这两档子事对他来说真是如洪水一般，来势汹汹啊。如今，他正处于这样的困境，当前台的伙计比利走进包间的时候，他的手里正握着一份电报。

"先生，这是您的电报。"他说。

“上面怎么说?”史密斯先生问。

每当涉及到文书处理的问题时，他总是摆出一副超脱淡然的神态。我觉得，马里泊萨知道史密斯先生是个文盲的人数绝对不会超过十个。

比利打开电报，读了起来:“执照官员们限您在三个月时间之内关闭旅馆。”

“让我来读读，”史密斯先生说，“确实，在三个月内关闭。”

阅读这份电报的时候，屋子里一片死寂，所有人都在静候史密斯先生开口。出于职业的本能，金汉姆先生随即摆出一副无望悲切的神情。

正如后来所记录的当时场景，史密斯先生站在那里，手里捧着文件托盘，仔仔细细研习了足足四分钟，然后，他才开口。

“伙计们，”他说，“真是岂有此理！要我关门，除非我自己准备关门！我想到一个法子，你们给我等着瞧。”

那句话说完之后，关于这件事，史密斯先生便绝口不再提一个字。

然而，不出四十八小时，整个镇子都知道了事情的进展情况。整个旅馆里都挤满了木匠、砖匠和漆匠；一名建筑师还从专门城里赶了来，手里握着一捆设计方案图；一个工程师正用经纬仪测量街道的水平线；还有一群挖掘工人手握铁铲，疯狂地刨着地，仿佛要把旅馆的地基给挖出来似的。

“这样就能把他们给骗过去啦。”史密斯先生说。

镇子上有一半的人都凑在了旅馆门口，兴奋激动地看热闹，然而，这位店主却一个字儿也不肯吐露。一辆辆巨型货运马车络绎不绝地从锯木工厂，将方形的杉木板和长八英寸、宽二英寸的松木托梁运了过来。人行道边上还倒着一堆十六英寸高的配木云杉。

紧接着，地面越挖越深，尘土飞扬，然后，横梁搭了起来，托架与之交叉。那一整天从早到晚都是木匠们用锤子敲敲打打、哐里哐啷的声音，工人们超负荷地干着沉重的活儿，领着一倍半的工钱。

“我不在乎要花多少钱，”史密斯先生说，“我只在乎是能不能完成。”

很快，建筑的结构就已经成形了。它朝着路边的小道延伸开去，跟旅馆形成一个直角，看上去富丽堂皇、宽阔敞亮、高耸矗立、直插云霄。

你已经可以看见那一排为窗户预留的地方了，这里宽敞明亮，必然会成为名副其实的玻璃宫殿。在这个下面，你会看见正在成形的地下室，低矮的屋顶呈圆拱形，上面架着巨大的房梁，这些房梁已经布置到位，打磨光滑，只差没有上漆了。路面的街道上已经放了七个板条箱，里面装的是红白相间的遮棚。

但是，即使是这个时候了，也没人搞得清这个是用来干嘛的。直到第十七天，史密斯先生才在酒吧后面的雅间里打破了一直以来的沉默，私下里向众人坦白了。

“告诉你们吧，伙计们，”他说，“这是一家咖啡店，就是城里开的那种，淑女绅士咖啡店，那地下的（穆林斯先生，您要点什么？）是一个老鼠纳凉间。等我开张的时候，我会雇佣一个法国大厨，让他主厨。冬天的时候，我会再开一个‘闺房’，就像城里的那种旅馆。我倒要看看，谁还要让我关门。”

又开工了不到两周，咖啡厅就建成了，旅馆也变了个样儿，正面是红白相间的遮棚，每扇窗户上都挂着一盆植物用作装饰，房顶上还骄傲地插着一杆英国国旗。此外，旅馆里所用的信封信纸也都更换一新。这个地方如今就叫做“史密斯夏苑凉亭”。城里刊登出来的广告称之为“史密斯旅游购物中心”和“史密斯北方健康疗养胜地”。史密斯先生还让《时代先锋报》的主编写了一份传单，主要介绍了当地的新鲜空气和马里泊萨针叶林。此外，还附上了几张韦萨诺提湖的大梭鱼（学名：匹兹斯·马里泊希斯）的图片。

七月的时候，这份传单在城里掀起了一场轰动，此后每逢周六，人们便会带着鱼竿和渔网挤满每一班火车来到这里。客人来得太多太快，让人应接不暇，更来不及登记了。面对这样的情况，就算酒吧出售了那么几滴威士忌，谁又能想得到呢？

至于咖啡厅呢，那自然更是大放异彩、最能吸引眼球的店铺了，其次就是下面的那个“老鼠纳凉间”了。

里面明亮凉爽，旋窗向外敞开着，以便通风换气，桌子一律都是大理石桌面，除此以外，里面还种着不少棕榈树，而侍从们则身穿白色外套——这一切真是马里泊萨有史以来最令人惊叹的奇迹。这个镇子上，大概除了史密斯先生自己以外，谁会本能地想到，侍从、棕榈树和大理石桌子居然只要通过长途电话便可以租赁到手了。

史密斯先生言出必行，他的的确确请到了一个法国大厨，这位大厨有着贵族般的忧郁面庞，还留着小胡子，看上去极有帝王之相，让人不由得联想到逝去的拿破仑三世。没人知道史密斯先生是通过什么路子请到他的。镇上有人说他是法国侯爵，还有说他是伯爵，然后他们又把侯爵跟伯爵的区别解释了一通。

马里泊萨没人见过这样的咖啡厅。大厅的一边放着一排烧得通红的铁架子，上面还用铁链系着一些能够上下活动的巨大的锡制盘盖，你可以沿着那排烤架随意走动，随意挑选自己中意的牛排，然后看着那个法国侯爵把它扔到烧得滚烫的铁格子上烘烤。你可以观看所有的流程，比如一个荞麦煎饼在你的眼皮底下翻个滚成了形；你还可以看着一只鸡腿从一只鸡身上撕扯下来，到蘸上胡椒粉，再放在烤架上烘烤的过程，一直看到这只鸡被折磨得面目全非，完全看不出是一只马里泊萨鸡为止。

当然了，这会儿的史密斯先生正乐在其中。

“你今天准备了什么，阿尔夫?”他踱着步子走到侯爵身边问他。我觉得，这位大厨的名字应该叫做“阿尔芬斯”，不过，对于史密斯先生来说，“阿尔夫”显然更加顺口。

侯爵会把菜单递给店主:“先生，这就是今天的菜单。”

顺便说一句，史密斯先生一直都在倡导咖啡厅的员工使用法语。当然了，他这么考虑只是出于法语与旅馆生意的关系。但是我觉得，在他看来，法语还是一种新发明。

“法国话在城里特别时髦，”他说，“不过别人并不指望你能听懂。”

史密斯先生用食指和拇指夹着那份儿菜谱，然后瞪着它。这份菜谱都被诸如马里泊萨浓汤、老板娘费列牛排以及史密斯排骨等菜肴名称填了个满。

不过，咖啡厅最不同凡响就是这里的价位了。谁都能一眼看出，史密斯先生简直是单纯到了让人绝望的地步了。

咖啡厅坚守二毛五分钱一顿饭的原则，决不让步。你可以进来吃光咖啡厅里所有的东西，但是只要花上四分之一块钱。

“不，先生，”史密斯先生坚定地说，“我不想让大家多掏钱，旅馆一直都是二毛五，咖啡厅也一样。”

座无虚席？宾客满座？

好吧，确实是这样！从上午十一点开门到晚上八点半关门，中间你就根本找不着一个空座，游客、观光客、旅客以及将近一半的马里泊萨居民都挤挤攘攘地坐在小桌子旁。陶瓷器皿碰撞着发出咣咣声，玻璃杯子跟托盘相互碰撞发出叮叮当当声，软木塞子拔出来时发出咻咻砰砰声；侍从们穿着白色的工作服来回穿梭，阿尔芬斯将牛排和荞麦煎饼翻滚着抛向空中；史密斯先生则穿着一身白色法兰绒套装，腰间系着一条宽边的深红色裤带，走出来又走进去。店里从早到晚都呈现出一派拥挤欢闹的气氛，尽管有点喧哗吵闹，但是依旧让人兴奋。

喧哗吵闹？没错！不过，要是你想呆在一个安静凉爽的环境里，要是你想远离加拿大八月耀眼的阳光，步入极具魅惑的林间空地，享受那林荫深处所带来的清凉，那就请去楼下的那间老鼠纳凉间吧。在那里，你所有的愿望便得以实现：暗沉古旧的横梁（谁能相信这只是一个月之前才装上去的?)；巨大的黑底木桶，木桶的底部还刻着阿蒙蒂拉多·蒂诺白葡萄酒的传说；高高的啤酒杯，里面盛满了像青苔一般柔和的德国啤酒；以及德国侍从，他们悄无声息地如同移动的泡沫。只要是在夏日午后三点进入老鼠纳凉间的人，往往都会在里面泡上整整一天。无论如何，高尔戈沙·金汉姆先生每天都要在那里面呆上个四到七小时，在他看来，这个地方既体现了葬礼所特有的那种安静肃穆的魅力，却又毫无悲伤之感。

然而到了晚上，史密斯先生和前台伙计比利打开现金出纳机，盘点了咖啡厅和老鼠纳凉间的亏损状况之后，史密斯先生便会说：

“比利，等我把营业执照换了以后，就关掉这个该死的咖啡厅，关得死死的，让他们谁都搞不清楚到底为什么关掉。那些羊羔肉成本多少？一磅五毛钱，是吧？我来算算，比利，那些贪婪的猪头们每次只花二毛五就要吃掉一块钱的食物！至于阿尔夫嘛——我的天哪，我要跟他一刀两断！”

当然了，那只不过是史密斯先生和比利之间的悄悄话罢了。

我也搞不清楚，向营业执照官员们请愿这个主意第一次是什么时候发起的了，似乎也没人晓得是由谁起头的了。不过，有一点可以确定，公众舆论都是坚定执着地倒向支持史密斯先生这一方的。我想，大概就是那天阿尔芬斯给马里泊萨独木舟俱乐部（每个人头按二毛五分钱算）烹饪之后，这种情绪才开始出现了些许苗头的。人们都议论道，要是像约瑟·史密斯这种人居然被三个执照官员给挤跑了的话，那简直就是马里泊萨的耻辱。无论如何，营业执照官员他们算什么东西？喏，瞧瞧人家瑞典的执照制度吧；确实，再看看人家芬兰的和南美洲的制度；或者，既然说到这事，那就看看法国和意大利的执照制度，人家都允许没日没夜地喝酒！他们不也过得很好吗？他们不还是个音乐素养极高的民族吗？就那拿破仑和维克多·雨果来说吧，他们每天有一半的时间都是醉醺醺的，那再瞧瞧人家都做出了什么成果！

这段话，我并非是为了引用而引用，而是为了指出马里泊萨公共舆论的整体变化。午餐时间，男人们一般都会在咖啡厅里坐上一个半小时，探讨探讨执照问题，然后下楼去老鼠纳凉间里再聊上个两个多小时。

让人惊喜的是，某些最让人意想不到的特殊人物，不知道怎么着的脑子也突然灵光了起来，居然不再持反对意见了。

就拿《马里泊萨新闻报》的编辑来说吧，本来我是觉得，在这个镇上，大概没人比他更加坚决地要倡导戒酒了，但是，阿尔芬斯给他烹饪的一道“执照煎蛋卷”，就将他的坚持一举击垮了。

再拿马里泊萨法庭的大法官裴泼利本人来说吧，他对一道野味派——“诺曼底香草馅饼”——毫无抵抗能力，这道菜做地实在是太地道了，吃着它就仿佛自己亲自去了趟法国旅行似的。吃完那道派后，裴泼利也认同了他们的观点：要是毁了拥有这样顶级厨师的旅馆的话，那简直是太疯狂了。

同样的，学校董事会的秘书也被一只料足味美的“欧萨维匹鸭”给堵上了反对的嘴。

三个地方议会的议员们也因为一只塞满馅儿的“约瑟·史密斯伙计”而彻底转变了观点。

到最后，迪斯顿先生劝服了牧师德容，带他一起过来了。史密斯先生和阿尔芬斯一看见他就给他上了一道“香煎龙利鱼”，这道菜让这个耶稣的信徒也赞不绝口。

自那以后，人人都心知肚明，执照问题实际上已经解决了，整个镇子都参与了请愿活动。请愿书的内容被印在《马里泊萨新闻报》上刊登了出来，而且你会发现，马里泊萨每家商店的柜台上都铺着这样一份报纸。有些人还会在请愿书上签上二三十遍名字。

这依旧是一份公平公正的文件，开头是：“承蒙上帝庇佑恩惠，大地拥有了甘美的水果和葡萄园，人类因此尽享欢愉……”这样开头让你有一种要继续读下去的欲望。任何人读完那份请愿书后，都会疯狂地想要冲进老鼠纳凉间去。

全部签完之后，文件上已经约有三千个名字了。

于是，律师倪文思和金汉姆先生（以地方官员的身份）便带着它去了县城。当天下午三点整，长途电话局传来消息说，史密斯先生的执照已经更新了，而且有效期为三年。

太值得欢庆一番了！难道不是吗？所有人都跑过来要跟史密斯先生握手。人们跟他说，他一个人为马里泊萨的繁荣发展所做出的贡献，足足抵得上十个人的贡献了；有些人说，他应该去镇上竞选议员，其他人还说要选他做下一届全国大选保守党候选人。咖啡厅里，人们七嘴八舌，熙熙攘攘，就连老鼠纳凉间似乎也从它停泊的地方漂浮了开去。

就在人声鼎沸中，史密斯先生找了个空当儿跟前台伙计比利说：“把咖啡馆和老鼠纳凉间的现金出纳器拿出来，开始盘点吧。”

比利就问道：“要不要写信让人把棕榈树、大理石桌那些东西都送回去啊?”

史密斯先生说:“现在就把这些信都给写出来。”

于是，那一整个晚上都是欢声笑语和觥筹交错，前来祝贺道喜的人也是络绎不绝，史密斯先生一直忙到了后半夜才抽出时间到圆形大厅后面那个私人小房间里跟比利碰头。就连这个时候，史密斯先生举手投足之间还能继续彰显出一种前所未有的安详和尊贵。我想，这一定是保守党议会候选人的新光环，将光晕从眉宇之间向四周发散的效果。我猜想，史密斯先生是在这一时刻才第一次意识到，他那旅馆业生意已经不动声色地送他踏上国家立法机构的阶梯了，并且众望所归。

“这些都是现金收纳器的账目。”比利说。

“我看看。”史密斯先生说，然后一声不吭地仔细审查起那些数据。

“这些是关于棕榈树的信，这个是阿尔芬斯一直到昨天的……”

“比利，”史密斯先生说，“把它们都撕掉吧，我不想那么做了，这样做不好，我不愿做这些了。既然他们给了我执照让我继续经营咖啡馆，我就要继续开下去，我没必要关了它。现在酒吧一天也能赚上个四十到一百块，况且老鼠纳凉间也运营地不错，所以，咖啡馆就这么开下去吧。”

于是，咖啡馆就这么继续开下去了。

提醒您注意一下，咖啡馆至今还依旧开着呢。只要在坐落着史密斯旅馆的那条街的街角拐上一个弯儿，你就能看到一块招牌，上面写着“淑女绅士咖啡厅”，还是跟以前一样壮观巨大。

史密斯先生曾经说过要把这家咖啡厅继续开下去，他说到做到。

当然啦，还是会有一些变化，一些小小的变化。

不过我要提醒一下，我并不是说你现在去那儿吃到的“菲力牛排”会跟咖啡厅鼎盛时期的牛排口味一样。

毫无疑问，如今，史密斯咖啡馆的羊排肉就跟马里泊萨酒馆或大陆酒店的羊排肉口味差不离了。

自然的，自从阿尔芬斯离开以后，像“菌菇煎蛋卷”这种菜式也都随之消失了。阿尔芬斯的离去自然是不可避免的，但是却没人知道他是什么时候走的，抑或为什么要走。就是某一天早晨，他便忽然不见了。史密斯先生说：“阿尔夫回到他那古老国度了，回到他的父老乡亲中去了。”

所以，阿尔夫一离开，咖啡厅里使用法国话频率和准确度也直线下降了。即使到现在，在某种程度上，他们依旧使用法语——你仍然能够点到“菲力牛排”、“酱汁香肠”① ——但是前台伙计实在是被法语的拼写搞得焦头烂额。

当然啦，老鼠纳凉间也关门大吉啦，或者，说得准确点儿，史密斯先生为了装潢关了它。不过看样子，三年之内都不太可能再开张了。咖啡馆依旧健在，但是，他们不再使用烤架，因为根本用不着，旅馆的厨房不也方便得很嘛。

至于那个“闺房”嘛，我还是得说，它压根儿就没开张过。

① 菲力牛排、酱汁香肠：原文中都是使用了法语。

史密斯先生曾经许诺要在冬天的时候开张，就算到现在，他还是这么说。不过，不知道怎么回事，人们似乎总是对此有种莫名的抵触情绪。镇上的人们都认为，城里的每家旅馆里都必然有个“闺房”，按理来说，这些大概都是无可非议的吧。可是，还是有这么一点儿——好吧，你们都知道的，像马里泊萨这种地方，公众的舆论可是敏感得很啊！

杰弗森·索尔普的投机买卖

哈德逊湾附近新发现了两座银矿——库巴尔特矿和丘派茵矿，当地矿业因此得到了发展和推进，人们也为之疯狂，不过直到这时候，杰弗森·索尔普这才得到马里泊萨得公众的注意与青睐。

在马里泊萨镇，杰弗森和他那处于史密斯旅馆对面的小理发店绝对是家喻户晓，而且人们都爱上他那儿刮脸。每天一大早，自商业推销员们从六点半的特快列车上下来，刮个脸，把自己打扮得人模人样时起，理发店的客人就络绎不绝，杰弗森也忙个不停了。

每天清晨，外汇银行的经理穆林斯也要去杰弗森那儿刮脸，刮完脸后，一整天都看起来精神焕发。杰弗森把好几条湿毛巾全部摊在他的脸上，闷热地足以将他炖熟，然后手握一把剃刀，在四溢的蒸汽里前后晃悠，面部表情严肃得仿佛正在做一场外科手术。

随后，我想我之前也讲过，史密斯先生每天早晨也要光临这个理发店，他从不在乎花钱多少，只要一直往头上倒弗罗里达水、朗姆酒、精华水、兴奋剂以及生发剂等就行，而且是越多越好。杰弗森的白外套、史密斯先生的花背心、窗台上的红色天竺葵、弗罗里达香水和双抽并蒂的风信子，五彩缤纷，一同将这家小小的店铺点缀得既绚烂，又奢华，甚至可以和土耳其皇妃的闺房有的一拼了。

不过，我想表达的重点是，直到矿区繁荣起来之后，杰弗森·索尔普才真正成为马里泊萨的一名显要人物。比如说，你总不能将杰弗森跟高尔戈沙·金汉姆相比，毕竟，金汉姆先生作为一个殡仪从业者，与其直接打交道的不是生就是死。或者说，你也不能将杰弗森与邮局局长特里劳尼相比较，毕竟后者直接从加拿大联邦政府领取薪资，而且一直以来都被视为自治内阁里的一名真正意义上成员。

人人都认识杰弗森，人人都喜爱杰弗森。但是，奇怪的是，在杰弗森发财之前，没人把他当回事儿，直到他“大赚一笔”之后，人们才开始意识到，他原来也是个杰出青年啊！我想，“冷静的头脑”就是那个用来形容他的词儿，实际上也确实如此。在马里泊萨人的眼里，天资聪颖的最高境界就是脑瓜子平稳得像一台经纬仪。

正如我刚刚说到的，杰弗森赚了钱后，人们才意识到他是多么的聪慧！杰弗森破了产后——罢了，没必要提那些东西了。我相信，不管发生什么，情形都差不离吧。

你们可定还记得，那个理发店就在史密斯旅馆的马路对面，那两家店铺面对面开着。

这个铺子是木制结构——我不清楚你们熟不熟悉——门口伸出去一块，砌了一个假门面，假门面比真门面高出一部分，从而造成一种四方四正、富丽堂皇的效果。这种造型在马里泊萨颇为流行，而且人们普遍认为，这种风格与时下做作、虚假的商业特色十分匹配。理发店门前矗立着一根红、白、蓝相间的柱子。此外，店铺还有一扇方方正正的大窗子，与那扁平的小门面不成比例。

窗格子上还残留着的几个斑驳的字“理发店”，这几个字原本是在马里泊萨个性图案设计的黄金时期，用花体字刻上去的，如今已经快要剥落光了。透过窗户，你可以看见窗台上的那盆天竺葵，杰弗森·索尔普则戴着一顶划船小帽，弯着腰，眼镜一直挂到鼻头上，正专心致志地为客人刮脸。

门一旦被开动，上方的弹簧便会随之绷紧，铃铛也会发出声响。店里放着两张笨重的刮脸椅——抑或更像是上刑的时候用的椅子，面对椅子的是几面镜子和一个个小格子，里面摆着客人们各自专用的肥皂盒，看来数量不少，十五六个总归还是有的。一般而言，杰弗森的客人们都认为，只有自己才拥有一个独立的格子放专用的刮脸工具。店铺里的一个角落被间隔了起来，上面还挂了个牌子：“热浴冷浴，收费五毛。”不过，隔间已经二十多年都没有浴缸了，里面只堆放着旧报纸和抹布之类的杂物。不过，不管怎么样，这样挂在那边总能显得比较特殊，就像挂在镜子旁边、写着“土耳其式洗发，收费七角五分钱”或“罗马式按摩，收费一元”的褪了色的硬纸板一般，显得与众不同。

在马里泊萨，人们普遍认为杰弗森是靠开理发店发的财，有可能他就是这样发的财——说不定就是这个让他想起投资这回事来着。不过，这点让人有点难以信服，刮一次脸收费五分，剪一回头发收费一毛五（要是你想刮脸剪头一起来，那就收费两毛五）。就冲这些收入，你根本没法想象他能发得了财，就算他那两把椅子上一刻不闲地坐着客人，这个刮完刮那个，你也没法想象这个也能让他发财。

你是知道的，在马里泊萨，刮脸可不像城里那般匆匆忙忙、敷衍了事就行了的，在马里泊萨人的眼里，刮脸是一种让身心获得愉悦的方式，刮脸前后加起来总在二十五分钟到四十五分钟之间吧。

或许在上午的那几个钟头里，刮脸还略显匆忙，但是到了漫长安静的午后，杰弗森便会倾着身子靠近顾客，如同肖像画家一般，轻声细语地跟客人们聊着私密的话题，而手中的剃刀则越刮越慢，停了又刮，刮了又停，直到剃刀的嗡嗡声湮没在了昏昏欲睡的交谈中，才最终结束。

这个时辰的马里泊萨理发店就成了一个“瞌睡宫”。你靠墙坐在一张木制扶椅上等待刮脸，时间安安静静地流淌着，杰弗森和客人低沉地相互交谈，苍蝇嗡嗡地在玻璃窗上到处乱撞，镜子上边的挂钟发出有规律的滴答滴答声。你把头垂在胸口，沉沉地睡去，手中的《马里泊萨新闻报》渐渐滑到地上，发出沙啦沙啦的声响。这样的场景就算是想想，也会不由得觉得困倦!

当然了，这地方最大的魅力还在于里面的谈话！要知道，杰弗森的特长，或者说是专长，就是消息灵通。他在刮脸的半小时里告诉你的东西，要比你埋在百科全书里勤勤恳恳研究上好几天得到的东西还要多。他打哪儿知道这么多东西的呢？我也不清楚，但是我倾向于认为，这些东西或多或少都是他从报纸上看来的。

城里人从不看报，就是看报也只是随意翻上几页，或者大致浏览一下而已，但是马里泊萨人不一样，他们看报都是一页一页、从头到尾地认真阅读。就这样，他们的知识日渐丰富了起来，若干年以后，他们的知识渊博程度足以让大学校长感到脸红。无论是谁，只要听过亨利·穆林斯和皮特·格拉威尔关于中国发展前景的长篇大论之后，就会明白我这话的意思了。

当然了，杰弗森与人交谈时还有一个特点：无论是谁，杰弗森总能找到适合对方胃口的话题。在这一点上，杰弗森算得上有某种预知能力了。杰弗森一般会趁着磨刀的工夫，随意打量打量客人，然后便附在客人耳边轻声道："我知道为什么圣路易斯队会连着四场击败芝加哥队了。"就这样，从头至尾，那位客人都被他的话题牢牢吸引住了。

同样的，他也会对史密斯先生这么说："我晓得哪儿有谈论到'飞天鼠'为争夺国王杯拼死拼活呢！"

对于我这种学识浅薄的人，他就会不厌其烦地、一遍又一遍地解释德国皇帝[1]和德国国会[2]的关系。

不过，最重要的是，杰弗森最擅长的话题是财政和金融市场，特别是聪明人所能赚到的巨额财富。

---

① 德国皇帝：原文中为 Keesar，为 Kaiser（德国皇帝）的谐音，作者故意写错，意表孤陋寡闻。

② 德国国会：原文中为 German Rich Dog，为 Reichstag（德国国会）的谐音。

我曾看见过，杰弗森给人刮脸时，忽然停了下来，握着刮刀的手悬在半空中足足有五分钟，与此同时，他还半眯着眼睛，详细地描述着那种能够“一夜暴富”的人，以及他们应该具有什么样的脑瓜子。很显然，这只跟脑瓜子好坏有关！根据有些人的推断，杰弗森自己所拥有的脑瓜子就是所需要的那种。

我也搞不清楚杰弗森的投机倒把生意开始于何时，抑或如何开始的，大概他是天生所好吧。毫无疑问，诸如有轨电车股票、联合石棉公司股票之类，都在他的脑子里根深蒂固：无论何时何地，只要提到卡耐基先生和洛克菲勒先生，他连说话的语调里都充满了渴望，嗓音也柔软地像肥皂沫儿。

据我推断，他的投机生意最有可能是从养鸡开始起步的。那是很多年前的事儿了，当时他把它们养在屋子后面——鸡窝就搭在理发店后头的那一小片草坪上——那时候，杰弗森就会得意洋洋地说，我那女人一天之内就卖了两打鸡蛋给夏天的游客呢！

可是，自从读了与联合石棉公司以及联合铜矿公司等公司的相关报道后，母鸡养殖业就似乎显得有点儿寒酸了。确实也是如此，无论怎样，只要想想看就知道，一打鸡蛋才值上一分钱确实让人脸红啊。我想，跟杰弗森一样，我们中应当也有不少人对自己的那么点微薄收入有相似的感触吧。不管怎样，我还记得有一天，杰弗森曾告诉说，他要把那一草坪上的母鸡一股脑儿全部卖掉，然后把卖鸡的钱统统用来买入芝加哥小麦，再在二十四小时之内全部抛售出去！他也确实这么做了，不过，等全部抛售出去之后才发现，把卖鸡的钱全都砸进去只是打了个水漂而已。

自那之后，鸡窝就空了下来，女人只好把每天的鸡食给扔掉，损失相当惨重啊，大概需要刮一次半的脸才能抵上那个窟窿。不过，这对杰弗森来说没什么影响，因为他的心思已经全部转移到了一个他所谓的、位于育空省的“移位断层”矿上去了。

这样一来，你就可以明白了，其实在马里泊萨的矿藏业刚刚起步时，杰弗森·索尔普就走对了道儿。喏，这也没什么可奇怪的，大概就是上帝的安排吧，从我们这里向北延伸出去的那片区域，我们原本以为只是一大片荒山野岭，但是没想到却是一座巨大的银矿！而且就坐落在我们的家门口！每天晚上，你都能跟我一样，看到夜班特快列车一路向北飞速驶去，说不准像洛克菲勒、卡耐基或其他什么人就坐在里边呢！正如《马里泊萨新闻报》所说的，加尔各答的财富正在我们的脚下流淌着。

所以，这也就难怪整个镇子都要疯狂了！在大街上，你听到人们整天整天地谈论着矿脉啦，熔炉啦，浸焊啦，沉淀啦，断层啦——整个镇子都絮絮叨叨地探讨研究着，就好像考前的地理班似的热热闹闹。还有一些人装备着全套的采矿设备、经纬仪以及装货用的充气袋进出旅馆，而在史密斯酒吧里，人们不时地相互传递着一块块矿石，翻来覆去地仔细研习，有些石头价格很高，甚至值上一磅十杯酒。

这阵热潮一下子席卷了整个镇子，并延续了一段时间。两周之内，人们便在罗宾森煤炭木材公司里专门开出一个隔间，开设了马里泊萨矿业交易所，大街上的所有人都开始抢购起他们家的临时股票来。随后，曾在穆林斯银行担任出纳员的小费塞奇普，带着一大笔钱从科博尔特地区回来了。从前人们都觉得他是个蠢货，但是这次回来的时候，他穿着一身英国卡其布套装，头戴一只平顶帽，总是逗留在马里泊萨酒吧，还整天都喝得醉醺醺的，所有人都把他作为“事在人为”的成功典范。

大家都参与了进来。吉姆·埃利奥特将整个药铺一股脑儿全部抵押了出去，然后把资金全部砸进了塔马伽弥双胞公司。五金商店的皮特·格拉威尔以一毛三的价格买下了尼波瓦的股权，然后又以一毛七的价格卖给了他的兄弟；后来不到一个礼拜，他又以一毛九的价格从他兄弟那儿再次买回了股权。他们才不在乎这些钱呢！他们只不过是碰碰运气。裴泼利大法官把他太太手上的余钱全部投进了特米卡敏的普通股票里去了，律师马卡尼也成了发烧友，把他妹妹的钱也全部用来购买图里普的优先股了。

就连小费塞奇普在马里泊萨酒馆的雅间里开枪自杀身亡，金汉姆先生亲自将他放入带有银质把手的棺材里时，人们还觉得，从某种程度上来说，这居然还有点儿蒙特卡洛[①]的风味呢。

人们都参与了进来——不过，史密斯先生却是个例外。你们知道的，史密斯先生就是从那儿过来的，他简直是太熟悉那儿的石头、矿藏、独木舟以及整个北方地区了。他晓得应该在把独木舟停泊在灌木丛下，然后坐在背风口处，吃用面粉烤出

---

① 蒙特卡洛（Monte Carlo）：摩洛哥公国城市，世界著名赌城。

来的硬面糕，顺便在十五英里没有酒喝的情况下，喝掉随身带着的最后一滴威士忌酒。史密斯先生对北方没什么好感，不过他倒是买了不少早土豆，装了足足有十五车，然后运到科博尔特，每袋还赚了个五块钱利润呢。

要我说的话，史密斯先生其实是在观望。而杰弗森·索尔普则在采矿业发展的开始阶段就参与了进来，甚至在尼波瓦公司的中期招股说明书还没对外公布的时候，他就已经买下了尼波瓦的股份了。他在阿比提比开发公司的股票上下了“大手笔”，以每份一毛四的价格买进了该公司一百股股份。他跟隔壁马车车行的老板约翰逊两家合资，一起以每份三分二厘五的价格买进一千份梅塔伽弥湖区公司的股票，然后又全部“脱手”给了奈特利肉铺的师傅，并全额预付利息。

杰弗森打开理发店镜子下方的那个小抽屉，向你展示他所拥有的各式各样的科尔伯特矿区的股票——有蓝色的、粉色的、绿色的，上面的地名沿着马塔瓦一路延伸到哈德逊湾，既有异域风情又显得迷人可爱。

他从投资这一块起就一直充满了自信。

“这个不存在一点儿困难，”他说，“那片矿区里的银矿太多了，只要你这家买点儿，那家买点儿，你就根本不可能失败。我不是说……”他继续说着，张开剪刀准备动手理发，“我不是说新手们就发不了财，我是说，只要你对这个区域比较了解，并且随时保持头脑清醒，那就断断不会失手的！”

他已经查阅了很多关于矿区、针叶林和熔炉的说明书和图片，但是我想，他大概已经忘记他根本没去过那个区这一回事儿了。不管怎样，就算是两百多英里又能怎样呢？

对于一个旁观者来说，情况自然没那么简单，直到杰弗森跟我讲各式各样的矿区情况的时候，我才意识到，原来采矿业是个充满卑鄙欺诈的行当！那些大资本家们就算是能赚钱，也铁了心地不情愿赚这一笔的。就拿科罗娜·朱尔来举例吧，就因为缺乏常识，本来好好儿的一个矿就这么几乎被毁掉了。

“这座矿还没开采呢，”杰弗森说，“里面的银子多了去了，你用个小铲子进去铲铲就能挖到不少银子，哎，到处都是银子啊！但是他们就是不肯动手开采啊！”

然后，他又有点鄙视地看了一眼科罗娜·朱尔的粉色和蓝色股票凭证，就把它们砰地一声关进了抽屉。

除此以外，更糟糕的就是“宁静松林”了——完全是个因经营不善而至失败的例子！“宁静松林”没法儿给股票持有者们赚钱的原因完全归结于缺乏采矿技术！

“那个矿的唯一问题就是，”杰弗森说，“他们根本不愿意往深处开采！他们沿着矿道往里面挖，到了银矿比较稀疏的地方，他们就放弃不挖了！可要是他们继续这么挖下去的话，肯定会再次挖到银矿比较密集的地方，而银矿就在那下面啊！”

然而，若要算起最卑鄙的采矿公司的话，那肯定要数“北极星”了。就我记忆所及，只要人们谈论起它来，我总觉得它简直就是个刑事案件，这件事也显然就是个阴谋。

“我还买了它的股，”杰弗森说，“买的时候是三毛二一份，然后就一直这么卡那儿了，好像被牢牢地套进去了似的。后来城里来了一帮家伙，他们就把‘北极星’的股价一直往下压，一直压到二毛四一份，我还一直坚持着没抛出去，然后他们又把它压到了二毛一一股。今天早上他们又压到了只剩一毛六啦，尽管这样，我还是不想就这么放弃，绝不，先生！”

又过了两个礼拜，还是这帮子不择手段的家伙们，又将那家股票压到了九分钱一股，但是杰弗森依旧坚持到底，决不放弃。

“他们想把它压垮，”他承认道，“可我还要继续坚持。”

正义与邪恶之间的较量从未这么剑拔弩张过。

“股价掉到六分钱啦，”杰弗森说，“既然我已经买下了那些股份，他们就别想从我这里夺走。”

过了几天以后，那帮子恶贯满盈的家伙把股价压到了前所未有的低了。

“他们已经把它压到了三分钱啦！”杰弗森说，“但我就是要与它共存亡！是的，先生，他们就是这样，他们以为能把它榨干，然后挤出市场，但是他们办不到！我已经买了约翰逊的股份和奈特利的全部股份，我会跟它有难同当，一起坚持到最后，直到它破产为止。”

于是，那帮躲在暗处的、穷凶极恶的家伙们继续对它猛挤，猛压，猛扯，想把它榨干，而杰弗森则一直与它并肩作战，他们扭动拧绞着他那攥得很紧的手，然后——

然后——好吧，那只不过是特殊古怪的采矿行业里的一个平平常常的例子罢了。喏，似乎就是忽然之间，新闻像闪电一般通过电缆传到了《马里泊萨新闻报》报社里，说是他们在“北极星”的矿道里挖到一条有人行道那么宽的银矿矿脉，于是股票也立马窜到了一股十七块钱，而且就连这价格，你还不一定能搞得到手呢！而此时的杰弗森则摇摇晃晃地撑着理发店里的镜子才站稳了，满脸涨得通红，手里握着一沓现在价值四万块钱的矿业通货股票。

太兴奋了！这个消息瞬间便传遍了整个镇子。《马里泊萨新闻报》印了一份新闻号外，转眼之间，理发店就拥挤地连个站脚的空间都没了，而马路对面的史密斯旅馆则新添了三个酒吧招待员，他们正忙着帮客人们将啤酒的唧筒从啤酒筒抽出来呢。

那天下午，马里泊萨的大街上到处都在出售矿业股票，镇上的人也都蜂拥而至，竞相购买。到了晚上，史密斯的咖啡馆里举行了一场牡蛎盛宴，席间还有专人做了相关的演讲，而马里泊萨乐队也在门外进行了演奏。

不过奇怪的是，小费塞奇普的葬礼就定在了第二天的下午，牧师德容则是在两天前得到的相关通知，但是又生怕触怒公众情绪，因此赶紧把礼拜天的布道的内容彻头彻尾地换掉了。

不过，在我看来，这事儿发生之后，最让杰弗森高兴的就是众人对他的认可。他只消朝店里一站，根本不用被刮刀干扰，直接坐在扶手椅里向人们解释他当时是怎么坚持着不放弃的，那帮家伙又是怎么排挤它压榨它的，然后他又是怎么不肯撒手地坚持到底的，以及攥着股份时他又是怎样自言自语的——简直就像一部新《伊利亚特》一般可歌可泣。

几天后，整个故事的经过都被详细地刊登在了城里的报纸上，随之还附上了一张杰弗森的个人照，这张照片还是特地在艾德·摩尔的摄影棚（在奈特利肉店的楼上）里拍摄的呢。照片上，杰弗森坐在一片棕榈树丛里，跟所有的矿工一样，他也将一只手放在膝盖上，脚边是一只矿上常见的那种狗，脸上的神情透出一种睿智和聪慧，让人一看就知道，他就是那种能够轻而易举赚上个四万块钱的人。

众人的认可对杰弗森来说意义重大；而毫无疑问，要是考虑到米拉的话，那笔钱的意义则更加非凡。

我提到过杰弗森的女儿米拉吗？或许没有过吧。这就是马里泊萨人不大容易让人理解的地方了，他们都那么独立自主，也都那么与众不同——跟城里人一点儿都不一样——除非你跟他们一个个分别交谈，否则你永远也别想了解他们到底在乎什么。

米拉有一头金色的头发，长着一张希腊式的脸庞，还经常戴着一顶比巴黎人戴的还要宽上六英寸的帽子，猛地推开门冲进理发店来。当你看见她大摇大摆地沿着街道朝电话局走去时，你会发现她穿的那身套装完全是照着《时尚》杂志上的式样做的，脚上还蹬着一双棕色美国靴子，总之，她从头到脚都充满了时尚范儿——这正是马里泊萨人认可并崇尚的东西。看看她在电话局里的样子——她就是我之前提到的四个女孩儿中的一个——戴着一顶安全帽，坐在高高的凳子上，将接线插头塞进去又拔出来，好像电都不花钱似的。好吧，我想说的就是，现在你可以明白推销员们为什么能够一直站在电话局里晃来晃去，打电话给一些让人意想不到的村子，或者一直处于等待之中却还这么兴奋愉悦的原因了吧！——这不得不让你觉得，这些男人的脾气得多好啊！而等到米拉下班，面色灰黄的克雷亨小姐来接班的时候，那些推销员们也就好像秋天的落叶似的，呼哧一下，转眼都不见了人影儿。

这真是赤裸裸地体现了人跟人之间的不同啊。有像米拉这样的人，她们对待爱人如同对狗一般，还会把香蕉皮直接扇在别人的脸上，以示她们的独立和权威。当然也有像克雷亨小姐这样的人，她们面色灰黄，但是却愿意花上四毛钱买上一本古代历史提升自我，但要是她们将香蕉皮扇到马里泊萨任何一个男人的脸上，她们绝对会被逮捕，还会被告人身攻击。

提醒一句，我并不是想说米拉纯粹就是个无礼轻浮、一无是处的女孩儿，完全相反，她是个颇有才华的姑娘。你真该听听她在卫理公会上背诵的那首《渡鸦》，简直是才华横溢！此外，中学音乐会上，她在《威尼斯商人》这部剧中扮演了波西亚一角，特别是在审判场景那一段里，她演得尤为出彩，马里泊萨谁都得承认她确实演出了波西亚的精髓。

因此，理所当然的，杰弗森发财的第二天，米拉就立刻辞了职。此外，大家都听说，秋季时节，她将去戏剧学校学习三个月，然后成为戏剧里面的主要演员。

不过，正如我之前提到的，公众的认可对杰弗森来说十分重要，你的威望一旦树立起来，你也就立马声名远扬啦。你们都懂的，没多久，人们就会赞扬他有头脑啦！自然的，这也就是为什么一周之后，杰弗森便第一次收到了古巴土地开发公司寄来的巨大包裹，上面还印有五颜六色的古巴照片：香蕉园啦、庄园啦、手持大刀的起义者啦等等一些天晓得的什么东西。不知道怎么搞的，他们听说了他的威名——像杰弗森这样谦虚的人是不会说出他们通过什么渠道了解到自己的。毕竟嘛，全世界的资本家们都是自家人：只要被卷进去了，你就是他们中的一员了，就这么简单！杰弗森终于搞明白了为什么像卡耐基、洛克菲勒以及摩根这些人都彼此熟悉得不得了了——他们不得不认识对方啊。

据我所知，这份古巴的什么包裹说不定就是摩根自己寄过来的，有些马里泊萨人说是他本人寄的，有些人则认为不是，到现在也没个定论。

不管怎么说，反正这些写信给杰弗森的古巴家伙们是公正直率的。他们希望他能够立马加入，成为他们中的一员。如果一个人有点头脑，那你最好立刻认可这一点，而且，与其犹豫拖延，等他自己一头闯进来，还不如先写封信，邀请他做个董事好了。

总之，这些古巴人没有踌躇犹豫，他们写了信从古巴寄给了杰弗森——也有可能是从纽约的一个邮局寄过来的——反正都一样，古巴离纽约那么近，邮件都得由纽约分发出去。据我猜想，有些金融界人士办起事来效率太低，他们需要准备各式各样的证明担保，但是这些古巴人不一样。你们知道的，他们身上有种西班牙人所拥有的热情，这些都是你们在美国商界人士身上看不到的，足以让你们为之感动。不用，他们从来不用提供什么保证，只要寄钱过去就行——不管是邮汇、银行汇票还是支票——这些全权由你们自己决定，古巴绅士们之间都是这么办事儿的。

此外，在事业问题上，诸如从起义者手里收回的香蕉园和烟草种植区之类，他们都彼此坦诚，毫不隐瞒。你可以在图片上看到一切——烟草种植园以及起义者们——完全公开，毫不遮掩。他们没有随随便便地许下诺言，只是直率地承认这些企业大概能赚取百分之四百的利润，有的时候可能还赚得更少一些，完全没有暗示可能会赚更多。

因此，不出一个月，马里泊萨男女老少都晓得杰弗森·索尔普加入了“古巴地产”，而且有可能到新年的时候能赚到五十万！他们不可能不知道，小理发店里到处都贴满了图片：香蕉园，哈瓦那港，以及身穿白色套装、腰系猩红色腰带的古巴人站在阳光下抽着香烟。图片上的这些人实在是太没见识了，他们居然连种一棵香蕉树就能赚到四百块钱这种事情都不不知道！

我特别喜欢杰弗森的一点就是，即使现在发达了，但是他依旧没有放弃刮脸这个行当，他还跟以前一样继续干着他的活儿。就连那个开马车车行的约翰逊带着五百块钱来店里，让杰弗森帮忙问问古巴董事会能不能让他也入股时，杰弗森也还只是把钱扔进抽屉，然后又跟以前一样，继续收费五分钱给他刮脸。当然了，他肯定觉得很自豪：不久之后，他便收到一封古巴人从纽约寄过来的信，他们除了知道约翰逊是杰弗森朋友这件事情以外，什么问题也没问，就直接收下了钱，他们还写了封非常得体的信：只要是杰弗森的朋友，便都是古巴的朋友，只要是他们寄来的钱，便都如杰弗森的钱一般对待。

或许，杰弗森之所以不愿放弃刮脸这个活儿的原因之一，就是这个工作可以让他继续跟别人聊聊古巴。你看，马里泊萨人人都晓得，杰弗森·索尔普已经把科博尔特的股份全部脱了手，并且把钱全部投入了古巴地产开发公司，这个消息的传播让他笼罩在了一种特殊的光环下，既有财富的意味，又有异域的风情——哦，大概是西班牙风情吧。或许，你在你认识的人身上也有过同样的感受吧。总之，他们总是向他询问那边的天气啦，黄热病啦，黑人都长什么样子啦之类的问题。

“古巴这个地方啊，说起来就是个岛。”杰弗森往往这么解释。当然了，谁都心知肚明岛屿有多么适合赚钱。“至于水果嘛，他们都说长得实在是太快了，快得你连挡都挡不住。”接着，他一般就会详细地谈起庄园[①]、起义者等等诸如此类富含技术性的话题来了，让人不得不惊异，他是如何得来的这些消息。不过想来也正常，富人不都该精通这些东西么。看看人家摩根、洛克菲勒等有钱人吧，他们对捞钱的地方都跟杰弗森懂的一样多，这实在是太合情合理了！

我刚刚有没提到过杰弗森还是跟以前一样继续做着刮脸的行当？其实也不完全这样，现在这些事讲起来就更带点儿梦幻的色彩。杰弗森单调枯燥地讲着讲着，忽然一个想法以某种全新的方式出现在了他的脑海里：或许有了这么多钱——你看，你们都知道钱对于住在大城市里的人的重要性的。杰弗森满脑子都被铜矿啊、石棉啊和香蕉园啊填满了，这会破坏人们对杰弗森的印象。不过，他应该知道，实际上，更加适合他的是这家小店和马里泊萨的阳光。

说句实在话，他似乎对我有点儿耿耿于怀，因为我觉得他

---

① 原文写作 Hash-enders，实际应该是 hacienda，为庄园的意思。

一直都保持着对大资本家们的兴趣，且常常要讲上几个从报纸上看来的关于他们的消息。

“我晓得这位卡耐基先生又在哪儿捐了五万块钱给某个天文台了。”他说道。

隔了一天，他给我刮脸刮到一半的时候停了下来，几乎是耳语道：“你有没有见过那位洛克菲勒先生？”

只不过是个偶然的机会，我碰巧了解到这位杰弗森先生投机生意的另一面，关于杰弗森先生的这一面，大概整个马里泊萨都没人知道，不过现在他们更不会知道了。

我知道这一点的时候，是我上门拜访他的那个晚上。我隐约记得我曾提到过，他家就在理发店的后面，你只要从理发店的后门走出来，穿过一片边上长着牵牛花的草坪，走到草坪的尽头，便可以看见他家——他家就在那里。一路走过去，你可以透过窗帘和纱门看到屋里闪烁着的灯光。傍晚客人都走光了的时候，杰弗森就会坐在这里。

屋里有张桌子，他那女人一般都会把准备好的晚餐摆在上面，晚饭之后，便又铺上花格子桌布，再放上一盏带罩子的煤油灯。这时候，杰弗森就会坐在桌边，戴上一副眼镜，铺开报纸，阅读卡耐基先生和洛克菲勒先生的相关消息。那女人就坐在他身旁离桌子较远的那一边，认真地做着针线活儿。米拉下班以后也会坐在这里，用手肘支着桌子，看着玛丽·科列里的作品——当然了，如今家里发了财，今时不同于往昔，她把读的书也换成了戏剧学院的招生简章了。

这个晚上——我也搞不清楚到底是报纸上的哪条消息让他

受到了启发——杰弗森放下了手上的报纸，开始谈论起了卡耐基。

“我敢跟你打赌，”杰弗森闭上眼睛估算着，“卡耐基把家产都拍卖了的话，肯定值上二百万！洛克菲勒和摩根要是也把家产全部拍卖的话，各自也都值上个二百万……”

不妨让我插上一句嘴吧，上面的这个方法在马里泊萨特颇为流行：要是你想知道一个人坐拥多少财产，你就假设把他的家产卖的光光，换句话说，就是全部拍卖掉。也只有用这个方法才能说明他的家产铺得有多大！

“不妨告诉你们吧，小伙子们，”杰弗森继续说（其实一个小伙子都不在场，但是，在马里泊萨，所有真正重要的讲话都是讲给假想中的小伙子们听的），“我跟你们讲吧，要是这次我能从这个古巴项目上赚到一百万，我就立马捐给那些穷人，就这样决定了，先生们——我要把它们划分成一百份，每份一千块钱，然后全部捐给那些一穷二白的人。”

自那以后，我终于知道那些香蕉都是为谁而种的了。

确实也是，自那以后，虽然杰弗森再也没直接提过他的计划，但是他却似乎说了不少跟这有关的内容。比如说，有一天他问我，一家“盲人收容所”最多能收容多少盲人，以及用什么样的方法能把盲人们找来。还有一次，他问我，要是有人要登广告征求一些绝症患者，那这些广告会不会征求到足够的人数从而吸引众人的关注。我知道，他确实找过倪文思律师，并请他起草了一份文件，内容涉及让密斯那巴县的每一个白痴都能获得一亩古巴香蕉园。

但是，讲杰弗森的这些计划又有什么用呢？现在谁还晓得这些？谁还关心这些呢？

结局终归是要到来的，即使是在马里泊萨，也肯定有人老早之前就已预料到了，要不，亨利·穆林斯怎么会大惊小怪地卖掉了那笔四万块钱的纽约汇票呢？史密斯先生又怎么会在旅馆前台的比利为了古巴的投资项目向他讨要欠款的时候，竟然毫不犹豫地一口回绝了呢？

哦，是的，肯定是有些人早就预料到了。然而，当结局来临的时候，一切显得那么悄无声息——从未有过的静寂——这种景象与北极星矿山、牡蛎晚宴以及马里泊萨乐队截然不同。太奇怪了，当事态发生扭转的时候，这一切所呈现出来的居然是令人匪夷所思的寂静。

你还记得纽约发生了那场关于古巴地产的骗局吗？你还记得泊福里奥·葛麦兹枪杀侦探的案子吗？他跟马科斯莫·莫尔兹卷了二十万块钱后就溜之大吉啦！不不，你当然不会记得，喏，这件事情即使是在城里的报纸上也只占了一两英寸的版面，况且那名字还那么难记。那笔钱就是杰弗森的——当然了，其中一部分属于他。穆林斯接到了一份经纪人或者其他什么人的电报后，就直接拿给杰弗森看了。当时，杰弗森正跟一个地产商走在街上，准备去看看镇子后山上的那一大片空地——他正准备用那片土地安置绝症的患者呢。

杰弗森一声不吭地回到了店里——你们可曾见过被猎人射中后的动物？那时候的它们就是这么静悄悄地走路的。

好吧，他就是那么走的。

自那以后，理发店每天都经营到晚上十一点，杰弗森就靠给人刮脸来还车行老板约翰逊寄给古巴人的那五百块钱，以及……

可怜吧？不必，不必！你根本就不了解马里泊萨。杰弗森只得熬夜干活儿，但是那还算不上什么——要是你一辈子都是这么勤勤恳恳、辛辛苦苦下来的话，那其实根本就算不上什么。米拉又回到电话局继续工作——人们都很高兴她能回来，如今她总是说，要说到世界上还有什么东西能让她觉得厌烦的，那必然就是演戏了，她完全没法理解那些女演员怎么会忍受得了那种生活的。

不管怎么样，总而言之，事情并没有变得那么糟糕。你瞧，这在这当儿，史密斯先生的咖啡馆开张了，史密斯先生来找杰弗森的女人，说他每天都需要七打鸡蛋，而且最好能随要随有。就这样，母鸡饲养行当又恢复了，而且母鸡的数量还比以前更多了，它们每天早上下蛋的时候都叫得那么欢，就算你想在理发店里谈论谈论洛克菲勒，母鸡“咕咕”地嘈杂声也会让你连名字都听不清。

牧师德容的布教

马里泊萨的那座英国圣公会教堂，就坐落在一条沿街小道上，只要从镇中心向山上稍走一些路程即可到达。这里的枫树长得极为茂盛，马里泊萨估计也没什么其他地方能比得上这儿了。新公墓（即奈克罗珀里斯，位于山脊之上）竣工之前曾经用作公墓的那块地，现在成了一块草坪，这块草坪和许多高耸着的树木一起占满了教堂院内的所有角落，不留一点儿空隙。郊区牧师住宅位于教堂后边下方，跟教堂之间仅隔一个车棚和一条小道。宅子很小，是由砖头砌成的，边角上还砌得不大规则。房子前方有一排树篱、一扇小门以及一棵白蜡树。白蜡树上结满了红色的浆果，枝头都被压弯了。

牧师住宅的一侧，往教堂方向去的，是一小块被矮矮的树篱圈住的草坪。草坪旁边还有两棵一年到头都开满白花的野生李树。李树下边放着一张做工粗陋的木头桌子和几把椅子。在这儿，你有可能会看见英国圣公会现任乡区牧师德容。此时，阳光透过树叶，斑驳地照射了下来，他就坐在这斑斑点点的光线里，因此，你既不能说他沐浴在阳光下，也不能说他坐在树荫里。通常情况下，你都会看见他在读书。不过，要是我告诉你，草坪尽头处最高的那个树篱下有一个黄色蜂窝搭，蜂窝里养着七只蜜蜂，他们都属于牧师德容，那么，你肯定也会觉得，在这样的环境里，阅读希腊文确实是绝无仅有的最佳选择。还有什么会比一个人坐在繁花怒放的李树下，听着嗡嗡的蜜蜂声，读着西奥克里塔斯的田园曲更加舒适惬意的吗？在这样的环境里，要是读上这么一本现代罗曼蒂克式的文化糟粕，只怕你会昏昏欲睡，而只有像西奥克里塔斯这样可以汲取营养的精神食粮，才会让人觉得，即使闭目冥思书本上的内容，也不至于陷入梦境。

我认为，很多人一旦离开学校，便不再愿意接受教育了，但是德容牧师却绝不是这样的人。我经常听他说，就算只有半个小时的空闲，他也要读一读书，若是没能带上一本希腊文的书到草坪上阅读的话，那他会一整天都觉得怅然若失。对他来说，阅读希腊原文就是一个让大脑得到休息的最佳方式。这位牧师似乎在希腊文上天赋异禀，我曾多次听说，有人跟他一道儿坐在草坪上休息时，请他翻译其中几段，但是他都一概回绝。他说，这些是没法翻译出来的。在他看来，若是硬要翻译的话，那译出来的文字必然会跟原文意思大相径庭，原意就会被曲解啦。这种事情千万不要轻易尝试，明智的人就最好连这样的念头都不该有。因为，你一旦开始翻译，有些原汁原味的东西就必然会有所遗失。我相信，许多古典派的学者也深有同感，他们都喜爱阅读希腊作品，但却不愿冒任何风险将它们译成像英文这样乏味的媒介文字。这就是德容牧师说他不能翻译的原因，我认为他的观点十分中肯。

有时候，他会将作品大声朗读出来，不过，那就是另外一回事了。比如说，加勒赫医生——我当然所指的是那位老加勒赫医生，而不是年轻的那位（他每天下午都会下乡）——每次前来都会把他最近刚刚搞到手的印第安人遗物拿给牧师瞧，牧师就会读一两段希腊文给他听。医生刚把那柄北美印第安人用过的战斧放在桌子上，牧师就伸手去够他那本《西奥克里塔斯》了。我还记得有一次，加勒赫医生把他们从铁轨堤里挖出来的一块印第安人头盖骨带了过来。那天，他把那块头盖骨放在了木制桌子上后，牧师便给他读起了《西奥克里塔斯》，读了很久，久到我完全相信医生都已经疲倦地躺在椅子上呼呼大睡了起来。牧师只好十指交叉，把书本摊在膝头，闭目养神，直到医生睡醒来。那块头盖骨就搁在两人之间的桌子上，李树上的花朵随风飘落，像雪花一般覆盖在头盖骨上，头骨也渐渐白得像加拉赫医生的头发。

我并不想让你们认为德容牧师先生整天呆在树下。实际并非如此，牧师的生活几乎是由一个接着一个的社交活动组成的。他自己对此苦不堪言，但却无能为力。每天下午吃完午饭，他在树下还没坐热屁股，三点钟的幼儿班就开始上课了；此后不到一小时，五点钟的母亲辅导会就又开始了；第二天早晨还有读书会；傍晚又要上《圣经》研读班；再次日上午十一点半还要研究早期工人工会。整个星期都是如此，忙到只要能够挤出点儿空闲时间坐上一小时左右缓缓神儿就不错了。不过话说回来，对于一个大忙人来说，花点儿空闲时间在高深的经典作品研究上，总是没有什么坏处的。依我看，要想在英国圣公会主教管辖区域内找出一个比这位乡村教区牧师更加忙碌的人，八成是不可能的！

如果牧师能从他那没完没了的工作中抽出这么半天时间的话，那么他就能悠闲地垂垂钓啦！但是事情也不尽然，他不太可能把一整个下午都用在享受真正的假日生活上，相反，他总是将空闲时间花在逗孩子，抑或帮他们糊风筝、做玩具以及组装有发条的轮船上。

幸亏我们的牧师对他所拥有的这些机械装置有着不同寻常的兴趣和爱好，否则的话，这类事情对他来说大概就是一种无法忍受的负担了吧。但是，我们的德容牧师先生却对机械有着与众不同的好奇心和兴趣，在我看来，他的所有布教话题中，关于飞机的那一场是我有史以来听到过的最精彩的一场（“啊！如今你站在高高的叶米恩二号上，请放眼眺望吧！”）。

就这样，他曾花了整整两天时间给摄影师的儿子泰迪·摩尔做了一只有着中国式翅膀的风筝，此外，为了防止泰迪·摩尔失去放风筝的热情（也可以说是别人看他放风筝的热情），他还特地停了幼儿班四十八小时的课。千万别把中国式风筝交到一个幼儿的手里，要是你这么做了，就真的是愚蠢。

同样的，这位牧师还为瘸腿的小马娇瑞·特瑞朗尼做了一只机械陀螺，好让她看着它旋转。不过，让一个残疾的小女孩儿去旋转陀螺，着实不太明智。德容先生能做的东西真是数也数不清了，不过，他只给孩子们做。尽管就在他给可怜的小威力·约德尔做沙漏计时器的那个当儿里——你们知道的——小威力去世了，但他还是坚持不懈地把那东西做好了，然后又跟往常一样，高高兴兴地把它送给了另一个孩子。你们应该明白，关于死亡的意义，德容牧师的理解跟我们的截然不同。这位牧师跟金汉姆先生也常常在穿过草丛、前往奈克罗珀里斯新公墓的路上谈论着死亡的话题。要是周日你也常常朝着你妻子的坟墓方向散步过去的话——牧师就是如此——那么，在别人的眼里，你的步伐便与牧师完全不同。

我曾说过，英国圣公会教堂就坐落在离牧师住宅不远的地方，那座建筑高大挺拔，屋顶有点儿倾斜，教堂内部地面到屋顶之间矗立着一根根打磨地十分光滑的杉木长梁。这里曾经有过一座石头砌成的小教堂，马里泊萨的成年人对这个用红灰色石砖砌成的、古朴精致的小建筑物的印象都十分深刻。这里原先有座古老的坟墓，但是后来一股脑儿都被改造成了环绕在新教堂周围的草坪。墓碑散乱地铺在地上，随处可见，不过这里已经很久没有砌新的墓碑了。即便如此，马里泊萨的孩子们还是会到这儿来晃悠，找找古老的墓碑，读读躺在草地里的墓碑上的墓志铭——它们中的一些其历史确实非常悠久，算起来大概要有四五十年了。

千万别因为这一点就认为牧师不是个心思缜密的人。只要你仔细观察德容牧师先生坐着阅读希腊文的样子，你就会发现，每隔一段时间，他就会把夹在《西奥克里塔斯》那本书里的一两张纸抽出来，那张纸上写满了密密麻麻的数字。

牧师把那张纸摊在那张木制桌子上，然后将纸上的数字加了一遍又一遍，随后，他从上到下认认真真地核对了数据，接着又从头到尾核查了一遍，以防遗漏了什么数据。

你们知道的，数学并非牧师的长项，在那座周围环绕着整整齐齐的矮篱笆和板球场的英国圣公会神学院的小建筑物里接受教育培训的人，从来都不擅长数学。五十二年前，鲁伯特·德容就是在这儿获得那枚希腊文金奖的。任何时候，你都能看到它正静静地躺在敞着盖子的盒子里，显眼地搁在牧师住处的桌子上，以便随时取用。只要你去牧师家，德容家的任何一个女儿——丽莲、乔塞琳和瑟奥朵拉——都会热情地向你展示那枚奖章的。然而，正如我之前所说，数学并非牧师之所长，他把这点都归咎于（你们懂的，当然都是本着基督教的精神啊）他那位已故的数学教授，而且每次只要谈到这事儿，他就愤愤不已。我常常听他发表自己的看法，在他看来，要是按照他的做法，神学院就应该直接解雇所有不称职的教授——当然了，这些必然是本着基督教的精神，而且是根据最虔诚的教义处理的。

毫无疑问，跟这位牧师一样，这个教区里有很多教士由于缺乏数学素养而或多或少遭遇到了一些困扰，但是，牧师总是觉得他自己的情况才是最为糟糕，也是最值得惋惜的。因为你想啊，要是一个人正努力想帮镇子里下层贫困家庭的孩子们做一架飞机模型，但是却因为计算铸铁杆子的扭曲系数而搁置下来……哎，这只能用事实进一步证明，神学院确实没能够恰如其分地履行好它的职责了。

当然了，我想说的数字并非指制作那些飞机模型所需要的数字——自然比这个数据重要多了。在过去十年中的大多数时间里，牧师都在没日没夜地与这些数据亲密接触，若硬要说有什么地方变得不同的话，那就只能说，是这些数据越变越复杂了。

比如说，你想要估算一下一座教堂的债务——一座大的教堂里面一般会有弯度比较明显的杉木屋梁，以用来膜拜全能的上帝；屋顶上铺着进口的砖瓦，目的在于赞扬美好的天堂；窗户上贴满了彩色的玻璃，为的是歌颂全知的神明——要我说，就算是你来估算这座教堂的债务、利息及欠款，然后再扣除每年的固定支出，那你也会得出一摊相当复杂的数据的。除此以外，你还得加上年度保险金的支出，然后从中扣去牧师薪水的四分之三。年年都这么算着，忽然有一天，你突然意识到，扣除四分之三实在是太多了，因为你遗漏了德容家小女儿在寄宿学校里的花费（包括法文课的附加学费——鉴于几个姐姐都念过法文，因此她也闹着非上不可）。这样一来，你得到的总数绝对不是一般的算术知识就能轻易解决的。这里面最让人感觉恼火的一点就是，这位牧师明明知道只要运用对数，问题就能立刻解决，但是，当年在英国圣公会神学院学习的时候，教授恰好在教到对数的那个节骨眼儿上刹住了，他愣是不往下讲了。他们只不过解释说，Logos 就是一个词儿，Arithmcs 就是一个数字，在他们看来，似乎讲这么多就已经足够了。

正是因为如此，牧师才会不断地将他那张写满数字的纸条翻出来算上一遍又一遍。从上加到下，再从下加到上，可是怎么算，得出的数字还是不对头。金汉姆先生是个教区委员，他经常凑过来坐在牧师身边，帮他一同琢磨着这些数字。德容先生向他解释道，只要你会对数，那这些问题就可以立刻迎刃而解了——你只要翻开对数表，用手指从上到下一行行地扫过去（他还用手模拟比画着具体该怎么移动手指），那总数就能马上得出来啦。金汉姆先生说，还是得仔细谨慎点儿，对数（引用了他的原话）太叫人望而生畏啦。

教会副执事倪文思律师以及教区委员会主席兼外汇银行经理穆林斯，也经常前来浏览浏览那些数据。不过，他们从不对此做太多评论，因为涉及到薪水部分的内容，他们不太好插嘴。

穆林斯注意到，账单上有一项还未付款的一百块火灾保险金快要到期了，作为一名金融家，他非常坚定地说，那笔钱绝对不可能是火灾保险金。牧师便会说，绝对不会是的。于是，牧师就把账目改了。穆林斯又说，账单上根本不可能会有五十块钱的税款，因为压根儿就没有什么税要征。于是，牧师又认可道，那当然不可能是税款了。实际上，牧师账单上的数据确实搞得一塌糊涂，不过，毋庸置疑的是，所有的错要怪只能怪到上上代的那位数学教授身上去了。

一直以来，穆林斯都企图找个机会查查这个教堂的财务情况，他的父亲与德容牧师曾经一同在那座有着板球场的小小的英国圣公会教堂神学院里求过学，正是这个缘故，他的查账意图就更加强烈了。但是他是个大忙人，正如他亲口同牧师本人说的，如今的银行业务日渐繁重，搞得一个银行家连个礼拜天的时间都不能自主支配了，当然了，亨利·穆林斯就更不能了。实际上，他的空闲时间大多数属于史密斯旅馆；在适合钓鱼的季节里，它们又属于幽深的湖底；它们走得那么遥远，除非是商业银行的乔治·达夫，其他人谁也甭想找得到它们。

不过，想想就知道了，所有的麻烦事儿都源于这座新教堂的修建。

这便是新教堂令人不快之所在。

在过去的二十年里，乡村牧师德容都是在那座小小的用石头砌成的教堂里进行布教活动的，他常常在讲道的时候提到自己的愿望和目标：在基甸[1]建造一个更大的约柜[2]。他唯一渴望做的就是建立一个更加宏伟的上帝确实存在的证明，抑或，简单说来就是点燃一个更加明亮辉煌的灯塔。

经历了二十年的等候，他终于成功地点燃了它。在马里泊萨，没人会忘记教堂建造时的情况。人们先是拆毁了那座石头砌成的小教堂，从而为新的“上帝存在的证明”（新教堂）腾出了空间。对于此事，牧师说，要是他自己也参与拆毁小教堂的话，那必然就是一桩亵渎神明的行径啦。刚开始的时候，确实有人提议，用旧教堂拆下来的石头来砌一座主日学校[3]，作为一个较小的证明。接着，当人们发现这项提议行不通的时候，又有人建议，虔诚地将石头塑造成一堵矗立着的石壁以作纪念之用。而当实践证明这一举动也不太可行的时候，人们便恭恭敬敬地将小教堂的石头堆成一个石堆。之后不久，这堆石头又被虔诚地卖给了一位建筑承包商。再后来，便如生活中的其他事

---

① 基甸：英文“Gideon”。德容牧师将“丘坛” （Gibeon）说成“基甸”（Gideon）。

② 约柜（Ark）：犹太教的一口代表上帝的木柜。

③ 主日学校（Sunday School）：为了向儿童宣讲宗教思想，基督教教会在星期天开办的儿童班。

情一样，石堆也从人们的记忆里慢慢褪去了。

不过，在我看来，修建教堂这回事儿，人们应该不会忘记。德容牧师全身心地投入了这项工作，他脱下外套，跳上地基跟工匠们一起干着活儿，他那白色的衬衫在人群中显得尤为醒目。他抄着铁锹，指挥压路机，赶着马车，鼓励工人，所有的工作，他都要亲自上阵，直到工人们都恳请他让他们歇会儿时，他才肯罢休。此外，不论白天黑夜，他都要跟建筑师及其助手们混在一起，跟他们一起制图、设计、修改，直到建筑师们也请他就此为止，他才休手。

他要帮忙的部分实在是太多了，这让我不得不认为，要不是教区委员会们坚持要他去休假，并坚持将他送到湖上的麦琪诺岛的话（这是牧师生平唯一一次外出旅行），新教堂可能永远也没法迎来竣工的那一天。

终于，新教堂如期竣工了。它高高耸立在那片枫叶林的上空，如同山上的一座灯塔。它矗立的位置实在是太高了，若是从敞着的塔尖——大钟悬挂的地方——向下俯瞰，你便会发现，整个镇子似乎都盘环在教堂的脚边；教堂的南边是农舍及其周围的建筑物；铁路细得就像两条铅笔线；韦萨诺提湖如同一幅地图铺展开来一般。站在新教堂的至高点，你可以看到并欣赏到一些以前从石头砌成的小教堂里永远也看不到的景物，如马里泊萨不断扩大的面积以及日益增长的财富。

竣工没多久，教堂便对外开放了，牧师在新教堂里第一次布了道。他将这座教堂称作圣灵明证。他还说，那是虔诚的象征，也是虔诚的誓约，他还将之称为契约书。除此以外，他说，它是抛锚处、港口以及灯塔，更是矗立于山腰上的小城。最后，他补充道，它还是避难的方舟。说完，就通知“查经班”的教徒们，本周三以及此后每隔一周的周三都要在地下室里聚会。

在为新教堂开放而布教的前几个月里，牧师一再强调，这个教堂是一种虔诚、一项誓约、一份奖赏以及一座礼拜圣殿，不过，他大概忘记了建造这座教堂的费用还没有付清这回事儿了吧。当建造社的经理人以及赫桑那管道与蒸汽配件股份有限公司的代理人前来索要按季付款的赊账时，他才恍然记起这件事来。每当这些人来过又走了之后，牧师总是会特地做一场内容涉及罪孽犯罪的布道，中间还会提到古代希伯来人曾经不公正地处死商人们这件事——他总是用基督教徒式的平和心态安详地的讲述这个事件。

我并不认为起初有谁曾为了教堂负债的事情而感到困扰过，德容牧师的数据也表明，让这笔债务消失不过只是时间问题而已。只需要再努力一些，教徒们把裤带再勒紧一些，他们便有足够的能力偿还全部的债务了。让他们抄起犁耙，他们便会很快被引至深水处；然后卷帆返航，每个人便得以坐在各自的橄榄树下了。

然而，正当教徒们准备勒紧裤带的时候，债务的利息不知道怎么搞的就已经还清了，而没有付清的那笔钱也直接加到了本金上面。

不晓得你们有没有跟圣灵明证或者说是坐落在小山之上的那座灯塔打过交道。要是你们确实有过这方面经验的话，你们就会意识到，他们的处境是一年年变得愈渐窘迫，先是缓慢地，接着就是极其迅速。需要偿还的还有建筑贷款、风琴的分期贷款，以及火灾保险金——讨起债来真是残酷无情——除此以外，还有暖气费、照明费等等，每当牧师需要将这些数据全部加在一起的时候，他就想起，能解决这些问题的也只有对数了。后来渐渐地，关于教堂所负的债务已经超越其自身偿还能力的事情，不仅牧师本人清楚，所有教区委员和副委员们也都一清二楚了。再接着，唱诗班知道了，教徒们也知道了。到最后，人人都知道了这件事。于是，复活节、特别捐赠日和特别捐赠周，人们都举行了特别的募捐活动，并与赫桑那管道及蒸汽配件股份有限公司一同做了特别安排。人们还注意到，每当乡间牧师宣布举行四旬斋忏悔仪式——特别是针对商人为主要对象的——后，来做礼拜的人便会锐减百分之四十。

我想，其他地方的情况也应该大差不离吧——我是指盖起灯塔之后，那些偷偷潜入马里泊萨的英国圣公会教徒内心所产生的那种特殊的不满情绪。有些人声称，他们起初就看出了端倪，可是出于宽广的心胸，他们采取了跟众人一样的做法——保持沉默。有些人在好几年前就已经预知到如今这件事会变得相当棘手啦！然而，出于谦虚的秉性，他们紧闭双唇。更糟糕的是，还有些人已经开始对教堂的所有行径感到不满啦！

比方说，拍卖商约德尔曾经谈起过他是怎样进城，然后又怎样参与罗马天主教堂的仪式的——说得更客观一些，我相信，他肯定是“偷偷溜进去”的，这是他参与这类仪式唯一能够被认可的方式。他肯定地说道，他在那里听到的音乐才是真正的音乐，那里的圣歌、诵文以及祷告（这些已经超出了他的职业范围）才是真正的神圣和完美。

摄影师艾德·摩尔也提到过一个他在城里听到的布道，他认为，要是有人能保证他可以再听一次那样的布道，那任何人都没法让他远离教堂。可事实是，现在并没有这样的“保证”，所以，他得远离教堂。

就连教义本身也遭遇了责难。有些教徒开始对永世的惩罚产生了怀疑——这些怀疑已经严重到了让他们连四旬斋的忏悔仪式都不去参加的地步了。事实上也是如此，有一天下午，马卡尼律师跟牙医乔·密立根探讨了阿塔纳修斯信条的相关问题，在那场探讨里，所有的信条都被评判数落了一番，一条不落。

这段时间里，德容牧师依旧继续举行他的特别仪式，他将传单、呼吁书以及倡议信等从基甸的约柜里散发出去，就像是即将沉没的船舱里发射出去的求救弹。逐月增加的债务负担就像一块石头重重地压在他的心头，有时候，他能将它抛诸脑后；有时候，又会半夜惊醒，辗转反侧，愁眉不展；有时候，他沿着被圣灵明证照亮的教堂区域沿街散步，经过救世军的营区时，在明朗的夜空下，就着一盏石脑油灯虔诚地祷告时，阵阵剧痛就刺上了心头。

但是，在我看来，教徒将所有的过错归咎于德容牧师的布道，这个行为是错误的。我也确实打心底认定他们是错的。根据我所掌握的知识，可以说，牧师的布道不仅在信仰上有激励人心之效，更在希腊文、现代机械等知识方面授予了很多极具价值的内容，而实际证明，这些内容对教徒们也裨益极大。

就拿希腊文来说吧，只要是翻译成希腊文抑或翻译自希腊文的部分，牧师总是采取极其谨慎的态度：除非他百分之一百地肯定，教徒们的意见必然一致，那么只要与寻常的翻译方式稍微有些出入，他便彻底推翻，完全不愿翻译。除非是对译文一致赞同，不存在任何异议，否则，他是绝对不会赞成通过的。布道的过程中，他还会时不时地暂停一下，说道："希腊文的原文是'Hoson'，不过，相信你们会允许我将它等同于'Hoyon'① 来翻译的。"教徒们也确实都允许了。所以，如果就这样也算是有什么过错的话，那么就纯属教徒们自己的错了——是他们没有异议在先的。

同样的，说到机械方面的问题，归根结底，还有什么能比发电机、往复式船用发动机或《美国科学》杂志上的图片之类的东西更能精确地传达至高无上的神明的意愿呢？

再者说来，若是一个人有机会出游，并亲眼目睹过上帝亲手创造的广阔无边的湖泊的话，那么，当他离开了海湾边上的那座新码头之后，他便会在精神上的亲密旅伴的陪同下，安全地、满怀感激地抵达目的地，踏上麦琪诺那混凝土制成的码头——这不就是比例最为恰当，并且最适合建造码头的那种材料吗？当然了，即使不做对比的话，这也不会失去它原有的趣味性吧？无论如何，倘若教区委员会的委员们从来没有想过牧师应该对麦基诺之旅做些什么回报的话，那么他们又干嘛要费劲儿硬是把他送过去旅行呢？

---

① 希腊文 Hoson 是指"量"，而 Hoyon 是指"质"，所以这两个词根本不能等同翻译。

有人曾将矛头直指牧师的麦基诺布道之行，关于这一点，我得强调，这似乎有失偏颇。若是牧师曾用一丁半点儿普通报刊杂志上经常使用的粗鄙言论来描述他那些经历的话，那么，我就会承认其措辞确实有些不太适宜。然而，无论何时，无论何地，他的言行总是那么严谨——还是让我举几个例子来说明一下吧。

他会这么说道："几年前，我曾有幸发现自己可以成为一名航行者，一名在生命的海洋里遨游的航行者，在上帝于西北方亲手开拓出来的、高出海面五百八十一英尺的、无边无际的海洋上飘荡——我所提及的，便是呼伦湖。"

喏，这番话跟下面这番话所营造出来的氛围是何其的迥异啊："我永远也不会忘记去麦琪诺旅行的那段日子。"这一整段话的语气，前后截然不同。接着，牧师继续用这种腔调说道：

"我乘着海中巨兽在水上航行——我是指北方航运公司的巨轮——我驻立在船头的栏杆旁边，跟一位同样西行的男教友热烈地交谈着——可以说，他是个推销员——我们旁边的一张帆布摇椅上还坐着一名亲爱的女教友，而另外两名灵魂蒙受天恩的亲爱的教友，也在离我们不远的甲板上从事着基督教式的消遣活动——当然了，我指的是，他们在甲板上打台球。"

任何一个公正不阿的人，只要在周围情况得到全面公正的解释之后，都会觉得，牧师用以下这段简洁明了的话语结束以上的内容确实十分契合："说句老实话，那真是个极好的早晨。"

然而，即使是马里泊萨，也会有一些不赞同牧师言论的人，他们总是将周末的正餐时间花费在妄图证明自己无法听懂德容牧师究竟在讲什么上，并且还相互询问对方是否理解。有一次，牧师刚从圣灵明证之门里跨出来，正好听见有人在说："如果那个中庸的老家伙离开了神坛，教会肯定会好得多。"这番话听进了耳朵了，如同一根倒插的荆棘刺进了他的心窝，残留在那里。

或许你能明白，这类言论往往都会在心头徘徊着不肯离去，让人迫切希望再听一次，以便核实事实是否真的如此。或许是你听得有点儿出入，那只不过是个误会而已也说不准。或许压根儿就没人这么说出口过。其实你当时就应该立刻把这些话记录下来。我曾经看见牧师为了查找"老家伙"这个词条，将家里的百科全书全部搬了出来，手指沿着"M"那一栏，一个词条一个词条地缓缓向下移动。然而，他并没有找到。我还知道，他曾在阁楼上的小书房里一页一页地翻查《巴勒斯坦动物大全》，目的还是翻查"老家伙"这个词条，可是也没能成功。想必在伟大的犹地时代里，人们还并不知晓有这样的动物吧。

于是，事情就这么月复一月、年复一年地拖了下去，债务和花费就像地平线上沉甸甸、黑压压的乌云一般堆积着。我并没有指责他们不去努力面对困难、解决困难的意思。相反，他们确实曾经做过一番挣扎，那时候，教会里干事儿的人们三天两头地集会聚首，试图想办法解决这笔债务。然而，不知道怎么回事，尝尽了所有的方法，债务还是年年见涨，而且，任何一个竭尽所能想出来的对策，最终都以事实证明皆是徒劳。

我想，他们开始的时候是靠"连环信"的方式接连不断地发出呼吁的。或许你还记得这个方法，毕竟它在十到十五年前的教士圈里甚为流行。你让一批人各写三封信，分别寄给自己的三个朋友，请他们捐赠一毛钱，并再写三封信，分别寄给他们的三位朋友，也让他们做同样的事情。这样一来，三乘以三，然后再乘以三，如此这般循环下去！看到这个主意的智慧之处了吗？我想，没人会忘记英国圣公会马里泊萨分会教堂的志愿者们曾怎样坐在地窖子里的祈祷室中，怎样将面前堆积着的足有三英尺高的信封都装上呼吁信，然后又怎样一封一封地邮寄出去的吧。我知道，肯定有人永远都忘不了这个场景。当然了，外汇银行的出纳员帕普京先生必定就是其中一员，因为在这里，他第一次遇见了法官的女儿塞娜·裴泼利。那一天，他们整整忙了一个下午，写了很多呼吁信——大概有八九封，后来无意中发现，他们俩的笔迹十分相像。而实际上，从整个书法史上来看，如此相似的笔迹也实在是个惊人的巧合，这一点你不得不承认。

然而，这个计划最终还是失败了——彻彻底底地失败了。我也不晓得怎么回事。呼吁信都寄出去了，收到信的人也都誊写后又寄了出去，后来收到的人也都这么做了，呼吁信也就如此这般延续了下去，直到你仿佛可以看见一条从马里泊萨延伸出去的链子一直蔓延到了落基山脉。可是，他们却连一分钱都没收到过。志愿者们回复了成千上万封信，然而就是这么奇了怪了，这些呼吁信愣是没寄到过一个有点儿钱的人手里。

随后，冬天便来临了。然而人们并没有懈怠，依旧忙个马不停蹄。首先，在少女协助会的主持下，他们在教堂的地下室里举办了一场义卖活动。所有的女孩子们都身着特意从城里带来的服装，面前的摊位上摆放着诸如针垫罩、椅罩、沙发罩等各色各样的东西，你能想得到的几乎都有。要是教堂里的人一旦开始买起这些东西来，那么亏欠的债务想必只会增加，所幸并非如此，因此义卖活动最终还是成功地填补了二十块钱的亏空。

我还记得，那件事情之后便是德容牧师举办的以《意大利及其侵略者》为主题的幻灯片讲座。他们从城里搞到了一台幻灯机和一些配套的幻灯片，说句实在话，这个东西真是好用得不得了。虽然有些幻灯片让人看着有点儿困惑，不过它们都是一张张实地拍摄出来的——有意大利茂密的丛林，有丛林里的一条条鳄鱼，也有手持大棒的裸体入侵者。可遗憾的是，那天晚上的天气非常糟糕，不仅大雪纷飞，而且狂风大作。要不是这样的天气在作怪，那个讲座准能大赚一笔，实际上也确实如此，除了那个打破了的幻灯机——显然，这是不可避免的——几乎没有其他的损失。

我已经不大记得这件事过后还发生了什么其他事了。我能记得的是，诸如租借大厅、印刷入场券之类的事情，似乎总是由穆林斯先生安排处理。你应该还记得他的父亲跟德容牧师是英国圣公会神学院的校友吧。尽管牧师比穆林斯先生年长三十七岁，但是涉及到事务的执行处理上，牧师依赖穆林斯先生就像依赖一个工作人员似的。而涉及到教义方面，比牧师年轻三十七的穆林斯先生则依赖牧师就像依靠磐石一般。

有一次，他们灵光一闪，认为公众们需要的并非那些富有教导意义的东西，而是一些轻松有趣的玩意儿。穆林斯说人们都爱大笑，要是将众人聚集在一起，将他们逗乐起来，那么你就可以轻轻松松地把他们搞定了，因为他们一旦大笑起来，便失去自控能力了。于是，牧师和穆林斯便请来了教授高中英国文学的老师德瑞莱先生，举办了一场朗诵晚会，内容涵盖诸如乔叟、亚当·斯密等幽默大师的作品。其实，他们就差那么一点儿就能从这场朗诵会上赚上一桶金啦——只要人们都哈哈大笑起来，他们就完了！我听到很多人都说，他们几乎都要惊呼了，而且从头到尾都恨不得笑出声来，就连听到中间插入的一些小片段时也忍不住想要哈哈大笑起来。他们说，他们所能做的就是憋足了劲儿不让自己面露微笑。他们说，他们的人生中从未如此艰难地挣扎着不要笑出来过。

实际上，在晚会接近尾声的时候，牧师说，他坚信，人们若是事先了解到今天晚会上将要演讲的内容的话，那么“出席的人”肯定会多上很多。可是你们看看，人们事先能够了解的信息只有演讲者的姓名（德瑞莱先生），即将演讲的主题（“英国幽默”），以及一律二毛五的入场券。正如主席说的，倘若人们了解本次演讲，哪怕只是浮光掠影地有点儿了解，那么出席的人数便肯定会有好几百。然而，事实却完全相反，他们事前给观众们提供的信息少得几乎可以忽略不计，那他们又怎么可能猜得到这次演讲会这么幽默风趣呢？

自此以后，事态愈见糟糕，人们也都渐渐对此失去了信心。若不是穆林斯先生灵光一闪，想出一个你可能永远也无法想到的奇特惊人的方法，那么这笔债什么时候能还上抑或能不能还上，都不是我敢随随便便谈论的了。当时，他恰好在银行公休日的时候外出了，他也恰好在一个大城市里看见人们是怎样去募捐的了。于是，他兴冲冲地跑了回来，连出门的旅行袋都没来得及放回家，便直接从马里泊萨车站奔向牧师家了。那是四月里的一个傍晚，当时牧师正和三个姑娘坐在灯下，此时，他冲了进来，大声嚷嚷道：

"德容先生，我想到啦——我想到一个办法了！用这方法的话，保准不出两周，债务就能还清啦！我们在马里泊萨举办一场旋风募捐运动吧！"

别急！从绝望的谷底一下子升到希望的巅峰，这样的变化来得实在是太突然了！我必须得停下笔来，在另外一个章节里将马里泊萨的旋风募捐运动向您娓娓道来。

马里泊萨的旋风募捐运动

旋风募捐计划是由银行家穆林斯先生提出的，他还向马里泊萨人详细地解释了应该如何实施这个计划。那座大城市里的人们为了给一所大学筹钱而实施旋风募捐运动的时候，他恰好亲眼目睹了那一切。

他说，他永远也不会忘记那场运动的最后一天。当人们宣布募集到的资金已经超过了所需要的总额时，现场的民众顿时沸腾了起来，城中的商界人士也都欢呼了起来，他们大笑着握手拥抱；而教授们则激动地潸然泪下，纷纷解囊的院长们也大声地抽泣着。

他说，那是他有生以来见过的最感人的场景。

正如我之前提到的，目睹了整个过程的亨利·穆林斯先生开始向马里泊萨人解释起募捐的具体操作过程。他说，首先一小撮商人悄悄地聚在一起——静悄悄地，越不动声色越好——将所有可能遇到的问题都探讨一番。或许，讨论的话题是其中某一个得请客吃饭——也要静悄悄地——顺道儿再讨论点儿目前的情形。然后这两位又要邀请第三位——或许是第四位——一道儿吃饭，为此，他们又交谈上一番——部分时间还得聊点儿其他事情。你看，他们就是用这样的方式探讨各种问题的，这样一来，人们就可以从不同的角度、以不同的观点相互切磋啦。等到万事俱备只欠东风的时候，人们便迅速行动起来，成立了一个中央委员会以及若干个小支部委员会。每个支部委员里都有相应的主任、记录员以及秘书，到了预定的日子，旋风募捐运动便开展了起来。

大家都同意每天在事先约定好的地点碰头，共进午餐——比如说，在饭馆啦，在俱乐部啦，或者在其他的什么地方吃饭都行。这个措施可以让大家的热情得到保持，甚至高涨起来，直到最后主席宣布这场运动大获成功的时候，穆林斯之前所描述的场景便最终得以展现。

这就是他们准备在马里泊萨实施的计划。

关于旋风运动本身，我不想做过多评论。我并非意指这是一场失败的运动，恰恰相反，在我看来，这场运动本身具备了很多不可超越的优点。然而，不晓得怎么回事，它收到的效果却似乎并不像穆林斯先生描述地那么显著。可能是马里泊萨跟其他大城市的不同之处导致其效果没能得到迅速彰显吧，或许，他们若是采用其他方式可能会更加适合。

然而他们却严格地按照之前的计划办事了，首先是让几位商界人士背地里悄悄聚首。

比如说，首先是由亨利·穆林斯先生带着一瓶黑麦威士忌悄悄来到商业银行楼上，在达夫先生的办公室里，两人热切地探讨了一番。第二天的晚上，乔治·达夫又带上一瓶苏格兰威士忌，偷偷来到外汇银行楼上，两人又在穆林斯先生的办公室里谈论了一番。几天后的一个晚上，穆林斯和达夫又一道儿悄没声息地来到五金店楼上皮特·格拉威尔的办公室，手上说不定还拎着两瓶黑麦威士忌。再后来，他们三个人又跟摄影师艾德·摩尔一起以打扑克为借口，一道儿前去了大法官裴泼利家。第二天，穆林斯、达夫、艾德·摩尔、皮特·格拉威尔以及法官裴泼利又带上了马具制造商威尔·哈里森，以钓鱼为借口，一同去了湖边。第三天晚上，达夫、穆林斯、艾德·摩尔、皮特·格拉威尔、裴泼利以及威尔·哈里森又让邮政局局长阿尔夫·特里劳尼在下了夜班之后故作平常地前往马里泊萨酒馆。第四天，穆林斯、达夫和——

可是，好啦！你很快就会明白事情的进展情况了：无需详细了解旋风募捐运动各个阶段的进展情况，你便可以领略到该组织的强大威力了。

值得一提的是，这段时间里，他们一直都在坚持不懈地从不同角度探讨着跟募捐运动有关的问题——老实说，处理紧要问题时，他们跟大城市里那些声名显赫的大人物们根本没什么两样。

运动的安排已经逐渐步上正轨了。一天晚上，达夫直截了当地问穆林斯是否愿意担任中央委员会主席。他问得很突然，穆林斯有点儿猝不及防，根本没来得及拒绝。于是，穆林斯旋即直截了当地请达夫担任财务委员这一职，也不给达夫留回绝的时间。

这件事便成了一个开端，此后不出一个星期，整个机构都建立了起来：一个中央委员会，下属分为六个小组（抑或支部委员会），每个小组里各有一个主任外加二十个组员。就这样，他们将一切相关事务都处理地井井有条，看来效果还相当好。

其中有一个小组，其成员都是银行家。穆林斯、达夫、帕普金（胸前戴着浮雕饰品）以及另外四个人一起在艾德·摩尔的照相馆里拍了张照片：一字排开，背景是一座冰山（冬景）。跟你们说吧，这帮人一看就是精明透顶。毕竟你们也懂的，若是涉及到金融交易方面的问题，只要跟这帮人聚在一起探讨一下，你必定会受益匪浅。

第二个小组的组员都是律师，诸如倪文思、马卡尼等等——可以说，这帮人跟你在其他地方见到的律师相比，水平不相上下。办理这类运动事宜时，只要将镇子上的这帮人都邀请过来，你就会惊异地发现，自己似乎一下子拥有了一个实力雄厚的智囊团。而且，若是没有他们的帮助，你可能会啥事都办不成。

还有一个组的组员都来自工商界——都是一帮脚踏实地干活儿的人——诸如马具制造商哈里森、五金店的格拉威尔之类。或许这帮人都不大能说会道，可做起事来一丝不苟。比方说，他们能迅速告诉你一块钱能折合成多少分钱。没关系，你尽可以谈论各种问题，诸如教育之类，但是，你若是需要提高办事能力和效率的话，你还得去请工商业者。在大都市里，他们已经对此司空见惯，当然了，在马里泊萨也别无二致。可不是嘛，你看看，繁华的大都市给他们带来的困扰便是：如果发现求职者很有学问，那么人们便绝不会雇为己用，一分钟都不会让他们多留，因此，工商界者便不得不竭尽全力隐瞒自己的学问。

当然还有一些其他组，有些组员都是医生，有些都是报社的，有些都是专业人士，如法官裴泼利以及拍卖商约德尔。

此外，每个组都设有各自的总部，镇上的三家旅馆里各入驻了两座总部——一般都是楼上一座，楼下一座。总部每天都要在史密斯咖啡馆里安排一场丰盛的午餐会——你应该还记得，就在史密斯经营的北方健康疗养胜地和韦萨诺提湖钓鱼者之家的拐角处。午餐会一般会分成很多桌，每桌都有一个桌长专门负责照看饮料。当然了，桌子和桌子之间也会开展比赛。老实说，这项比赛就是对整个运动起推动作用的灵魂所在了。

一旦相关工作组织安排好了，整个机构就运转地顺利得不得了，让人不禁感到惊喜。就拿第一次举办的午餐会来说吧，当天就没一个人缺席！人们都根据事先安排好的座位入席，而每一张桌子的桌长都会坐在餐桌的上席。或许对于某些人来说，来这里还得费点儿神——有可能，他们必须在店铺、银行或者办公室里工作到最后一分钟才能脱身，随后就火急火燎地冲到这里出席午餐会。不得不说，这一定是你有生以来看到过的最有默契、最团结的合作了。

我敢说，你肯定已经注意到了，不少桌长和委员们并非英国圣公会教徒。比如，格拉威尔原本是长老会教徒，但是自打长老会牧师住宅的木栅栏向他们家地产挪近两英尺之后，他便成了一名信仰自由的人了。不过，尽管马里泊萨人都热衷于参加各种活动，但旋风募捐运动却着实新鲜。况且，若是仅仅因为宗教信仰问题便把人拒之门外，且不让其进来参与午餐会的话，那根本就是天理难容了。我相信，诸如这般的宗教偏执行为也只是过去时了。

当然了，亨利·穆林斯在上席朗读祝贺的电报、信件的时候，便是整个午餐会上最令人兴奋的时刻。首先，亨利·穆林斯朗读的是一封来自英国圣公会总会主教大人的祝贺电报，电报中亲切地将穆林斯称为“亲爱的福泽深厚的教友”。但是，马里泊萨的电报局向来不让人省心，他们竟然写成了“亲爱的涂满油脂的教友”①，不过，这样也可以接受了。主教还说，他诚挚地希望大家能够永远团结在一起。

随后，穆林斯还读了马里泊萨镇镇长的贺信——那一年，皮特·格拉威尔是当地的镇长。他在信中说，他衷心希望能够同大家永远在一起。这一封读完之后便是搬运公司寄来的贺信，信中表达了他们真诚美好的祝愿。还有一封信来自肉类加工厂，信中表达了希望大家能够永远团结一心愿望。再后来，他又读了他自己写的一封信——你们懂的，这封信当然是以外汇银行经理的名义而写——信中主要是告诉他，他已经听说了他们的计划，并保证一定会对他提出的建议给予相当的关注。

每读完一封贺信和贺电，现场都会爆发出一阵雷鸣般的掌声，让你几乎听不见自己的声音，更不用说向别人下什么指令了。然而，最引人瞩目的是，此时的穆林斯站了起来，敲了敲桌面，请众人肃静，然后又发表了一通清晰简明的讲话——他的腔调是典型的工商界腔调，学术界的人是怎么也模仿不来的。

① 电报局将 in grace（福泽深厚）错误地写成了 in grease（涂满油脂）。

真心希望自己能够从头到尾一字不漏地复述一遍。我记得开头是这样的:“现在，小伙子们，你们都明白我们来这儿干嘛来着，各位先生们。”而且，从头到尾都是这样的讲话腔调。

讲完之后，穆林斯就拿起一支钢笔，开了一张一百块钱的支票，不过条件是，只有募集到五万块钱之后才能兑现。大厅里顿时响起了一阵热烈的掌声。

他一结束，乔治·达夫便从座位上弹了起来——你们知道的，做生意不都这么针锋相对么？你看，马里泊萨的这两家银行之间竞争可激烈得很呢。我刚刚说到乔治·达夫立刻弹了起来，他也开了一张一百块钱的支票，前提是募集到七万块钱才能兑现。你可能一辈子都不会听到那么兴奋激动的欢呼喝彩声了。

接着，当奈特利走到上席，把一张一百块钱的捐款支票——前提是募集到十万块钱之后才能兑现——搁在桌子上的时候，大厅里出现了一阵骚动。十万块钱啊！好好儿想想吧！这笔数目着实让我震惊。想想看，在马里泊萨这么一个小小的城镇里，五分钟之内居然能募集到十万块钱！

然而，这也算不了什么啦！刚刚宣布完，就立刻冲出一帮人将穆林斯先生团团围住，试图争夺他手上的那只钢笔，结果搞得他那件背心上都蘸上了不少墨汁。最后，现场终于恢复了秩序，穆林斯先生站起来宣布，兑现捐款的前提条件已经提价提到了二十五万元了！整个现场都被激动的欢呼声湮没了。噢！这场旋风募捐运动真是不可思议啊！

我可以直言不讳地告诉你，第一天，整个委员会都颇感骄傲。亨利·穆林斯看起来红光满面，颇为兴奋。他胸前插着一朵美国丽人玫瑰，身着白色背心，上面还残留着签收支票时蘸上去的墨迹。他一刻不停地告诉别人，他早就预料到，教堂真正需要的就是搞上一场这样的运动。此外，他还不断地向别人描述他在那场大学募捐运动中的所见所闻，并特意强调那些教授都哭了的事情。他还迫切想要知道，那些中学教师们会不会在最后一天聚会的时候出席。

回顾此次马里泊萨的旋风募捐运动，我从未认为这是一次失败的经历。毕竟，人们都会在肩并肩工作干活儿的时候，建立起真挚的友谊，甚至升华为手足之情。你若是在那天傍晚时恰好碰见委员会的劝募者们勾肩搭背地在镇子上晃悠——从马里泊萨酒馆转到大陆饭店，再晃到穆林斯先生的办公室，最后又去了达夫的办公室——你必然会感同身受。

我并非意指每次午餐会都像第一次那么大获成功。如果你是个大忙人，你就会明白，想要时常从店铺里逃班出来并非易事。很多旋风募捐运动的成员们发现，他们似乎只来得及赶出来，匆匆吃两口饭，然后又得急急忙忙赶回去了。不过，他们还是坚持每次都要出席，并且随意吃上两口——只要还会举办午餐会，他们就保证绝不缺席，即使他们只能匆匆忙忙地赶过来，除了来得及抓点儿吃的喝的塞饱肚子以外，连找个人说点儿话的机会都没有，他们也绝不愿意缺席一次！

哦，不不不，旋风募捐运动的最终失败绝非缺乏热情所致，肯定是其他的什么原因造成的。虽然我也搞不清那到底是怎么一回事，不过，据我猜想，应该或多或少是跟金融、财务方面的问题有关吧。

或许，这也是因为组织工作的计划并非那么完美周详吧。你们瞧瞧，要是镇上的人几乎都是委员会成员的话，那么想要找到募捐者就太困难了。况且，主任们和小组成员之间也不允许相互劝诱对方捐款，因为按照规定，捐赠必须出于自愿。因此，各个委员的成员们唯一能做的事情呢，就是在有可能的地方默默守候——比方说，史密斯旅馆的酒吧里——寄希望于某个自愿的募捐者主动找上门来。

或许你会问，为什么不让史密斯先生本人捐款呢？其实这还用说吗，他在一开始的时候就已经这么做过啦，只是我之前忘记交待了。史密斯先生捐了两百块钱的现金，条件就是午餐会得在他开的那家咖啡馆里举办。不过，在那儿办午餐会，要想让每个成员吃得上一顿还说得过去的午餐，每人至少得摊上个一块两毛五——我指的当然是主教会由于缺席而表示遗憾的那种午餐。这样一来，史密斯先生捐出去的那笔钱就又迅速捞回来啦。这帮人就这样开始逐渐蚕食募捐的款项，机构的处境也愈渐纷繁复杂了：为了打破收支平衡的困境，到底是继续举办午餐会呢，还是干脆放弃这场运动算了呢？

可不是嘛，真是让人感到失望！尽管成果斐然，还博得了不少支持，但是依旧让人感觉失望。我并不想完全否定这场运动的益处，毕竟毋庸置疑的是，不少人都在这项运动中都对彼此加深了了解。我就亲耳听见裴泼利大法官曾经说过，这场运动之后，我完全了解皮特·格拉威尔想要的是什么了。诸如此类因本次运动而获得满足感的例子多到可以信手拈来。而旋风募捐运动失败的真正原因在于：人们从头到尾都没有真正搞清楚哪些人该向别人募集资金，而哪些人又该慷慨解囊。

我相信，其中必定有人对本次运动极其上心，就我所知，亨利·穆林斯便是其中之一。相信你也看得出来了吧。第一天参加午餐会的时候，他便身着白色背心，胸插美国丽人玫瑰，盛装出席。第二天，他身着灰色背心，胸口佩戴了一朵粉色康乃馨。第三天则身着开着前襟的羊毛针织衫，胸前佩戴了一朵快要枯萎的黄色水仙花。最后一天——按理来说，中学老师们应该会出席最后一次午餐会的——他只穿了一套普通的工作套装，还胡子拉碴的，看上去十分憔悴。

那天晚上，他去了牧师家，并将消息带给了德容牧师。你们应该知道的，为了制造出人意料的效果，他们事先安排好不让牧师参与前面的任何一次午餐会。也正因为如此，牧师了解到的情况进展也仅限于一些零星片段，诸如午餐会上人潮涌动、人们激动不已之类。我相信，有一次，他确实已经瞥见了《马里泊萨新闻报》上的大标题：二十五万块！但是他还是努力克制住了他想要读下去的欲望，以防破坏了之后可能涌现的惊喜感。

正如我刚刚所言，穆林斯沿着大街前往德容牧师家。时值四月中旬，街道两旁堆满了残雪，夜晚依旧漆黑、寒冷。我看到穆林斯一边走着，牙齿一边打着寒战。我知道，他的口袋里正揣着自己捐赠的那张支票呢，不过兑现的条件已经取消啦。他说，马里泊萨的小人太多，早知道，还不如呆在城里的办公室呢。

牧师在漆黑的夜色里走出大门——你可以看见从他身后敞开的门里透出的灯光——他和穆林斯握了握手，便一同走了进去。

小山上的烽火

事后，穆林斯先生说，事情的进展远比他预先想象地要顺利得多。他说，牧师从头到尾都是那么心平气和。当然了，如果德容先生咒骂起穆林斯，抑或对他饱以老拳的话，那恐怕事态处理起来就比较困难啦。然而，他一直都那么心平气和，甚至有段时间里似乎没大听懂穆林斯在说些什么。所以穆林斯对此感到十分欣慰，因为这就证明牧师并没有感到失望——而从某种程度上来说，他完全有理由对此感到失望。

实际上，在整个交谈过程中，牧师似乎只是在穆林斯说到这个运动被一帮子该死的家伙们彻底毁掉的时候，才略微感到点振奋和激动。牧师直截了当地问道，那这帮家伙们到底有没有给整个运动的结果造成一些破坏性的影响？穆林斯说，毋庸置疑肯定有。牧师又询问是否只要有那帮老家伙们在，那么人们辛勤的劳动成果就肯定会被葬送？穆林斯回答说，确实是这样。于是，牧师又问，以基督之名，是否即使一个家伙也会给这次运动造成损害？穆林斯说，一个家伙就能毁掉全部心血。于是，牧师再也没问什么了。

随后，牧师便对穆林斯说，穆林斯已经在这儿耗太多时间了，自己实在不该再耽误他太多时间了；而且，穆林斯乘火车过来肯定已经觉得有点疲乏了，而解除疲惫之感的最佳方法莫过于好好儿睡上一觉了；可深表遗憾的是，他自己暂时还无法安睡，因为他必须回书房写几封信去了。当然了，对于穆林斯这种社交老手来说，他显然很清楚，这是该告辞离开的时候了。

他沿着街道步行回家时已深更半夜，街道十分安静，且周遭一片漆黑。关于这一点，大家完全不用质疑，因为这些在后来的法庭上都有提到。穆林斯发誓说，那天半夜一片漆黑。在法庭的询问流程中，他还承认道，那天晚上大概还有些星星吧——或者，至少是些不那么重要的星星。在进一步的审问流程中，他还供认不讳，自己并未试图想要数清那些星星，此外，那天好像还有些灯光，而穆林斯则不大愿意否认那些灯光也有可能是月光。不过，穆林斯十分有把握的是，那个夜晚却并没有出现像阳光那么强烈的光。可以说，以上的所有内容都在法庭上搞得一清二楚了，就连细节也没漏过。

但是，此时此刻，牧师已经上楼走进自己的书房，趴在桌子前起草信件去了。他向来都是在这里撰写他的布道稿的。从窗子向外望去，透过因掉光了叶子而显得花白的枫树林，你可以在朦胧的夜色下看见教堂弯曲绵延的轮廓，以及教堂后面（尽管离得很远）那座牧师礼拜天时散步的新墓地（我想，我之前已经提过散步的缘由了）。越过新墓地——由于窗子面朝东部——你可以看见，在不远的前方坐落着的便是新的耶路撒冷。对于一个从书房的窗户朝外看去的人来说，这些都是再好不过的景致了，而且，除此以外，还有什么会比这些更能激发写作的灵感呢?

然而在这个晚上，牧师的这封信想必是难以下笔了：他坐在桌子旁边，一手握着钢笔，一手托着脑袋；虽然偶尔动笔在纸上写上两三行字，但实际上，大多数时间里，他都是静静地呆坐在那里。老实说，德容牧师并没打算写上好几封信，他只准备写一封而已——他正在起草辞职书。确实如此，你若是四十年里都没写过一封辞职信，那么想要找到适当的措辞确实是件相当困难的事情。

不过，无论如何，牧师还是找到了适当的措辞啦。他先是写了一段话，然后坐在那儿思索了一番，又动笔写了点儿其他的内容。可是，这些看起来似乎都不那么适合。

实际上，德容牧师比他自己料想的要更加善于推敲词汇并找到最佳措辞。当你感觉到你的处境已经完全失控时，只要你确实具备这样的天赋，那你就会自然而然地找到最匹配的表达方式了。

我相信，五十年前获得希腊文奖章之后，罗伯特·德容却未能成为一名伟大作家的唯一原因便是命运的坎坷。就像杰弗森·索尔普[1]是个被埋没的金融家一样，德容是个被埋没的不为人知的杰出作家。说句老实话，马里泊萨有太多这样怀才不遇的人了，而且就我推测，你身边应该也有不少这样被埋没了的金子吧。举例来说吧，我敢肯定，马里泊萨电报局的业务员比利·劳森完全有能力轻而易举地就发明出镭。同样地，只消读

---

① 杰弗森·索尔普：见本书的《杰弗森·索尔普的投机买卖》一文。

读殡仪承办人金汉姆先生的广告，你就会知道，其实他骨子里就是个诗人：在探讨死亡的话题上，他写得比卡伦·布赖恩特[①]的诗作《死亡观》更加引人入胜；此外，他还能给作品起个不那么容易触犯当地风俗而引起众怒的标题。这些都是他自己亲口说的。

于是，牧师就尝试着先这么写，然后又那么写，但是，好像怎么写都不大适合。刚开始的时候，他这么写道：

> “自我成为你们中的一员至今，已有四十余载。当年刚来的时候，我还只是个一名不文、精神颓废、不懂生活、对未来缺乏理想的少年。那时候的我，人生还未真正开始便遭遇了太多的挫折，于是一心只求余生与教区共度……”

写到这里，牧师又停了下来，读了一遍刚刚所写的内容，皱了皱眉头，用钢笔在纸上打了个大大的叉。这样写完全不行，这么写只不过是在自我吹嘘的同时，发表点儿粗浅鄙陋的牢骚而已。于是，他又重新开了头：

> “自从我来到你们中间成为其中一员至今，已有四十余载。初来之时，我已是个历经过多重磨难和考验的男子汉了，当然了，大概除了数学这门功课以外……”

---

① 卡伦·布莱恩特（Cullen Bryant，1794—1878）：美国诗人和新闻记者。美国最早期的自然主义诗人之一。作为美国首位重要的自然派诗人，他经常被称为“美国的沃兹沃斯”。《死亡观》（Thanatopsis）是其最重要的作品。

写到这里，牧师又一次搁下笔来，休息了一会儿，开了会儿小差，还回忆了一会儿那位我之前已经提过的英国圣公会的教授——那位教授从来都没有履行过自己背负的崇高使命，他甚至连这个意识都没有。牧师思索了好一会儿，重新开始动笔的时候，他觉得，除非彻底抛弃个人不满，否则完全无法下笔。

“先生们，在教区的整个发展过程中，往往我们会碰上某些时刻，这些时刻会将一切带到一个关键点……”

牧师又卡住了，但是这一次，牧师立刻振作起来继续书写，他再也不想前功尽弃了：

“……带到一个关键点上，而正是在这个关键时刻里，周围的一切似又汇成了一个阶段，在这个阶段里，一切聚焦在当时教区的发展过程上。”

于是，牧师发现他确实失败了，他明白，自己不但没有将教区事务处理好，现在连英文都说不好了。而相比来看，后者似乎让他更加苦恼。

他抬起了头，透过窗子看向那夜色下教堂所投射出来的阴影，它的轮廓是那么地清晰，让人不得不幻想教堂背后是不是沐浴着一道新耶路撒冷的光辉。接着，他又动笔了，不过这次不是写给大千世界的，而是写给穆林斯一个人的：

“我亲爱的亨利，我想辞职了，你愿意光临寒舍，助我一臂之力么？”

牧师终于写完信站起来了，我想，此刻大概已经入夜已深了。他一边起身，一边又朝窗外张了张，望了一遍又一遍，然后便睁大了眼睛站在那儿，面朝着他眼前看到的什么东西发愣。

那是什么？天边有道光亮，在东方？——或近或远，他也说不清。难道新耶路撒冷的黎明真的已经照亮了东方吗？或者是——看——就在教堂里——那是什么？——在一扇扇彩色玻璃后面不停闪烁，并将玻璃照成暗红色的那片光亮是什么？火焰沿着木头向上蹿，还分别朝不同方向扩散开去，并从落地窗里喷涌而出——看啊——忽然一阵火焰喷射了起来，气焰将门窗都冲上了天，紧接着，随着大火的蔓延，漆黑的夜、光秃秃的树木以及沉睡的马里泊萨大街都被映得通红。

着火啦！着火啦！铃声忽然响了起来，划破了静谧的夜。

牧师就这样直愣愣地杵在那里，一只手按在桌面上以支撑身体。这时候，马里泊萨拉起了火警铃声，唤起了熟睡中的镇子。他依旧站在那里，街道渐渐人声鼎沸，陷入一片混乱当中——不间歇地高声鸣笛的消防车，刺耳的破铜锣声——但是，将所有声音湮没的巨响则来自不停翻滚蔓延的火焰：一路横冲直撞过来，卡啦卡啦地迅速吞噬着教堂尖顶上的横梁，仿佛一把火炬熊熊燃烧在午夜的天空里。

牧师依旧站在那里，当教堂渐渐化身为小山上点燃的烽火时，忽然间，毫无预兆地，他面朝桌子栽倒了下去——他受惊了。

马里泊萨这个镇子一半以上的设施都是木制的，你很有必要去看看马里泊萨的那一场大火，看完你就知道那场火意味着什么了。如果城里出了一场火灾，情况则会大为不同。对于旁观者来说，火灾说到底除了是个比较壮观的场面以外，别无其他，毕竟所有的救灾事务都已安排妥当，救灾人员也已井然有序了。对大城市而言，这样的火灾大概是百年不遇的，但是对于马里泊萨这样以木制结构为主的小城镇来说，那一晚简直就是个噩梦。

总而言之，对于马里泊萨来说，那个四月里的夜晚，抑或英国圣公会教堂遭遇火灾的夜晚，便是这样的噩梦。如果那晚的火焰再蔓延个一百英尺（可能连一百英尺都不到）的话，那它就有可能从教堂后边的车棚一直烧到大街上那些木制结构的店铺后屋。而一旦连那里都着了火的话，那么即使将韦萨诺提湖的湖水全部用于熄火，可能也阻挡不了镇子被大火焚尽的命数。那天，全马里泊萨的人就是为了这不到一百英尺的距离奋斗着，从半夜被警铃叫醒开始，一直忙碌到黎明渐渐降临。

与大火顽强地搏斗并非仅为教堂本身，实际上，在火焰蹿起的那一瞬间，教堂就已经在劫难逃了。他们极力阻止火势蔓延，说到底是为了整个镇子不被烧毁。人们在自家的窗前、在燃烧着的门口与烈火搏斗，还不时地来回奔波于敞开着的、火炉一般的钟楼。与大火搏斗的过程中，马里泊萨的消防车穿行在大街上，哐当哐当地响着，似乎不停地喘着粗气。行驶在火光照亮的街道上，车也被映得通体泛红，仿佛在与魔鬼斗争着。

高高的云梯一直搭到了教堂顶部，喷涌而出的水龙不停地泛着泡沫，湮没在火海里。

最要紧的是，教堂后边的那座木制的车棚是火焰通往马里泊萨镇中心的重要通道，因此，人们都赶到了那里，为了镇子的生死存亡，拼死搏斗。于是，一场真正意义上的殊死搏斗便在这里上演了。真希望你也能亲眼看见他们是如何将火舌引向木制的棚顶，然后利用水流的冲击力将屋顶上的木板一块一块地掀开剥离；看看他们之后又如何手握斧头，爬上屋顶，失去理智般的砍掉梁条，好让车棚坍塌下来。此时此刻，周围到处都弥漫着乌黑呛鼻的滚滚浓烟。你可以看见，人们还将运送木材时用到的铁链一头套在马背上，一头系在了车棚的木柱上，从而借助马的拉力拉动木柱，让车棚彻底坍塌下来。

最重要的是，我真希望你能亲眼瞅瞅史密斯先生——我想你应该晓得他就是史密斯旅馆的老板——他的头上戴着一顶消防队员们戴的那种头盔，站在屋顶上，试图将那根十二英寸见方的杉树屋梁劈断。可是，尽管屋顶的圆木都已经支离破碎，但是主梁木依旧坚挺地矗立在那里。此时，车棚里已经有几十处都着了火，四处飞溅的火花以及让人窒息的滚滚浓烟逼得其他过来帮忙灭火的人不得不离开，可是，史密斯先生却誓死也不肯退缩！你看，他岿然不动地站在主梁的一个角上，一边使尽全力，一边将全身二百八十磅的体重所带来的压力全部注入手中的斧头，硬生生地砍进了木头！告诉你，这种斧头也只有北方针叶林区过来的汉子才使得起来！右，左，左，右，每一下都实实在在地砍在了目标上，从未失误。他不停地砍着，一刻都不停歇，直到人群中有人惊呼“大梁裂开了”的时候，史密斯先生才重新回到地面，用足以控制住那场大火本身的嗓音指挥着人和马一起将车棚推到。

那天晚上到底是谁让史密斯先生挑起马里泊萨消防队主力大任的，我也说不清楚。我连他头上戴的那顶巨大的红色钢盔是从哪儿搞来的都不知道，更何况教堂失火的那晚之前，我压根儿就没听说过史密斯先生原来是一名消防队员。不过事实向来如此。像你们这些窄胸窄肺的小可怜们满可以事前做点儿计划、安排什么的，但是一旦出现什么临时性的、非办不可、实实在在的事情时，那还不是得由这些人高马大的男子汉们打头阵解决问题嘛。看看俾斯麦、格莱斯顿以及塔夫特总统，再看看我们的史密斯先生，他们的行为是何等地相似啊！

在我看来，史密斯先生一来现场便戴上了别人的头盔，像俾斯麦对待德国国会一般大声呵斥并指挥着消防队员们，这是再理所当然不过的情形了。

那场火来得很迟，届时已经入夜很深了。火焰将整个镇子以及光秃秃的灰白色枫叶林都照亮了，借着这点光亮，你还可以看见，远处那冰封着的湖面上依旧覆盖着厚厚的冰雪。燃烧着的教堂仿佛烽火一般醒目耀眼，就连远在二十英里以外湖的另外一侧，坐在从北方行驶过来的特快列车上的乘客都能看得一清二楚。如烽火一般燃烧着的教堂仿佛火红色的圣灵明证，这在马里泊萨是前所未闻的景象——以后大概也不会有了。当教堂屋顶轰隆一声坍塌下来、矗立着的尖塔也摇摇晃晃地倒下来的时候，黑暗仿佛瞬间笼罩了大地，灰白的枫树和冰冻着的湖面也仿佛一下子在天地之间消失得无影无踪。

清晨来临的时候，大火之后的马里泊萨大教堂便只剩下了一些残垣断壁：湿漉漉的砖块和焦黑的残木杂乱无章地躺在地上，在软水管的浇灌下还不时地发出有点儿愠怒似的“嘶嘶”声。

第二天早晨，马里泊萨人都在火灾后的废墟上晃荡着，他们还找到了尖塔的残骸，以及夹杂在砖块当中的教堂的钟——不过，找到的时候，它们已经被大火熔成一摊烂铁了。不断有人询问此次火灾带来多少损失，重建需要花费多少钱，教堂到底有没有上过保险，以及若是上了保险的话，那赔偿金是多少等等问题。此外，就统计结果来看，大概不下十四个人声称自己是第一个发现火光的，自称第一个敲响火警警铃的人似乎更多，而十分清楚该如何预防这类火灾的人数更是数都数不过来。

其中，最引人注意的莫过于聚在一起谈论这场火灾的教区委员、副委员以及委员会主席穆林斯先生了。那天晚些时候，保险公司的人和火灾鉴定的人都从城里赶了过来。他们围着火灾现场绕了几圈，又跟保安及教区委员交谈了一会儿。那一天，镇子上的人都极其兴奋，好像是集体过了个什么公众休假日似的。

不过，最让人匪夷所思的是最终的结果，而且这个结果简直是出乎所有人的意料。我不知道事情最终变成这样，到底源于牧师计算过程失误，还是其数学知识有所欠缺。不过，毋庸置疑的是，已故的数学教授必然是最该受到严厉责备的那个人。但是，确凿的事实却是：马里泊萨的英国圣公会教堂确实已经投了十万块钱的保险费，而且保险费收据、保险证上都已经签好了字，且不论从哪个方面来讲，这份保险都是有效的。这是人们从牧师书房中的一个抽屉里翻出来的，绝对真实可信。或许，保险公司的人原本还企图提出一番抗议，但是不管怎样，既然证据确凿无误，他们再想抵赖也无济于事。其具体内容便是：教堂所保险的金额大约包含了全部建筑的费用、债务、牧师的薪水以及德容家小闺女寄宿等费用。

看来，这才是一场真正的旋风募捐运动啊！说到募捐——其实就该像这样办起来！我一直在想，那些大学和城市慈善机构的人们为了筹集资金而举办旋风募捐运动、四处奔波，或许花上一整天才集资到五万元，既辛苦又没效率，不知道他们是否想过，其实事情本可以办得如此简单，而且还完成得如此漂亮。

圣灵明证——原本还是压在教徒们肩上的沉重的负担，然而它的燃尽摧毁不仅将其所负的债务及负担一并化为灰烬，还使得其膜拜者发了一大笔财。每当人们谈起小山上的烽火，这件事便是必不可少的谈资。

真希望你们也能亲眼见证教区委员、副委员以及教区委员会主席穆林斯的嘴脸——见证他们是怎样一想到这件事就忍不住面露喜色却轻咳两下以作掩饰的。他们不是一直都说，他们所需要的只是心存一点儿信仰吗？诚如他们所说，如今的结果果然如他们所愿啦！这样看来，他们的坚持是对的！

保险公司会提出抗议吗？他们会通过法律程序抗拒赔偿吗？亲爱的先生！我看啊，尽管我之前已经提到过马里泊萨法庭采用的是最公正的英式司法，但你似乎对马里泊萨法庭的具体情况依旧一窍不通。喏，本次案件是由大法官裴泼利审理的，从头到尾不到一分钟，公司的控告便被驳回了！虽然，关于裴泼利法官的法庭裁决权到底怎样这个问题，我实在是说不上来什么，但是，我却可以毫不犹豫地告诉你，在维护基督教徒权利——此处，我援引的是判决书原文——抵制无耻恶棍耍花招捞金方面，马里泊萨法庭确实是难以匹敌的。裴泼利甚至还威胁原告，说再这样下去就要判他们几年牢，或者其他什么更加糟糕的刑罚。

至于这场火灾是由什么引起的，至今无人知晓。曾经有一个说法甚为流行：那天深夜里，有人在大街上瞧见史密斯先生和金汉姆先生的助手扛着一桶汽车上使用的那种煤油并排走着。然而，法庭在审理诉讼的时候就否定了这个说法，而且当时史密斯先生本人还亲自出示了证据。他以死为誓——与他平常为营业执照之事打官司时所发的那种普通的誓截然不同，这次是一种以死为本的赌咒——那天晚上，他并没有扛着一罐煤油走在大街上，况且，那还是他生平见过的最劣质的一种煤油，就像一团糖浆似的根本用不起来。于是，这个说法就这么销声匿迹了。

那德容牧师呢？他又恢复健康了吗？咦，你怎么想起来问这个？你是想问，那次的撞击是否会对他的脑袋造成一定的影响？没，没有，完全没有，他的脑袋一丁点儿的负面影响都没有受到。不过，尽管如此，了解他的马里泊萨人依旧会认为，经历那次的打击之后，他或多或少都会受到点儿损害。如今，助理牧师乌特莫斯特（或许你已经在新的教堂里听过他的布道了）已经上任了，但是这跟德容牧师又有什么关系呢？他只不过是因为工作负荷太大才导致身体虚弱的。教区委员们一致认为，在当今这个各行各业都朝专业化方向发展的时代里，牧师的管辖内容过于宽泛。而他要是愿意放弃几个不那么重要的职务的话，他就能将更多的精力放在幼儿班上了。仅此而已。现在，无论哪天下午，只要你站在枫树下面仔细聆听，便能隔着新幼儿园敞开着的窗户，听到他正与孩子们交谈。

至于倾听、悟性及注意力——好吧，我若是想找一批能让我畅所欲言的听众的话，我便会找些愿意倾听并理解呼伦湖的广袤无垠的人。每一次面对的都是幼儿班上的那一双双蓝色的眼睛——这些娃娃们都是刚从广袤无垠的空间里来到人间的。其实，照着自己的喜好讲讲成人的话题就好了。相比而言，我更喜欢让幼儿班的孩子们做我的听众：他们穿着围兜，搂着玩具熊，坐在那儿连脚都够不着地。而乌特莫斯特先生则可以随心所欲地向众人布道，讲述高深费解的评论中所凸现出来的新的疑惑。

所以，你会明白，若是硬要说牧师们有什么变化的话，那就是牧师们的思维变得更加敏捷，脑袋也变地前所未有的清醒了。如果你需要什么证据的话，那么你必然不会忽略这样一个场景：他正坐在那片枝繁叶茂的李树下阅读希腊文的书籍呢。他曾向我透露，他发现如今的自己阅读起希腊文原著来简直是轻而易举，相比而言，先前读起来却非常艰难。你看，这肯定就是因为他现在的脑子变得比以往更清晰啦。

有时候——当他的脑瓜子十分清醒时——他坐在枝繁叶茂的李树下读书时，能够听见他们在遥远的地方唱着歌，偶尔还能听见他那亡妻的声音。

我的金融事业生涯

一走进银行，我就慌了神。银行职员们说得我头晕；一个个窗口看得我头晕；晃眼的钱闪得我头晕；好吧，银行里的一切都搅得我头晕。

自我跨入银行大门跟钱打交道的那一刻起，我就彻头彻尾成了个一问三不知的白痴。

虽然我在事前已经预料到这样的情况了，可我每月的薪水已经涨到五十块啦，而且我觉得，除了银行，也没有什么其他地方可以存钱了。

于是，我战战兢兢地挪了进去，胆怯地望望周围的银行职员。当时我的脑子里有个想法，开个人账户应该先向银行经理咨询一番。

我走到那个标注着“会计”的窗口处。那个会计个子挺高，不过看上去有点儿冷漠。一看到他，我就慌了神，声音也变得惨兮兮的了。

“我可以见见经理吗?”我问，随后又严肃地补充了一句，“单独见见。”我也不晓得自己当时哪根筋抽了居然说了句“单独见见”。

“当然可以。”会计说，随后便将经理引了过来。

经理是个庄重沉稳的人。我怀揣着的那五十六块钱已经被攥成了团儿。

“您就是经理吗?”我问。天哪，实际上我完全没有怀疑这一点。

“是的。”他说。

“我可以见见您吗?”我说，“单独地?”其实我压根儿没想再说一遍“单独”，不这么说，我的意图也一目了然。

经理看了看我，有点儿警觉起来，他一定认为我是有什么非同一般的秘密要透露给他。

“这边来吧。”他说，然后把我领进一个密室，还用钥匙上了锁。

“在这里谈话就不会有人来打扰啦，”他说，“请坐吧。”

我们一同坐了下来，看着对方。我窘迫得不知道说些什么才好。

“要我猜，你大概是平克顿[①]公司的吧。”他说。

就我神秘兮兮的行为，他断定我是个侦探。我晓得他在想什么，但是这却让我感觉更不舒坦了。

“我不是平克顿公司的。”我说，听上去好像我是来自平克顿竞争对手的公司似的。

“说实话吧，”我继续道，说得好像我是之前被迫扯了个谎似的，“我根本不是什么侦探，我就是来开账户的，我想把我所

① 平克顿（Pinkerton）：美国著名私家侦探公司。

有的财产都存入贵行。”

经理看上去松了一口气，不过表情依旧严肃。这会儿，他一定在思忖我到底是罗斯柴尔德男爵[1]的公子还是古尔德[2]家的少爷。

“我想，应该是很大一笔钱吧。”他说。

“反正不小，”我压低了声音，“我计划先存五十六块钱，以后每个月定期存入五十块。”

经理站了起来，打开门，然后叫来了会计。

“蒙特格蒙特利先生，”他故意大声嚷道，“这位先生要开一个户头，准备存进五十六块钱。再见！”

我也起了身。

密室的一头敞着一扇大铁门。

“再见！”我说着便走进了保险柜。

“出来！”经理冷冰冰地说道，然后指了指另外一条道。

我走到会计的窗口后，将那团攥成球的钱迅速地颤抖着向他那边一戳，仿佛在表演什么戏法似的。

我的脸苍白得可怕。

“给，”我说，“给我存起来。”我的语调好像在说，“咱赶紧趁着干劲儿还在，把这苦差完成了得了。”

他拿过钱，又交给了另外一个职员。

他先让我把存款的数额写在一张纸条上，接着又让我在一

---

① 罗斯柴尔德（Baron Rothschild）：罗斯柴尔德家族是欧洲最著名的银行世家。

② 古尔德（Gould）：美国铁路总经理。

个本子上签名。我已经不大记得具体做了些什么了，整个银行都好像都在我眼前晃悠。

“存好了吗?”我问，语调谦卑颤抖。

“存好啦!”会计说。

“那我想兑现一张支票。”

我的计划是先将其中的六块钱兑出来做现用。一个银行职员从窗口里递出一本支票簿，另外一个职员着手教我如何填写。大概来银行办事的人都觉得我是个身体孱弱的百万富翁吧。我在支票上面随意涂了几笔之后，便又将支票塞回给了那个职员。他扫视了一遍。

“什么，你要全部提出来吗?”他诧异地问道。这时候我才意识到，我一个激动，居然把“六”错写成了“五十六”啦。情况越变越离谱啦！而且，我感觉这事儿简直没法儿解释。所有的银行职员都停住了笔，抬头盯着我看。

太鲁莽啦，太窘迫啦，既然如此，我就豁出去啦。

“对，我要全部取出来!”

“你要把钱从账户里都提出来啦?”

“嗯，一分不留!”

“那你以后也不要存了吗?”那个职员有点儿震惊地问道。

“再也不存了。”

此时，一个傻不拉几的念头冒了出来：或许他们会认为，在我签支票的时候有什么事情触犯到了我，所以我才改变了主意。于是，我努力摆出一副易怒暴躁的样子。

银行职员备好了那笔钱。

“你准备怎么拿这笔钱?”他问。

“什么?”

“你准备怎么拿这钱?”

“哦……”估摸出他的意思之后，我想都没想就说，“五十块的。”

他给了我一张五十块的钞票。

“那六块钱呢?”他冷冷地问我。

“六块的吧。”我说。

他把钱递给我后，我就立刻飞奔了出来。

当银行的大门在我身后缓缓关闭的时候，我听到里面一阵哄堂大笑。自那以后，我没再踏入过银行半步，而且，我即使有钱也不存银行，宁愿将现金揣在裤兜里。如今，我省吃俭用存下的钱都装在一只袜子里。

怎样发财

我经常跟那些富翁们混在一起。我喜欢他们，喜欢他们的脸谱，喜欢他们的饮食，更喜欢他们的生活方式。越是跟他们相处，我就越喜欢他们的一切。

我尤其喜欢他们的穿着：灰色花格子长裤、白色花格子背心、沉甸甸的腕表以及大到甚至可以拿来做图章的戒指——他们就用那个签支票。哎呀，他们看起来真是棒极了！要是有幸能在俱乐部里看到几个这样的富人坐在一块儿的话，那简直就是一场视觉盛宴啊！而且，只要他们身上沾到一丁点儿灰尘，就会有人过来帮他们轻轻掸掉。其实，那些人也确实乐意为这些富翁们效劳。说实话吧，我就巴不得能过去帮他们掸掸呢！

我喜欢他们的饮食，但是我更敬佩他们的满腹经纶！真是太了不起啦！看看，他们简直是手不释卷啊！不管什么时候走进俱乐部，你总能撞见三四个富人在里面看书。瞧瞧瞧瞧，连那样的书他们都能看得懂！或许在你看来，一个人若是在办公室从早上十一点一直勤勤恳恳工作到下午三点（中间吃饭时间只花了一个半小时）的话，肯定会累得要死了吧，但是他们却一点儿都不觉得累！这些先生们下了班后，一有时间就立刻坐下来读读《随笔画报》啦，《景物公报》啦，《桃色新闻》啦之类的，更要命的是，他们理解起这些杂志里面的玩笑话来，一丁点儿也不比我们逊色。

我还喜欢在他们中间穿来穿去，这样就可以偷听到他们谈论的只言片语，好了解他们正在探讨些什么问题啦！有一天，我听到他们中有一个人向前探着身子，说道："好吧，我已经出到一百五十万啦，我告诉他了，我是不会再多加一分钱了，要不要随他——"我差点儿就忍不住要插嘴："啥！啥！一百五十万啊！噢！请再说一遍啊！对我说啊，要不要随我好啦。对我说试试看啊，我很了解我自己，准保给你一个明确的答复。要不就一百万也成，就这么说定了吧！"

不是这些富人们不在乎钱啊，别啊，千万别这么认为。他们确实对大额钞票——譬如一次性支出个十来万的——不大在乎，但是他们可计较小数目的支出呢！你根本想象不到，他们居然会为了一分半分争得面红耳赤！

喏，有天晚上，两个富人兴高采烈地进了俱乐部，还一边走一边说，小麦涨价啦，不到半小时就各赚了四分钱呢。为了庆祝这件事，他们点了整整一桌菜，花了十六块钱！我真是无法理解！我给报社写稿子拿的稿费都经常比这多上一倍钱，但我也从来没觉得这有什么值得好好儿庆贺一番的。

还有一天晚上，我听到一个富豪说："好，我们给纽约那边打个电话吧，告诉他们，咱们出价二厘五。"我的天哪！试想一下，就为了表示愿意出价二厘五，他们居然大半夜地给纽约近五百万人口打电话！可是——纽约有没有被这件事情搞得疯狂呢？没有！不仅没有，纽约还接受了！当然了，这是高等金融，我也不该硬称自己对此很在行了。事后，我也尝试着打电话给芝加哥，告知他们我愿意出一分五；随后，我又打电话给安大略省的汉密尔顿，表示我愿意提供五毛。结果呢，那边的接线员都觉得我非疯即癫。

当然了，这些只不过表明我确实对有钱人的行为做过深入研究罢了——我的确花了好几年的工夫研究他们呢。我想，这项研究对于那些刚入职场便渴望满载而归的年轻人来说，应该是大有裨益的吧。

你知道的，很多人直到晚年才意识到，要是年轻时就能明白他们年老时才领悟到的道理，那么，他们或许不会选择现在从事的职业，转而选择他们当初不愿干的工作。可是，又有几个小伙子会停下来认真思考一番呢？如果真这么做了，那他们的前途会不会和现在完全两样呢？这些想法真是令人震惊。

无论如何，我已经搜集到不少他们的成功秘诀啦！

有一件事，我很确定。若是一个年轻人想赚上一百万，那么，他就得格外注意他的饮食起居。这看起来似乎很难办到，不过，想要成功，不吃点儿苦头怎么行？

想要发大财的年轻人要是还心心念念七点半起床，早餐吃上几个煮鸡蛋，午餐喝杯凉开水，晚上十点睡觉的话，那就别梦想你会成功！我见过的富豪可多了去了，他们什么情况我能不清楚？你要是想成为富翁，早上不到十点，你千万别想起床。富翁们可从来不会在十点之前起床的，况且他们也不敢。此外，为了匹配自己的身份，晚上九点半，他们还得在街上游荡才行。

生活应当有节制的旧观点根本就是错误的。当富豪就得喝香槟，而且得一直喝，喝很多才成。除了香槟，还有就是苏格兰威士忌酒掺苏打水。你得通宵达旦地喝，喝上好多桶才行。只有这样才能让你的大脑在第二天还能保持清醒。我就见过有些阔人就这样喝了一整个晚上，第二天，他们的脑子可清醒了，而且脸还红得跟煮过了似的。

当然啦，要保持这样的生活方式，毅力是必须的。不过呢，毅力这种东西触手可及，简单得很啊。

所以啊，亲爱的小伙子们，你们要是想让自己在商界的地位更上一层楼的话，那么就开始改变自己的生活吧。要是房东太太给你端来火腿蛋卷儿作为早餐的话，你就把它从窗口扔出去，然后让她再给你带点儿冷芦笋和一品脱摩泽尔白葡萄酒就行啦。接着，你还得打电话给你的老板，告诉他你十一点去上班。这样一来，你保准升职，而且速度还很快！

那富豪们都是怎么赚钱的呢？这个问题可不简单。不过有条路是这样的：直奔某个城市打拼，不过身上只带五分钱。富豪们（家产几百上千万）都是这么起家的，他们一而再再而三地告诉我，他们第一次进城打拼的时候，口袋里只有五分钱。这些似乎就是他们的启动资金。当然了，这么打拼确实不简单。我尝试了好几次，有一次，我离成功就差那么一丁点儿了。我借了五分钱，怀揣着它离开了镇子，然而却迅速折返了回来——要不是镇子外围的那家酒吧让我花掉了仅有的五分钱，现在的我可能富甲一方呢。

另外一个方法就是创办点儿什么——规模要大，而且还是别人没想过的点子。举个例子，一个朋友跟我说，他曾经一分钱没带就去了墨西哥（身上的五分钱在美洲中部丢掉啦），他发现那里没有发电厂，于是便创办了几家发电厂，赚了一大笔钱。另一个朋友曾经被困在了纽约，就在身上连个钢镚儿都没的时候，他灵光一闪，发现纽约需要的是一座比当时高楼大厦高出十层的建筑，于是，他便盖了两栋高楼，然后又立刻易了手。太多太多的富豪们都是这么轻而易举地发家致富的。

当然了，还有比这些方法更加简单易行的路子，我都不大愿意告诉你们——因为我也想自己试试。

这是一个晚上我在酒吧偶然听来的。当时，俱乐部里有个极其富有的老头儿，脸算是富人堆里长相俊美的了，跟个土狼似的。我从没听说过他是怎么富起来的，所以一天晚上便向另外一个富人请教，布洛格斯这老头儿是怎样发家致富的。

“他是怎么发的财？”那人冷笑着回答说，“都是从孤儿寡妇身上搜刮来的。”

孤儿寡妇！哇，这个点子真棒，可是孤儿寡妇身上有什么值得搜刮的呢？

“那是怎么做到的呢？”我问道，小心翼翼地，特别注意自己的措辞，“他是直接扑过去抢劫的吗？”

“好吧，”那人回答道，“他就是把他们踩在脚跟下，就这么简单。”

看，这是不是很简单？自那以后，我经常回顾那番谈话，而且很想亲自尝试一下。要是我能抓到那些孤儿寡妇，我一定会立刻用脚碾踩他们。可是，我该怎么找到他们呢？我认识的那些寡妇们看起来都挺强壮魁梧的，似乎不大容易踩在脚下。至于孤儿嘛，我该上哪儿去找上一大群呢？我暂时还处于等待时机的过程中，只要我能搞到一帮子孤儿，我肯定会踩踩看的。

后来经过多方咨询，我发现牧师也可以踩踩看。他们都说牧师挺好踩的，可是，我还是觉得孤儿踩起来应该会更容易些吧。

萨鲁尼奥

人们都说，刚从大学里出来的年轻人往往会对自己所了解的东西信誓旦旦。不过，就我个人经历来看，有些养尊处优、上了点儿年纪的中年人，特别是那些二十多年没跟大学沾边儿，整天吃着山珍海味，腰围大概长到五十英寸，脸色红润得像烛光照耀下的蔓越莓似的中年人，他们要是自以为是起来，其固执己见的程度简直要让那些年轻小伙子们觉得脸红。就以我的朋友霍格斯海德[①]上校为例吧，他让我对此深有体会。霍格斯海德上校膘肥体壮，不过脾气比较暴躁易怒。他曾经在怀俄明州做贩卖牲口的生意，还因此发了一大笔财。可是到了晚年，他却坚持自诩为莎士比亚戏剧研究第一人。

一天晚上，我正坐在俱乐部起居室里，靠着壁炉浏览《威尼斯商人》，恰好此时，他走了进来，于是，他便开始跟我聊起了这本书。

“《威尼斯商人》啊？先生，这里上演了一场绝佳的好戏！真是一部佳作！太了不起了，先生，了不起！就拿戏里的角色

---

① 霍格斯海德（Hogshead），英文意思为“猪头”。

来说吧，你还能上哪儿去找这么好的角色去？就拿安东尼奥，希尔洛克[1]，还有萨鲁尼奥[2]来说吧——”

“有萨鲁尼奥吗？上校？”我温和地插了一句嘴，“您没记错吧？里头倒有个巴萨尼奥和莎莱里奥，我不记得有个萨鲁尼奥，您觉得呢？”

好一阵子，上校的眼神里有点儿疑惑，又有点儿迷茫，可是，他并非那种容易低头认错的人。

“啧啧啧，年轻人，”他皱了皱眉头，说，“读书别那么心不在焉的，没有萨鲁尼奥吗？剧里必定有个萨鲁尼奥！”

“可是，请听我说，上校，”我继续说下去，“我刚刚还在研读这本书呢，所以我很清楚，里面并没有这个角色——”

“瞎说，先生，你尽瞎说！”上校说，“这个角色在剧里可是从头活跃到尾呢！小伙子，不用你告诉我，这个剧本我自己亲自读过。而且，我在怀俄明还看过这场戏的演出呢，演出真是精彩——那时候，你还没出生呢！还说没有萨鲁尼奥！那么剧里一直对安东尼奥不离不弃的朋友又是谁？当巴松尼奥[3]背弃他时候，坚定不移地站在安东尼奥身边的人是谁？在对簿公堂的那一刻，买通了陪审团，打点好法官的是谁？将克拉丽莎[4]从希尔洛克手中救出，从阿拉贡亲王[5]那里偷来一盒子肉，又对摩洛

---

① 希尔洛克（Sherlock）是夏洛克（Shylock）的错误拼写。

② 萨鲁尼奥（Saloonio）是莎莱里奥（Salerio）的错误拼写。

③ 巴松尼奥（Bassoonio）是巴萨尼奥（Bassanio）的错误拼写。

④ 作者错误地将杰西卡（Jessica）说成了克拉丽莎（Clarissa）。

⑤ 阿拉贡亲王（Prince of Aragon）：《威尼斯商人》中的人物，但是相关情节为上校胡诌。

哥亲王[1]嚷嚷‘灭了吧，灭了吧，你这该死的蜡烛！’的人又是谁？居然说没有萨鲁尼奥！真是荒唐！在我看来，他就是全剧中最重要的角色——”

“霍格斯海德上校，”我坚定地说道，“我相信，您是知道的，剧里根本就没有萨鲁尼奥这个人。”

可是，不管这个角色是从怎样模糊不堪的记忆里调出来的，这个老人却愈加争辩起来，这个人物在他脑海里的形象似乎也愈加清晰了。他继续生动地描述道：

“让我来告诉你萨鲁尼奥是个怎样的形象吧：他就是个典型。莎士比亚赋予这个典型以意大利完美绅士的形象。他就是个理想的化身，确实就是！他就是个象征，是个元素——”

在听他讲话的同时，我一边试图从书页里找出他所描述的那个人。“看看这里，”我说，“这个是剧本的‘人物表’，根本就没有萨鲁尼奥这个人嘛。”

可是，我这个行为一丁点儿都没让上校感觉沮丧。“那里当然没有咯，”他说，“你可别妄想在那儿找到萨鲁尼奥！这正是这部剧的绝妙之处！这才是莎士比亚！这才是全剧的主旨所在！莎士比亚就是要让这个人物游离于‘人物表’之外——以便给这个人物一些自由发挥的空间，从而让他更具典型性！哦！这才是这部剧的精妙之处、艺术之处啊，先生！”上校滔滔不绝地说到这里，便陷入了沉思之中，“要想准确猜透莎士比亚的心

① 摩洛哥亲王（Prince of Morocco）：《威尼斯商人》中的人物，但是相关情节为上校胡诌。

思，看清他的意图所在，不多花点儿工夫是不行的!”

我开始意识到，再跟这个老家伙争辩下去也是无济于事，于是我便离开了，心里还想着，或许随着时间的推移，他会慢慢改变他对萨鲁尼奥的观点的。可是，我万万没有预料到的是，一个上了岁数的人，一旦坚持了某个观点，居然会变得那么冥顽不灵。霍格斯海德上校简直是迷上了萨鲁尼奥啦，自那以后，萨鲁尼奥便成了他长期谈论的话题之一。他对萨鲁尼奥这个人物形象真是百谈不厌，从作家创作这个人物的艺术之处，到萨鲁尼奥与现代生活的关系，到萨鲁尼奥的女人观，到萨鲁尼奥在伦理学上的意义，到萨鲁尼奥与哈姆雷特的对比，再到哈姆雷特与萨鲁尼奥的对比等等等等，层出不穷。而且，他越是深入研究萨鲁尼奥，便越能挖掘出更多的东西。

萨鲁尼奥真是取之不尽，用之不竭啊——关于这个人物的新的观点和新的发现层出不穷。上校为此也重新阅读了一遍这部剧，不过却发现，剧中压根儿就没提到过萨鲁尼奥这个名字。但是，他发誓说，这本书跟他在怀俄明看的演出根本就不是一个版本的，肯定是他们为了让这本书适应那些可恶的公立学校，所以删掉了关于萨鲁尼奥的那部分内容——毕竟，从上校背的“原文”来看，萨鲁尼奥的言语略显轻浮。接着，上校又在页边上给书添加了一些内容，诸如“萨鲁尼奥上”抑或“号声奏起，萨鲁尼奥挽着摩洛哥亲王的手臂走了进来”。当遇到一些实在找不到适当理由将萨鲁尼奥拉上场的场景时，上校便发誓说，他肯定躲在幕后，或者在里面跟法官一起进餐呢。

最终，他还是如愿以偿了。他发现我们生活的这一区里，没人晓得怎么演莎士比亚的舞台剧，于是他便跑去纽约看亨利·艾尔英和泰利小姐的演出。上校坐在那里，从头听到尾，脸上始终挂着满意的微笑。当艾尔英的精彩演出落下帷幕的时候，上校从椅子上站了起来，使劲儿喝彩并大声对他的朋友们说道:“这就是我说的那个！就是他。难道你们没瞧见那个人一直出现在台上吗？虽然他说的话我一个字都没听懂，但是，是他贯穿了整部戏剧啊！不错，就是他！那就是萨鲁尼奥!”

纽瑞琪[1]太太觅购古玩记

啊，亲爱的，见到你真是太高兴了！你能光临寒舍真是太好了——简，帮欧福伍德太太拿一下衣服吧——快请进——简，接一下欧福太太的手套。见到你真是高兴坏了。自从欧洲回来，我和查尔斯就一直心心念念想把我们购置的东西给你看："（抬高了声调）查尔斯！欧福伍德太太过来看我们新买的古玩啦！她真是太贴心啦！"他呆在他的书房里，我也不晓得他有没听到。他总是埋在书堆里，你知道的，查尔斯一直都很用功，每次一收到新的报价单，他就一头扎进去了。

我有太多东西想拿给你看啦，连一盏茶的时间都按捺不住啦……看到大厅里的那座挂钟了吗？算不算是个古董？啊，是的，它货真价实！是不是很奇妙！那是个萨尔沃拉泰尔[2]！时间准不准？哎呀，问的什么问题嘛！当然不准了！一点儿都不准！它走都不走一下的，据我所知，它就从来没走过。这就是人们都渴望得到一个萨尔沃拉泰尔钟的原因啊！你看，他才是真正

---

① 纽瑞琪太太（Mrs. Newrich）：寓意新富、暴发户的意思。

② 萨尔沃拉泰尔（Sal volatile）：原本是指碳酸铵溶液（用作嗅盐），这里纽瑞琪太太却把它当成制钟的名匠来显摆。

伟大的钟表工匠师，他制作出来的钟，没一个走过。

“查尔斯，萨尔沃拉泰尔的钟有曾走过的吗？什么？只有假冒的才走过？谢谢啊……”你看，这就是分辨萨尔沃拉泰尔钟表真假的一个秘诀，它要是真的，就绝不会走的。你说它没指针是吧，天哪，当然没有，它从来就没有——也不应该有。我们是在阿马尔菲[1]一家非常特立独行的小店里搞到的，店主还向我们保证过，这个钟从来就没有指针来着。他向我们打包票啦。你懂的，这就是辨别这种钟表真伪的一个方法呢。我和查尔斯一直都对钟表之类的东西很着迷，我们还特意研究过它们，书上都说，真正的萨尔沃拉泰尔没一个有指针的。瞧瞧小标签上写的——我们买它的时候就贴在上面，一直都没撕掉——（读出声来）：

> “编号：五六六一。萨尔沃拉泰尔挂钟。无指针，向来无指针。不走，向来不走。无钟摆。（她欣喜地停了下来）当然了，我忘记说了，这钟也没有钟摆，这样一来，它就更加名贵啦……”

边上有道裂缝吗？哦，亲爱的，我就晓得你在盯着那个看——我也没打算瞒你，那个破损本来就不是真的——我们回来之后，特意去纽约让一个专家给砸的。是不是砸得很巧妙？看看，这个效果砸得太好了，就像是有人把这个钟丢在地上后，

---

① 阿马尔菲（Amalfi）：意大利最受欢迎的港口城市之一。

又随意践踏过了似的。据说，每一个萨尔沃拉泰尔钟表都曾被踩成那样！

当然了，我们的那块破损是模仿的啦，但是效果却相当地好，是不是？只要我们有什么东西需要搞点儿裂缝，我们都是去第四大街上菲鲁吉那家小店，那家店里有个技术特别精湛的工匠，他能给任何东西砸出裂缝……

对啦，那天我们要给这个钟砸个缝，我和查尔斯便一块儿去看看他具体怎么工作。“（抬高了嗓音）那简直是太奇妙啦，是不是，查尔斯？你还记得菲鲁吉家的那个帮我们把钟砸个缝的师傅吗？”恐怕他没听到，但是我不得不说，他真是个很棒的行家。他就那么把钟往地上一扔，给它翻个身后，就站在那边聚精会神地盯着它看了一会儿，然后又围着它转了几圈，嘴里还用意大利语念念有词，好像在跟它对骂似的。随后，他跳到半空中，落下的时候两脚正好踩在钟上——真是准得不得了！

你认识我的老朋友艾宾·海芬·史密斯先生吧——就是那个大行家。上个星期他盯着我们家的这个钟看了很久，然后感叹它真是太神奇啦，这个裂缝简直跟真的一模一样。但是他也说了，分辨真伪更好的办法就是将它从四楼窗户摔出去。你知道的，十三世纪的意大利楼房正是那个高度。“查尔斯，查尔斯，我要说的是十三世纪的吗？我想说的是哪个适合将钟抛出窗外的年代呢？难道是十四世纪？哦，谢谢你，亲爱的！”——我在记忆意大利古玩年代方面总是有点笨拙。

当然啦，你肯定知道，要玩古董，你就必须得知道年代，不然你就窘透啦！有一次我就在一个汤匙上丢了个脸——那个汤匙明明是十一世纪中旬的，我却说成了十二世纪的——那个女主人（也就是这个汤匙的拥有者）听了老大不高兴的。你看，要是那汤匙是十二世纪的那就一文不值了。十一世纪以前，伟大的意大利汤匙制作工匠都还没出世哪——我是不是又搞错年代了？——不管怎么样，亲爱的，那之前，汤匙都只为吃饭而做，之后，伟大的汤匙制作大师——查尔斯！那个伟大的汤匙制作大师叫什么来着？哦，斯彭池！当然了！我真是太笨了！——斯彭池才开始制作那种不为吃饭而使用的汤匙，就这样，他还引领了一代潮流呢……

那个玻璃柜很有趣，是不是？不用放大镜的话，你恐怕不大看得清楚吧——给，用这个试试——上面有签名，都镶着金边，有些真是让人大呼惊奇！这个是伊丽莎白女王的，你要是对这个不大在行的话，你铁定分辨不出来。不过，要是仔细瞅瞅的话，你就会看见那个“女王”——哦，不对，我想那个应该是“彼得大帝”吧——反正这些真正的好东西都不大好辨别真伪，不过查尔斯总是有他自己那一套分辨的方法。

有一个住在海格特的小商人经常帮我们到处搜罗古玩，而且还总能明确地告诉我们这些东西的具体信息。哦，那个是拿破仑的真迹，一想到这个居然是拿破仑亲手所作就觉得欣喜地不得了——哦，真抱歉，我搞错了，那个不是拿破仑的，那是波·蒂·巴纳姆的，那一定是拿破仑手下的一员大将——查尔斯，波·蒂·巴纳姆是拿破仑麾下的将领吗？哦，是他的私人秘书啊！哦，当然是这样的。对了，我都忘记给你沏茶啦，真抱歉啊，你看我，只顾着跟你介绍我们收集的古玩，都忘记了其他事情啦！请跟我到客厅去喝杯茶吧——哦，在你落座之前，我想再给你看一只茶壶……不，不，不，我说的不是这只，这只是给你沏茶用的，算不得什么。这只是我们在纽约赫凡尼买的，专门用来沏茶的。那是当然的，通体都是银质的，不过，赫凡尼店的店员也承认道，这个是美国制造，而且生产出来大概只有一年左右，还没被别人使用过呢。说实话，他们什么都没担保。

让我用这只茶壶给你倒茶吧，然后再请你仔细看看你身边架子上的那只十分可爱的茶壶。哦，可千万别碰它啊，它站不稳的。站不稳就是证明它是货真价实的一个方式，单从这一点，我们就能断定它铁定就是斯瓦特斯马赫制造的——他制造出来的茶壶，没一个站得稳。

我是在本地买的吗？我的天哪，想在本地买到这种东西根本就不可能！老实说吧，我们是在一家卖杜松子酒的小店里发掘到它的——是在荷兰的什么地方来着？“查尔斯，荷兰有个杜松子酒专卖店的是什么地方来着？什么？欧博尔——什么？——哦，对了，对了，是欧博尔海兰旦！”

荷兰的地名真够独特的，是不？你知道欧博尔海兰旦吗？不知道？好吧，这真是个袖珍可爱的地方，其他东西没多少，但是到处都是虽小但是别有风味、塞满可爱物品的小店——里面都是古董啊，所有东西都是破损的。他们保证道，店里没有一样东西不是至少一百年前就破损了的呢。看到上面的标签了吗？都是荷兰文。“托也泊特”大概就是“茶壶”的意思吧；“吉斯穆斯”是指“破损了的”；“霍格”——查尔斯！荷兰文中

“霍格”是什么意思来着？就是贴在茶壶上的标签上写的的“霍格沃斯”，亲爱的！哦，价值高！哦，对，对，对……

用它沏的茶好喝不好喝？——哦，我想沏出来的茶一定妙不可言吧！——只不过它有点儿漏水，不过正是如此，这才说明它是货真价实的。内行人辨明它是否真是斯瓦特斯马赫制造，都是要看这一点的。如果不漏的话，那它大概就是连二十年都不到的赝品。银质的？哦，不是，这就是另外一个检查它是否赝品的诀窍啦。真正的斯瓦特斯马赫茶壶都是焊锡材质，周围还用一圈箍桶用的铁圈箍着。最近有不少人想用纯银来仿造，但是总也不大像。你应该知道的，银子往往会失去光泽。

很多古玩都是这样，他们那种生锈破损的外观你就是模仿不起来。我有一只古老的饮酒用的角杯，等一下啊，我拿给你看——十九世纪的，是不是啊，查尔斯？——角杯内侧有一层层漂亮的蓝色粘泥，那东西绝对没法仿效，人们都说想要伪造这个，简直是异想天开。而且，我还把它拿到伦敦的一家叫斯奎斯欧斯的意大利店里去（你知道吗，他们都对角杯特别内行，只要看一眼，就差不多知道出自哪个时代，甚至连是哪种牛身上的角都说得头头是道）。他们告诉我说，他们也曾经努力想让牛角腐烂得像这个一样特殊、别致，但是一切枉然。店里的一个领班认为这个牛角大概是从一只死牛身上取下来的，而且取下的时候，那头牛已经埋了五十年啦。你看，这就是它的名贵之处啊。我们问他——我是指那个领班——依他来看，一头死去多久的牛才算得上有古董价值？他回答说，这个很难说，总之得死掉好多好多年才行吧……

这就是伦敦的那个人说的，不过当然了，我们这个茶壶可绝不是在伦敦买的。想在伦敦买到这种名贵的东西，就跟想在纽约买到一样，简直妄想。那儿什么真货都买不到。所以啊，我们的东西都是东搜搜西搜搜，而且都是在那些不起眼的小角落里才搜到的啊！

那边那个小凳子是我们在阿波罗池提湖区后边的一座牛棚里发现的，这是人们挤奶的时候用的。另外两个——是不是很漂亮？虽然按理来说，同一个房间里放上两张差不多的椅子不大适合——是从加罗威的一家小酒馆里淘来的。当时是个可爱的爱尔兰老头卖给我们的，他老实地跟我们讲，他自己也不晓得这东西有多少年份了。他说，或许是十五世纪的吧，当然也有可能不是啦。哦，这事儿倒让我想起来，简刚刚给我寄了一封信——你知道的，简是我的妹妹——真让我高兴坏了。她说她在布瑞坦妮的一个小地方发现了一张小桌子，特别适合放在我们的棋牌室里，她还说，这张桌子跟我们房子里的任何一样东西都不一样，而且跟纸牌也没什么关系。就让我给你读读她信里写的内容吧——我看看，哦，在这里，这里开始讲到的：

> “……一张小得可爱的桌子。本来这张桌子应该有四条腿的，但是现在只有两条啦。人家说这个东西可名贵了，一般人一辈子搞到手一张就相当满足了。那人还解释道，你既可以把它靠着墙放，也可以从天花板上拉下一条银链子来，把它悬挂在那里。桌面上缺了一块木板，可是他们说这根本不会有什么影响，而且，布瑞坦妮最名贵的桌子

至少都要缺上一块板子。”

听起来是不是很让人着迷？“查尔斯！我刚刚把简的信中关于布瑞坦妮小桌子的那部分内容读给欧福伍德太太听啦！你不觉得你应该立马下来给简发个电报吗？对啊，我也这么想呢！查尔斯！再问问，要是再砸下一条腿来，需要额外付多少钱！”——亲爱的，现在我们饮点儿茶吧。你肯定会喜欢的，这是我弄到的一个特殊品种，叫‘欧高西’[1]，是一种十分古老的中国茶，是放在煤油桶里腐烂过的，你一定会喜欢的。

① 欧高西（Ogosh）：寓意“我的天哪”。

各色各样的主席

——演讲者的遭遇

多年以来，我不仅仅只在英国做过巡回演讲，我还在不同的环境下、面对不同的观众做过各式各样的演讲。我提这些并非是为炫耀，而是出于悲伤；而且我希望大家都能明白，实际上，每次说到演讲者，我都是想说说自己的一些相关感受。

很少有人能够真正体会到做公开演讲是件多么的费力却不讨好的事。公众们看见演讲者身着白色小背心和燕尾外套，摆出一副魔术师般的气派步上讲台，都会理所当然地觉得他很高兴。可是，演讲进行到十分钟左右的时候，人们便开始觉得无趣了。一般而言，多数人都会在十分钟左右时感觉厌烦，部分聪明人大概五分钟就觉得腻歪了，而智者们压根儿都不会去听演讲报告。可最终，那些跑去听演讲又感到腻烦的人，都直接去抱怨演讲者本人啦，可想而知，演讲者本人的遭遇实比他们悲惨多了。

就我个人而言，我做演讲时都会尽力表现得乐观积极。自始至终我都认为，任何被贴上“幽默家”标签的人都应该等量付出，我也从不认同幽默家应该总是一副愁容满面、闷闷不乐表情之类的观点。用这种表情表现出来的幽默效果是初级、廉价的，且是马戏团小丑的专属伎俩。真正的喜剧所带来的效果应该是笑得“前俯后仰”。因此，我在演讲的时候总是尽量将兴高采烈之情表现到极致，甚至对自己讲的笑话都不能自持。不过奇怪的是，我这种做法却让不少观众极为不满。“好吧，我不得不说，”有一次演讲结束之后，一个表情严肃的女人对我说，“你看上去确实很自得其乐。”“这位女士，”我回答道，“如果我自己都不自得其乐了，那还指望谁能乐得起来呢?”可是事实上，公众演讲这份工作从头到尾都是枯燥无味的，而且还把人搞得疲惫不堪。所以，我打算在这里将一个演讲者所必须承受的全部艰难考验都记录下来。

初次演讲的人都会遇到一个困扰就是公众不愿前来听他的演讲。这种情况不可避免，也会持续发生，可是，这并不能归咎于演讲者的错误或缺陷。

我并非意指这种情况在我于英国作巡回演讲时经常发生，相反，我的巡回演讲几乎是场场爆满。将我的所得酬金除以入场的听众数量，便可以估算出我的听众们每人平均付给我的费用：一毛三分钱。当然了，我的演讲也显然值上这一毛三。可是，回到加拿大时，我就不得不隔三差五地就要做一场注定失败的实验——免费演讲。而且结果还是，就算免费，也没人来听。人们要是听说，一场入场费为一毛三的高水平讲座即将举办，就算是大半夜，他们也愿意出席；可是，若那只是一场免费演讲的话，谁还愿意去听?

我生活的城市充斥着各式各样的社团、俱乐部以及协会，这些社会团体时不时地就需要些人前去演讲——至少，表面上看来如此。实际上，这些社会团体往往都是由那些一心希望在地方上有所作为的主席、秘书以及委员们组织而成，不过，除了他们以外，社团便是由一大帮从不到会的会员们组成。面对这样的社团，被邀请来的演讲者就得免费为他们准备一份以《历史潮流中的印度—日耳曼因素》为主题的演讲。如果演讲者是个教授，那他还会把一整个冬天都花在这个没有酬劳的演讲准备上。不管你什么时候去拜访他，他的太太都会告诉你，他“正在楼上为那个演讲做准备呢”。就算他勉为其难地下了楼，那也是靸着拖鞋，披着睡衣。在他的想象中，关于演讲场面应该是一大群长着印度—日耳曼脸、极其热衷这个话题的人聚精会神地听他的演讲，而且一个字都不肯放过。

终于，演讲的日子来临了。面对到场的十七个人，演讲者连数都不想去数啦。有时候提到人数时，他便含糊地提到“大概一百个吧”。就这样，面对着这一小撮人，他大声地朗读了那篇关于“印度—日耳曼因素”的论文。两个小时之后，他的论文读完了，主席便请大家提问。一个议论的人都没有！听众们都愿意让这篇“印度—日耳曼因素”的演讲毫无争议地通过。随后，主席做了一个讲话。他说：

> 今天晚上的出席率之低，着实让人遗憾。我确信，今天没来的会员确实错过了一场非常值得一听的好文章。在此，我想向我们的演讲员保证，您若再来猫头鹰俱乐部给我们做演讲的话，我们一定确保满场。最后，在场的各位会员中，若有谁还没有交冬季的一元会费的话，请在散场

前交给我或者西布利先生。

这种讲话我已经听了太多次啦（在那些我非听不可的岁月里），我差不多都能背下来了。他们以各种各样的名头举办演讲，实则收取会费。像猫头鹰俱乐部这样的团体，我是熟悉得不能再熟悉了，一眼就能看出缘于什么目的。我很清楚，一般而言，在寒冷的季节里，这些会员们都会拒绝参会；阴湿的天气里，他们也不愿意出席；阳光明媚的日子里，就更不可能将他们聚集起来啦；反正别处一有什么风吹草动——一场棒球赛，一场宗教音乐会之类——他们就立刻转去那边凑热闹了。

有一次，我刚刚入职一所大学，所以，我必须得在猫头鹰俱乐部里做一个演讲——每一个新来的教授都得接受这个惩罚，而且这些猫头鹰们还会像看着蝙蝠一样看着你。上了年纪的好处就是，你永远都不会再受到这些猫头鹰俱乐部的纠缠啦。可是，在那些必须给他们做演讲的岁月里，我就只能臆想（当然不是说出声来）在主席讲话结束时，自己对到场的那十七只猫头鹰们所说的一席话。内容如下：

各位在场的绅士们——如果你们配得上的话，当然了，我对此表示怀疑——我终于意识到，我刚才面对你们宣读《黑格尔是自然神论者吗?》这件事本身就是个错误。我在这篇论文上花费了整整一个冬天，可直到现在我才意识到，你们中压根儿就没人知道黑格尔是何方神圣，更不晓得“自然神论者”是个什么概念。没关系，反正论文已经读完了，我很高兴。不过让我最后说一句，只说一句，浪费不了你们多长时间。你们的主席很体贴地说，要是下次我再来做演讲，必定保证满场。可我要告诉你们的是，你们这个社团要是还想等我的下次演讲，那就请便吧。各位绅士们，说句实诚话，要等就等下辈子吧。

可是，我宽恕了他们。假设那里真有听众，假设他们都能按时汇集起来参与的话，那么那位愁眉苦脸的先生——即报纸上提及的“笑容满面的主席”，真是滑稽——就会让演讲者下不了台啦。我想，他这么做的概率，十中有九。说句实在话，有些主席在做主席这档子事情上，简直是天赋异禀。以下便是我的亲身经历。

有一次，我要去给安大略西部某个小乡镇里的某个小社团做一次付费（酬劳极其微薄）演讲。社团的主席开场时便说道：

“女士们，先生们，今天晚上我们请来的这位先生……（说到这里，他试图想从卡片上念出我的名字来，可惜失败了，于是又把纸片揣了回去）这位先生将要为我们做一个演讲，演讲的主题是……（说到这里，他又瞅瞅手上的卡片）主题是古代，古代……我不大看得清楚是什么……古代……不列颠？谢谢，主题是《古代的不列颠》。好，这是我们今年冬季系列演讲的第一场演讲。大家都知道，上一次的演讲并不成功。老实说，到年底的时候，我们还出现了财政赤字。所以今年呢，我们就另辟蹊径，采用了一个新方法：尝试邀请比较廉价的学者来做演讲。”

说到这里，主席优雅地向我招了招手，台下响起了一阵稀稀拉拉的掌声。“我坐下之前还想再补充一句，”主席说道，“看到今晚的出席人员如此之少，我感到十分遗憾。最后提一句，请在座还没有交一元会费的会员们，在散会之前交一下会费，给我或者西布利先生都成。”

任何一个当着公众面被羞辱过的人都请过来审判一下，一个人要是被当众贴上“比较廉价的学者”的标签，那他在面对听众的时候该会多么无地自容啊。

主席常用的另外一个比较吸引人的手段，常常会让那晚出席的演讲者和听众都兴致勃勃起来：大声朗读未能出席的听众的“忏悔信”。当然了，这个一般只适合那种比较大型的场合，其中的演讲者也是以某种特殊名义邀请过来的。不久以前，为了给比利时筹集灾款资金，我便有幸“出席”（这个词用在这里比较应景）这样的场合，并在加拿大各地做巡回演讲。因此，我享受着加拿大太平洋铁路的免费乘车证（公路局官方亲情提示：乘车证期满作废，谢绝延长）四处溜达了一圈，而且，无论去哪儿都受到盛情款待。

因此，主持这种集会的主席一般都得努力为听众营造一种特殊隆重的氛围。他所做如下：

“女士们，先生们，”坐在讲台上的主席站了起来，手中拿着一沓文件，“在我给大家介绍今天的演讲者之前，我得先向大家宣读一两样东西。”说到这里，他哗啦哗啦地理起手中的文件，此时的大厅鸦雀无声，众人都期盼着他的开口。“今晚，我们原本邀请了总理罗伯特·布罗登爵士，希望他能大驾光临，可是，我刚刚收到罗伯特爵士发来的电报，电报中说他不能出席。”（雷鸣般的掌声）主席挥了挥手让大家安静下来，然后他又拿了一份电报，继续说道：“女士们，先生们，我们委员会曾发电报邀请威尔弗里德·劳瑞尔爵士于今晚莅临。可是，这会儿我的手边正放着一份发自威尔弗里德爵士的电报，上面说他无法跟我们共度今宵啦。”（又是一阵掌声）主席又挥挥手请大家安静下来，继续说道：“财政大臣为无法出席感到甚为遗憾。”（掌声）“罗德尔福·勒米尔克斯先生（掌声）无法前来（掌声轰动）——多伦多市长（掌声）为公务牵绊，无法参与（掌声响彻）——本教区的主教（掌声）——多伦多大学校长（掌声）——教育部部长（掌声）——他们中没一个能来。”此时台下掌声轰鸣，人们也都异常兴奋。随后，演讲会便正式开始了，而此时人们的内心都涌起一种独特真实的感觉：这个大厅里听众的地位一定都是无与伦比的显赫。

在那个为了追求崇高目标四处巡回演讲的过程中，我还经历了另外一件事。到达安大略东部的一个小城镇的时候，我才在海报上发现自己即将在当地一座教堂里“出席演讲”，不禁大吃一惊。那一次，他们给我的任务是从我的作品中选一些内容朗读出来就可以了，不过，内容最好是带点儿幽默元素的。可是，在教堂里开玩笑似乎有点儿不大适合。于是，我把我的难处向教堂里一个表情十分严肃的牧师诉说了一下。牧师听后缓缓地点了点头，说："我明白，我明白，不过，我向大家介绍你的时候，只要变换一个说法就没问题啦。"

演讲那天，他领着我走上了教堂的讲坛，讲坛位于布道坛旁边靠下首方位，上面有张桌子，桌子上放着一大本《圣经》，旁边还有一盏罩着罩子的灯。教堂很大，在半昏半暗的光线中，听众济济一堂，就像他们平时听道一般，就连最后一排和一个个昏暗的角落都坐满了人。教堂里人头攒动，却寂静无声。于是，主席开始讲话了：

> "亲爱的朋友们，"他说，"我希望先让大家了解，今天晚上大笑都是允许的！就让我听听你们发自内心的欢笑吧！笑出声来，尽情地欢笑，因为……（说到这里，他又开始用他那牧师特有的低沉声调了）只要你们都知道这样一个事实，今晚给我们演讲的这位教授是为了一个崇高神圣的目的而出席的，你们可以很确定是，上帝一定会饶恕任何一个向这位教授发笑的人的！"

然而，让人深感遗憾的是，尽管事前主席已经向众人做了充分的无罪保证，但是，依旧没有一个肯做第一个吃螃蟹的人——他们连试都不敢试一下。

说到这里，我又联想到另外一个聚会上的主席，他主持的是佛蒙特某城的一个社会团体。有一类主席总是姗姗来迟，从而使得整个委员会无法将聚会主旨及演讲者身份做适当地介绍，他就是这个类型的代表。那一次，我注意到，为了防止闹出糗事，他谨慎地（偷瞄了一眼卡片）介绍了我的名字，但对比利时之事只字未提，更没意识到要提一下我是个幽默家（即使是假定的幽默家）。对于最后一点的忽略，便是主席犯的一个大错。由于听众事先并不知道我是个幽默家，因此，在我演讲的时候，他们都鸦雀无声，礼貌得体，行为举止也都显得十分有教养。只是，不知道怎么回事，我演讲结束后，正当有人准备上台致辞时，主席忽然间意识到他之前犯了个错误，于是，他就硬要上来弥补啦！正当众人起身准备穿上大衣的时候，他站了起来，敲了敲桌子，说：

> “等一下儿，请等一下儿，女士们，先生们，请稍等一下。我刚刚才发现——其实我该早点儿意识到的，可是我来的时候已经太迟啦——今天这位演讲者是为了替比利时筹集灾款而给诸位演讲的。我晓得，他可是加拿大家喻户晓的幽默大师啊！（哈！哈！）我很确定，大家今天一定都被逗乐啦！（哈！哈!）他刚刚作的演讲实在是太有趣啦！（哈！哈!）——虽然我到现在才知道——他是为了给比利时募集灾款，而且不要钱！我确定，在座各位若是了解到这一点，一定会觉得今晚这一趟不虚此行。可是今天出席率并不高，真是感到抱歉。我向您保证，要是下回您还来做演讲，我们一定保证满座。此外，我还要说一声儿，还没有缴纳这一季度会费的会员，请在散会前交至我本人处

或西布利先生处。”

经历并积累了这么多相关经验后，我再去英国做巡回演讲的时候，我则对给我做介绍的主席愈加感兴趣了。我忍不住觉得自己在鉴赏各类主席方面颇有心得——我对他们的在行程度简直可以跟有些专家对古董家具或京巴犬的在行程度相媲美了。幽默诙谐的主席、古板乏味的主席、不苟言笑的主席，这些主席，我都了解得一清二楚。在会议室里，我只要跟某位主席一握手，我就立马能晓得他的行事风格了。

有些经常被人描述提及的主席，鉴于大家都比较熟悉，也就没什么赘述的必要了。人人都知道有这么一种主席，他们总是挂在嘴边说：

“好了，女士们，先生们，你们今天来这儿的目的并非听我讲话，所以我就长话短说了。我就把自己的一些感想浓缩成一两句话吧。”随后，他便就那一两句话，发表了整整二十五分钟的感想。感想结束的时候，他还会带上一句简洁俏皮的话：“喏，我知道你们都等不及要听演讲者……”

大家都知道有一种主席来会场之前对演讲者的背景并不大清楚，但是他们又不得不硬着头皮介绍：

“我们今晚的演讲者是业界广泛认可的关于……关于……关于他研究主题的权威。他来自于……来自于很遥远的地方。我可以向他保证，在座的每位听众都会热忱地欢迎这样一位为了……为了发展……发展他所感兴趣的一切东西而付出诸多努力的演讲者，并为他的到来而感到荣幸。”

尽管这个主席也很糟糕，但是比起那位直到最后五分钟才做好准备做介绍的主席来，他算是好得多了。哎，就是这么一种主席，居然被我给碰上了。他是当地的参议员，身材魁梧，壮得像头牛——英国北部那些小型工业城市似乎特别盛产这种体型的人，而且也偏爱选这类型人进入公共机构。

“我从来没见过这个演讲者，”他说，“不过我倒是读过他的书（我写过十九本书）。昨天晚上，委员会很周到地把他的著作全部送过来给我看来着。我没有从头到尾看完，只不过浏览了一下序言。我可以向他保证，他肯定很受欢迎。据我所知，他是从……从某个学校来的。”随后，他立刻转过身子，对我大声说:“你刚刚说你来自什么学校来着？名字是?”

“麦克吉尔。”我也大声回复他。

“他来自于麦克吉尔大学，”主席嚷道，“虽然我自己从来没听说过麦克吉尔这个学校，不过我敢肯定，他保准受欢迎。他今天要讲的主题是——你说你要讲的什么主题来着?”

“是个幽默的演讲。”我说。

“啊，女士们，先生们，我们将要听到的是一场幽默的演讲。我敢打包票说，这肯定是一场精彩的演讲。很抱歉我没法留在这里亲耳听完这场演讲，因为我还得即刻赶回市政厅开会，所以我就不再啰嗦啦。我这就走下讲台，让这位先生开讲他的幽默！”

还有一种主席更可怕。往往他们事先得知了当地发生的什么不太好的消息，然后上台的时候也是一副期期艾艾的表情。在介绍演讲者之前，他还会用悲戚动容的语调提一提那个不幸之事——哎，不管是什么吧，总之把这种事放在一个主题幽默的演讲前头，总归不是什么好的前奏。

我在伦敦郊区，面对一众愁眉苦脸的听众演讲时，就遇到了一个这样的主席。

“今晚我在会场里扫视了一遍，”他说着，声调里带着点儿哀伤，“发现缺席的人很多。”说到这里，他忍不住就要抽泣起来了，又硬是憋了回去：“今晚许多人宁可呆在家里，我一点儿都不感到奇怪……”

我完全不晓得他要说什么，不过也猜想到，这地方肯定发生了什么特别悲伤的事件，所以全城都笼罩在一种哀伤的情绪里。

“对于很多人来说，在本城遭受这样一种损失之后，还来这里听一场幽默演讲，实在是不合时宜……”

“出什么事儿啦?”我小声问台上坐在我身边的一个当地公民。

“是我们这儿最年长的居民今天早上去世啦。”他小声回答我。

“多大年纪啦?”

“九十四了。”他耳语道。

此时此刻，这位主席声音哽咽着，继续说道：

“我们委员会也开会争论了关于该不该如期举办这场演讲这一问题。毕竟，要是这个演讲是另外一种风格，我们大概就不会那么进退两难了……”

这时候，我开始产生了某种罪恶感。

“一般而言，演讲很少能够做到不包含任何需要传达的知识，不出于什么严肃的目的，抑或不立足于某种利益。而这一次的演讲就是这么不一样。据我们所了解的情况而言，里柯克先生的这篇演讲已经在英国巡回演讲了二三十回啦……”

说到这里，他转过身子看了我一眼，眼神里似乎透出轻微的谴责。此时，台下沉默的听众们都为主席的一番话深深感动，同时又瞪着我，仿佛我转遍了全国之后，特意来到这里，就是为了用一篇来回讲了三十遍的演讲稿侮辱人们对死者的缅怀之情。

“据我们了解，尽管里柯克先生的演讲并不具备那种特质——换句话说，就是没有那种让我们缅怀的价值——说到底，这个演讲根本就不具备我们需要的那种级别，但是我们还是应该给予他一个验证的机会。”

说到这里，他停了下来，压制住了即将迸发出来的抽泣声。

“要是我们这位可怜的老朋友能够跟我们一起继续共度六年的话，他就能活满一整个世纪啦。然而，他没能得到那个福分。过去的这两三年里，因为种种原因，他的身体已大不如从前，他自己也或多或少意识到，自己的体力正在逐渐衰退。上个月，他的腰开始弯啦；上个星期，他开始下不了地了；上周二，他连开口说话都没办法做到啦；今天早晨，他还是没能挺过来——他去世了。尽管他走了，但是我们坚信，他现在肯定安安全全地待在一个远离演讲的地方。”

听众听到这里几乎都要落泪了。

主席也显然在努力坚持着，克制着自己的情感。

“然而，”他继续道，“委员会认为，无论如何，我依旧有义务坚持执行之前的安排。女士们，先生们，在我看来，这场战争给我们一个教训，我们有义务坚强地活下去，无论路途中遇见的是困难还是险阻，我们都必须坚持到底，因为无论怎样，终归会有尽头，而只要我们凭借着自身的坚韧和果断，我们必定能够到达那个尽头。”

“在此，我想邀请里柯克先生来为我们做他的幽默演讲，主题我已经忘记了，但是据我了解，这个演讲他在英国已经讲了三四十遍啦。”

可是，跟这位苦大仇深的先生形成鲜明对比的是一位看起来和蔼可亲的主席，他在将我介绍给某个大都市听众的时候，把我的信息说得驴唇不对马嘴。

他说话的时候总是那么兴致勃勃、干净利落，而且信心满满，一副从不会出错的样子。既然他看起来那么绝对正确，那我也没必要纠正什么了。

“今晚，我们非常荣幸地请来了一位著名的加拿大公民，”他站在讲台上，从容不迫甚至极富魅力地说道，“里尔罗德先生！”说着，他转过脸来，对我做了一个欢迎的手势，表现得十分得体。不过，要是我的名字是里尔罗德而非里柯克的话，这个介绍就堪称完美啦。

“据说，我们中有很多人都诚挚愉快地盼望着里尔罗德先生的光临，”他继续说道，“读着他的书，我们似乎觉得，我们和他已经是相识已久的老友了。一点儿都不夸张地告诉你，里尔罗德先生，您的名字在本城已经是家喻户晓啦。女士们，先生们，能够为你们介绍里尔罗德先生，真是荣幸中的荣幸啊！”

就我来看，主席压根儿就没意识到他的错误。我的演讲结束之后，他又说：“再次对我们的里尔罗德先生表示深深的感谢吧！”随后，他又匆匆忙忙地讲了几句客套话，为离场而表达歉意，然后就像一只唱着曲儿的小鸟似的赶其他场子去了。我很大度地原谅他啦：无论何事，以仁慈宽容之态对待，才能让生活更加平和美好。我想，要是什么时候这位主席真的来到了我的家乡，我就会以里尔罗德先生的名义（或者其他什么他认为的名字）邀请他一起共进午餐。

毕竟，这个人跟那些不具备该职位所应有亲和力的主席们截然不同。举个例子，有些人认为介绍演讲者最恰当的方式便是略微提点儿邀请这个演讲者的团体的财务情况（有偿的）以及召集会员出席演讲所遇到的困难就行。

下面这段话老生常谈了不下十次了，可是，只有坐在台上得到酬劳的演讲者才能真正体会到其中的内涵。引文如下：

“请注意，女士们，先生们，在请今晚给我们做演讲的演讲员上台以前，我还有几句话要说。我们中有不少会员依旧欠着会费，我知道，现阶段大家的日子不大好过，凑点儿钱也都不容易，但是请在座的各位会员们一定要记住，我们协会的开销也很大。我想大家都知道，近年来，邀请演讲者的费用也越来越高啦——说句实在话，他们身价已经高到我们都快请不起啦。”

对于演讲者来说，这番话真是悦耳啊！看得出来，那些没交年度会费的会员们都仇恨地等着演讲者。主席接着说：

“刚开始的时候，我们的财务委员会都很担心我们没有足够的酬金邀请里柯克先生光临本社。幸亏两位会员慷慨解囊，各捐了十磅，才凑足了这笔必要的支出。”

（掌声响起，而于此同时，坐在一边的演讲者感觉自己似乎就是那笔“必要支出”的象征。）

“好的，各位女士，各位先生，”主席继续讲道，“我认为，既然社团里面有会员愿意做出这样的牺牲——女士们，先生们，这确实是一种牺牲——我们就应该尽全力给予他们支持：我们每一个会员都应该将出席演讲会作为你们应尽的义务。寒冷的夜晚，诸如今天，要离开家中舒适的暖炉来到这里，着实辛苦，我并不否认这一点。可是，我认为，各位会员不应该将这个视为一种个人的意愿，而应该作为个体对社团应尽的责任。我们已经成功地将这个社团经营了十五年啦，我这么说并无吹嘘之意，只是想说，社团维持这么多年也并非易事，委员会也确实花了不少精力和心血。好的，女士们，先生们，我想你们也不是专程来听我讲话的，而我也诉苦诉得差不多啦，无需赘述（这好像是所有主席都喜欢说的话），我这就邀请里柯克先生来为大家演讲——哦，入座之前，原谅我再唠叨一句：如果有人需要在演讲还未结束时离场，请走侧门，且务必放轻脚步。里柯克先生，请。”

任何干过演讲这一行的人应该都知道，刚才那个介绍远比把名字错叫成“里尔罗德先生”要可怕得多。

若是一个演讲者是跨越大洋来到英国做演讲的话，那么，那边的主席自然会侧重于将这个事实略作渲染。特别是对于我这种来自加拿大的人，主席更是认为，此刻正好适合抒发一下那种维系大英帝国的伟大思想——然而有时候，若是这种思想诉之于言辞，则失去了其原本的深意。

看看下面一个介绍（原文只字未改）。这个介绍是我去英国南部一个偏僻的地方做演讲时，由那位牧师主席做的：

“女士们，先生们，不久以前，”牧师说道，“我们曾将大批社会各色人等运送至加拿大，以支援该国的建设。我们运送了工人、学者以及教授，当然了，我们也送过罪犯。而如今，”牧师说着朝我挥了挥手，“他们回来了。”

没有笑声。英国听众对字面意思特别偏执，一如他们的礼节。在他们看来，我就是个被改造过了的罪犯，而诸如此类的人，他们愿意给予的便是热情响亮的掌声。

可我还是想在这儿记上一笔，以表对主席的爱戴及感谢之情，就算是最差的主席，也远比没有主席来得好。在英国，很多学会和社团都采取“免去主席”的策略。过分沉溺于对主席错误的厌恶之中，他们逐渐忘却了主席存在的理由，于是便直接将主席罢免了。

结果太可怕啦。演讲者自个儿踱上讲坛——居然没有人陪同！台下传来稀稀拉拉的掌声；演讲者惨兮兮地朝听众鞠了个躬，能多热情就多热情地向大家自我介绍。气氛实在是冷清得可以，亏得北极探险队没跑了来探险呢。我还发现，没有主席的话，那些听众，或者说是大部分听众，根本就搞不清楚演讲者是谁。好几次听众都把我当成了其他的什么人，然后朝着我乱鼓一通掌。就这样，我曾被错当成了法国前总理布里安，查理·卓别林，英国自由党内阁首相阿斯奎斯……停停停，再这么说下去，我大概就要被起诉诽谤罪啦。总之我想说的就是，没有主席的话，我们这帮“名人”就被搞混啦！

在我的演讲生涯中，有一段经历每当想起，总是颇感满意：有一次，我居然把一个人逗得快要笑死了——我说这话可是认真的。这可是美国演讲者们的最终梦想啊！而我，就差那么一点儿就做到啦！刚刚说到这个家伙胖墩墩的，总是笑脸对人；他的脸色红润，看上去像是中过风——在我们这种没有禁酒令的国家很常见。他坐在会场的后排，不停地哈哈大笑。忽然之间，我意识到，出事了！那个男人忽然昏倒在旁边的地板上，一小群人围在了他的身边，把他扶起来，我就这么呆呆地看着他们将他抬出去——抬着这么一个毫无生气的、岿然不动的大块头。因为责任的关系，随后，我又立马回到了讲台上，但是心却满意地怦怦直跳。我很确定，我差点儿就把他逗得乐死啦！过了一会儿，有人传了一张纸条给主席，主席让我暂停一下，并站起来问道："听众中有医生吗？"读者们，你们这会儿可以自行估算一下，当时我内心的希望已经膨胀到多高了！一个医生站了起来，又静悄悄地走了出去。演讲继续进行着，不过再也没人笑了——我现在的目的是再笑死一个，显然，听众也都心知肚明。他们都清楚，只要一笑，就有可能丧命。一会儿，又有一张纸条传到了主席的手里，主席沉重严肃地宣布："我们还需要一位医生。"演讲继续进行，而气氛格外寂静压抑。所有的听众都等着听第三个宣布呢。真的来了！又有一个新的纸条传到了主席的手里，他站了起来，说道："要是殡仪承办人穆尔池逊先生在这里的话，躬亲您出去一趟吧。"

很遗憾地说，那个人，他后来痊愈啦。尽管你们读到这里可能会觉得很失望，但是他确实康复了。第二天早上，我从伦敦给他发了一份慰问电报（事实上，我这么做是为了进一步证实他的死讯）。随后，我便接到了回复："病情好转；如今正坐于床头阅读霍尔丹[①]勋爵的《相对论》；无复发之忧。"

① 霍尔丹（Haldane，1856—1928），英国律师、政治家。